新世纪作家文丛

第六辑

# 来访者

蔡 东 著

长江出版传媒 长江文艺出版社

图书在版编目（CIP）数据

来访者 / 蔡东著. -- 武汉：长江文艺出版社，
2021.12
　（新世纪作家文丛. 第六辑）
　ISBN 978-7-5702-2375-6

　Ⅰ. ①来… Ⅱ. ①蔡… Ⅲ. ①中篇小说－小说集－中
国－当代②短篇小说－小说集－中国－当代 Ⅳ.
①I247.7

　中国版本图书馆 CIP 数据核字(2021)第 182577 号

来访者

LAIFANGZHE

责任编辑：李　艳　　　　　　　　　责任校对：毛　娟

封面设计：颜　森　　　　　　　　　责任印制：邱　莉　　胡丽平

出版：　长江出版传媒 ｜ 长江文艺出版社

地址：武汉市雄楚大街 268 号　　　邮编：430070

发行：长江文艺出版社

http://www.cjlap.com

印刷：武汉科源印刷设计有限公司

开本：880 毫米×1230 毫米　　1/32　　印张：9.625　　插页：2 页

版次：2021 年 12 月第 1 版　　　　2021 年 12 月第 1 次印刷

字数：172 千字

定价：32.00 元

# 《新世纪作家文丛》编委会

# "新世纪作家文丛"总序

白　烨

摆在读者诸君面前的,是长江文艺出版社接续着"跨世纪文丛",新推出的"新世纪作家文丛"。

在20世纪的1992年至2002年间,长江文艺出版社聘请资深文学评论家陈骏涛,主编了"跨世纪文丛",先后推出了7辑,出版了67种当代作家的作品精选集。因为编选精当、连续出书,也因为是一个在特殊时期的特殊文学行动,"跨世纪文丛"遂成为世纪之交当代文坛引人注目的重要事件。当时,主编陈骏涛在《"跨世纪文丛"缘起》中说道:"'跨世纪文丛'正是在新旧世纪之交诞生的。她将融汇20世纪文学,特别是80年代以来中国文学变异的新成果,继往开来,为开创21世纪中国文学的新格局,贡献出自己一份绵薄之力,她将昭示着新世纪文学的曙光!"这在当时看来实属豪言壮语的话,实际上都由后来的文学事实基本印证了。"跨世纪文丛"出满67本,已是21世纪初的头两年。《中华读书报》曾经在一篇文章中这样写道:"在新世纪的钟声即将敲响的时候,它暂时为自己画上了一个圆满的句号。这套文丛创始于7年以前的1992年,其时正值纯文学图书处于低迷时期,为了给纯文学寻求市场、为纯文学的发展探路,陈骏涛与出版家联手创办了这套旨在扶持纯文学的丛书。丛书汇聚了国内众多名家和新秀的文学创作成果,王蒙、贾平凹、莫言、梁晓声、韩少功、刘震云、余华、方方、池莉、周梅森等59位作家均曾以自己的名篇新作先后加入了文丛。几年来,这套丛书坚持高品位、高档次,又充分考虑到读者的阅读需求和阅读期待,为纯文学图书闯出了一个品牌。"这样的一个说法,客观允当,符合实际。

也正是自1992年起,在邓小平南方谈话精神的强劲指引下,国家与社会的改革开放,加大了力度,加快了步伐,社会生活真正开始以经济建设为中心,经济建设以市场秩序的确立为重心。社会生活的这种历史性演变,对于未曾接受过市场洗礼的当代文学来说,构成了极大的冲击与严峻的挑战。提高与普及的不同路向,严肃与通俗的不同取向,常常以二元对立的方式相互博弈。正是在这种日趋复杂的社会文化背景之下,以严肃文学的中青年作家为主要阵容,以他们的代表性作品为基本内容的"跨世纪文丛",就显得极为特别,格外地引人关注。究其原因,这既在于"跨世纪文丛"不仅以高规格、大规模的系列作品选本,向人们展示了当代作家坚守严肃文学理想和坚持严肃文学写作的丰硕收获,还在于"跨世纪文丛"以走近读者、贴近市场的方式,给严肃文学注入了生气、增添了活力,使得正在方兴未艾的文学图书市场没有失去应有的平衡,也给坚守严肃文学和喜欢严肃文学的人们增强了一定的自信。

大约是在20世纪90年代中期,在"跨世纪文丛"出满5辑之际,我曾以《"跨世纪文丛":九十年代一大文学奇观》为题,撰写了一篇书评文章。我在文章中指出:"跨世纪文丛"是张扬纯文学写作的引人举措,而且"有点也有面地反映了80年代以来文学发展演进的现状与走向。在纯文学日益被俗文化淹没的年代,这样一套高规格、大规模的文学选本不仅脱颖而出,而且坚持不懈地批量出书,确乎是90年代的一大文学景观"。我在文章的末尾还这样期望道:"热切地希望'跨世纪文丛'坚持不懈地走下去,并把自己所营造的90年代的文学景观带入21世纪。"

好像是冥冥之中的一种缘分,我当年所抱以期望的事情,现在正好落在了我的身上。

因为种种原因,"跨世纪文丛"在文学进入新世纪之后,未能继续编辑和出版,因而渐渐地淡出了读者视野与图书市场。约在2014年岁末,在新世纪文学即将进入第十五个年头之际,长江文艺出版社决意重新启动这套大型文学丛书,并希望由我来接替因年龄和身体的原因很难承担繁重的主编事务的陈骏涛先生。无论是出于对于当代文学事业的热爱,还是出于对于长江文艺出版社的敬重,抑或是与亦师亦友的陈骏涛先生的情意,我都盛情难却,不能推辞。于是,只好挑起这副沉甸甸的重担,把陈骏涛先生和长江文艺出版社共同开创的这份重要的编辑事业继续下去。

2015年1月7日,在北京春节图书订货会期间,长江文艺出版社借着举办《中国年度文学作品精选丛书》出版20周年座谈会,正式宣布启动大型重点出版项目——"新世纪作家文丛"。由此开始,我也进入了该套文丛的选题策划和作者遴选的准备工作。当时的"新浪·文化"就此报道说:"面对新的文化格局、新的文学现象,出版人仍然应该'有自己的事情要做'。'跨世纪'有跨世纪的机缘,新世纪同样有着它的使命召唤。在一片喧扰之中,一大批严肃的理想主义文学者,仍然怀揣着圣洁的执著,身负着难以想象的重压蹒跚而行,出版人当然没有理由旁而观之。这正是《新世纪作家文丛》的缘起。"

经与长江文艺出版社的社长刘学明、总编尹志勇、项目负责人康志刚几位多次沟通和商议,我们大致达成了以下一些基本共识:一、新的丛书系列以"新世纪作家文丛"命名,即以此表示所选对象——作家作品的时代属性,又以此显现新的丛书与"跨世纪文丛"的内在勾连与历史渊源;二、计划在5年时间左右,推出50~60位当代实力派作家的作品精选集,每辑以8~10位作家的作品集为宜;在编选方式上,参照"跨世纪文丛"的原有体例,作品主要遴选代表作,并在作品之外酌收评论文章、创作要目等,以增强作品集的学术含量,以给读者、研究者提供读解作家作品的更多资讯。

事实上,文学在进入新世纪之后,在社会与文化的诸种因素与元素的合力推导之下,越来越表现出一种史无前例的分化与泛化,创作形态也呈现出前所少有的多元与多样。文学与文坛,较前明显地发生了结构性的巨大变异,我曾在多篇文章中把这种新的文学结构称之为"三分天下",即以文学期刊为阵地的传统型文学(严肃文学);以市场运作为手段的大众化文学(通俗文学);以网络科技为平台的新媒体文学(网络文学)。在这样一个有如经济新常态的文学新生态中,严肃文学的生存与发展,传统文学的坚守与拓进,就显得十分重要并具有非同寻常的意义。因为这一文学板块的运作情形,不只表明了严肃文学的存活状况,而且标志着严肃文学应有的艺术高度,这也在一定程度上影响和引领着整体文学的基本走向。而就在与各种通俗性的、类型化的不同观念与取向的同场竞技中,严肃文学不断突破重围,一直与时俱进;一些作家进而脱颖而出,一些作品更加彰显出来,而且同90年代时期相比,在民族性与世界性、本土性与现代性等方面，都更具新世纪的时代特点和新时代的审美风貌。即以最为显见的重要文学奖项来说，莫言获取 2012 年度诺贝尔文学奖的殊荣自不待说；近几届的茅盾文学奖、鲁迅文学奖，不少出自"60 后"和"70 后"的作家频频获奖、不断问鼎，获奖作者的年轻化使得文学奖项更显青春，文学新人们也由此显示出他们蓬勃的创造力与强劲的竞争力。这一切，都给我们的"新世纪作家文丛"的持续运作，提供了丰富不竭的资讯参照，搭建了活跃不羁的文学舞台。

我们期望，藉由这套"新世纪作家文丛"，经由众多实力派作家姹紫嫣红的创作成果，能对新世纪文学做一个以点带面的巡礼，也经由这样的多方协力的精心淘选，对新世纪文学以来的作家作品给以一定程度的"经典化"，并让这些有蕴含、有品质的作家作品，走向更多的读者，进入文学的生活，由此也对当代文学事业的繁荣与发展，乃至对社会主义精神文明建设，奉上我们的一份心力，作出自己的一份贡献。

我们将为此而不懈努力，也为此而热切期盼！


2015 年 8 月 8 日于北京朝内

# 目 录 —— Contents

001 她

024 通天桥

041 往 生

069 照夜白

095 伶 仃

122 我想要的一天

154 净尘山

199 来访者


267 内宇宙的星辰与律令——论蔡东的现代古典主义
写作 / 李德南

294 创作年表

她

关严房门，拉上窗帘，我是我自己的了。

身体像叠起来的被子儿下抖开来，在床上摊平。攥紧的拳头变软，手指离开手掌，一根根分开，过了一会儿，并住的脚趾也松开了。在外游荡的神魂缓缓落回到身上。我依次感觉到额头、脖子、肩膀、膝盖的存在，它们作为我的一部分，此刻跟我一起，等待着沉入宁静。跟我一起等待的，还有一些本来不属于我的东西。比如，左边后槽牙里用来填充龋洞的白色复合树脂，大概十年前它成为牙齿的一部分。还有五年前到来的一小段镂空金属管，撑在胸口的动脉里，让血液得以顺畅流过。最近这几年，右眼增添了一样东西，来回飘动的黑影，并非实体，无法碰触，却始终跟随，如此真实。它来了就再没走，于是黑影也成为我的一部分。

所有这一切，一直属于我的，后来成为我的，都随我一起陷入细沙般柔软的寂静中，越陷越深。寂静的尽头有一个安全的小山洞，我终会到达那里。我翻个身，挪到床的另一侧。靠窗的一侧是她躺过的地方。我的小迷信，以为在她躺过的地方入睡会更容易梦到她，这样就能在梦里见个面了。这是相见的唯一方式。然而这只是我的臆想，哪有什么规律，她偶尔出现，并且梦里我不知道这意味着什么，没有紧紧拉住她，也没有急切地倾诉。梦总是全然自由又毫无逻辑的。醒来时，梦境迅速退去，我重新闭上眼睛，反复回想，在梦的断壁残垣中久久徘徊。

在她躺过的地方醒来，有那么一个瞬间，又忘了，叫她的名字，声音从低到高。女儿在外头应了一声。我的心一沉到底，身体坐起来，把房门打开一条缝，问，这就上班了吗？

走出房间，看见女儿连芯子斜倚着墙，站着穿鞋。临出门时她四下看看，钥匙，车钥匙呢？我说在沙发背上，边说边拿起钥匙，快走几步递给她。

姥爷再见！防盗门关上的时候，外孙女道别的声音传过来，跟关门声一样清脆利落。

早晨的匆忙和紧张也被关在门外。门合上的一刹那，我瞥见外头的白昼年轻明亮。屋里，纱帘只拉开一道缝儿，我站在柔和的光线中，搓搓手，准备开始我的一天。早饭是热面条配腌黄瓜，吃完我来到楼下的花园。

工作日的花园属于老人和孩子。会走会跑的孩子们荡秋千、溜滑梯、跳沙坑、坐跷跷板，哪知道什么叫累，一玩就是半天。小一点的孩子躺在婴儿车里，老人们推着车，沿着彩砖铺成的小路一圈圈散步。

我坐在一棵凤凰木下。

时值秋天，眼前仍是大片的碧绿。清晨的阳光照向菩提树的树冠，光线从心形的叶片间漏过去，充盈的光线中绿叶更加清透，毫无杂质的坦然的绿色。露珠晶莹，垂荡在菩提叶子细长的叶尖上，风吹过，一颗一颗掉在地上，滚动着滚动着，不见了。花坛旁的扶桑开着深红色的花，花瓣如绉纱，花蕊长长地向外伸着，几棵夹竹桃也还开着。到底是四季有花的南方。

园子西南角有几棵大叶紫薇，花期已过，树叶还密，叶子吸纳着阳光，看上去比春夏时分还要油润饱满。风雨连廊旁，冬青和红叶石楠被修剪成一个个圆球，细看过去，红叶石楠的几片叶子变红了，透出一丝淡淡的秋意。

不知道谁家的窗户里传来弹钢琴的声音，一开始若有若无，似林中小径起伏隐现。接着，小径出了林子，宽阔起来，向着前方伸展得越来越快，琴声逐渐激扬，最后一连串的敲击，为清晨的花园降落一阵骤雨。

一只棕色的巨型贵宾犬拖着一个老太太走过。经过凤凰木时，我认出了他们。记得第一次遇见也是老太太牵着狗，慢悠悠走过来。离近了看，我的第一反应：这只狗是假的。全身羊毛般的小细卷，分明是一只玩具狗。狗摆动着四条腿往前走，我跟上去，心想难道是电动狗？细看上去，狗鼻子表面像黑色的荔枝纹皮，鼻翼潮湿，微微颤动，还是不确定。直到看见它抬起前腿去够老太太的肩膀，用侧脸蹭她的下巴，我才相信这是活生生的小动物，只有真正的狗才会露出这般热切依恋的模样。

老太太头发雪白，驼背比前几年更厉害。她应该也能模糊记起我来吧？我正这样想着，她转身冲我点点头，我也招手致意。狗在一棵龙眼树下细细闻嗅，然后拖着她继续往前走。

老连，是你吧？

循着声音看去，看见一个穿枣红色坎肩的男人踱过来。我赶紧起身打招呼，也叫不上他的名字来，只记得姓王，住在三栋，心里暗自称呼他为"三栋的"。以前他总是一手推着婴儿车，一手擎着手机，音乐外放，曲目循环。不知别人作何想，曲子对胃口，我也就不怎么厌恶。这会儿他独自一人，看上去精神很好。

下来转几圈？孙子呢？上幼儿园了吧？真快呀。我感叹着。

太慢了。他笑着说。接着问，好几年没见，回老家了？

任务完成，早回去了，现在孩子都上小学二年级了。我伸出两根手指。

闲聊几句，他看看四周，这趟跟老伴一起吧？

我闭上眼睛，又快速睁开，脑子里出现短暂的空白。漫长的几秒后，我说一起一起,她出去买菜了。

他拍拍我的肩膀,说多住几天。

我点点头,说,她也该回来了,我往门口迎一下。边说边朝着东边的铁门走去。

东门旁边有一排木质长椅,我坐过去,不停地望向门外,像是在等人。等着等着,我以为还是以前,好像坐在这里等,她就真的会出现,提着一袋子鲜菜水果,欢欢喜喜向我走来。我等呀等,地上的影子慢慢拉长,她怎么还没回来? 心里有点害怕,手哆嗦着,从裤子口袋里摸出手机打电话。提示音还没响起,我整个人一激灵,全身冰凉,只眼眶里暖暖的。等泪全部流下来,我用手背抹抹脸,又向门外望了两眼。


连芯子提前给我说,今晚末末有兴趣班,要晚些回家。九点刚过,她带着末末回来了。对了,末末就是我外孙女,这小名儿还是我起的。女婿姓周,他们刚结婚的时候我开玩笑,以后孩子小名儿可以叫末末。几年后孩子出生,旧话重提,夫妻俩正发愁呢,当即采纳,连芯子人裹在被子里,声音传出来:末末,小末末。

末末头发高高挽起,身穿黑色连体衣,腰间围着短裙,是玻璃纸一样的蓬蓬裙。这是我头一回见末末穿舞蹈服的样子,恍然间想到另一个人。连芯子看着末末,忽然转头问,我妈那时候都跳什么舞呀?

我一愣,说只知道跳得好,哪叫得出名字。

没亲眼见过她跳，但妈的气质真是不一样。连芯子说着，不自觉地调整体态，挺直后背。

我点点头，思绪一下子飞走。所谓气质，并不玄妙，她明明穿的是睡衣，看起来却像身上挂着一件希腊式裙子。她早年的舞姿凝固在胶卷时代的几张旧照片上，照片没有放进相框摆出来，现在也不知道变成什么样子了。泛黄，虫蛀，变脆，一拿起来就碎成几片？

末末的身影从眼前掠过。今晚学的是爵士舞，末末一边说，一边踮起脚尖，五根手指向上伸直，然后她的头好像从一根长杆下钻过去，接着肩膀、胸腔、腹部依次向前送，再往回拉，我的眼前出现了一个柔软完整的波浪。

趁着末末演示新学的动作，我压低声音问女儿，小周经常出差吗？一出去就好些天，顾不上家呀。她说，刚带着项目转去另一家公司，开始会忙一点。她显然没有往下讨论的兴趣，这情况她也改变不了，我不好再说什么。毕竟，我真正参与她生活的日子已经过去了。气氛滑向凝重，她语气轻松地说，放心放心，幸福会遗传的。你和我妈幸福了一辈子，我也尽得真传。

我笑笑说，能有什么不放心的。一边又暗自打定主意，趁这几天在，能帮她一点儿算一点儿吧。

这天晚饭后，我让芯子坐着，刷锅洗碗擦灶台都是我来。先让她歇歇，不一会儿又要辅导功课，孩子睡下她才能喘口匀和气。上周末一起去商场，我发现一处室内游乐场，眼睛一下子亮了，买张通票让孩子进去玩，换她一两个小时的清闲。后来在卖甜品的地方，我买了两支草莓冰淇淋，一支给她，一支给末末。

厨房收拾完，我准备下去散步，芯子笑着说，爸，你越老越贤惠呢。我嘴上说，一直贤惠，心里却说，你妈生病后我就什么都会做了。

花园里转了两圈，依旧坐在凤凰木下。这是老伴夸过的花树，说凤凰木开花不扭捏，成片成片地开，开满花的树冠在空中横铺，像一个跳舞的人正展开身体。躺在病床上的时候她还说过一句话，等我好了再去女儿家住几天，看看楼下那棵树。

凤凰木初夏开花，一树金红，是我见过的最热烈的色彩。

音乐声随风飘过来，听见这声音我便知道三栋的老王也在园子里。二胡演奏的《汉宫秋月》回荡在夜色里，渐渐地，空气变重了，像含满水分一样含满惆怅。一想到老王家的孙子听《汉宫秋月》长大，我就哭笑不得。老王倒是个讲究人，早晨的时候是古筝曲，明快一些，晚上才是二胡。

月亮升起来，待在半空中，像是正好停在楼上一户人家的窗前。一天一天的，它瘦下来了。注意到月亮的模样，算算来这里已近半个月，我寻思着该去下一站了。

接下来几天我为女儿家做大扫除。细细擦拭地板、台盆、镜子、家具，又收拾四处散落的玩具，码进几个收纳箱里。有整整一箱都是毛绒玩具,猫、松鼠、海豚、小熊、长颈鹿,还有一些有名有姓陪着孩子长大的人偶。

搬起收纳箱走进卧室,把箱子往松木床下面推,床下有东西挡着,推了几下推不进去。我跪在地板上往里够,手碰到一个毛茸茸的东西。看也看不清,心一横,拽了出来。

是个毛绒猴子,满脸尘灰,一只耳朵不见了。我用半湿的布把猴子抹干净,放在窗台上晒。等猴子全身暖过来,它没进收纳箱,住进了我的行李背包。

家事是无穷无尽的,接下来我在屋里转悠,看看还能做点什么。洗衣机上有一堆衣服,担心洗起来有讲究,拿起来又放下。阳台花架上放着几盆吊兰,是缺水的样子,我挨个儿浇了水。

这一天真短。很快到了下午放学时分,末末被专职接送的阿姨送回家。小姑娘迅速跑进自己房间,我站在门口试着跟她说说话,她不理我,沉浸在另一个世界里。嗯,这孩子具备专注的天赋。我因此心生感激,轻轻为她带上门,转身忙自己的事情。

跟女儿告别之前,先跟凤凰木道别。我走到树下,心里默念:我替你来过了。树枝间的鸟扑棱着翅膀飞走,几片叶子缓缓落下来。

来之前,我在电话里对女儿说,想你了,来看看。别的什么都不提。若说是为她妈来看看凤凰木,白惹她一顿伤心。年轻人的力气全用在应付生活上了,不够伤心的。

明天我启程去往下一个地方。


车子在山脚下等候，客满后开始上山。沿着盘旋的山路，车子转过一个弯，又转过一个弯，随着山势逐渐向上攀升。路旁山间有一条小溪，时隐时现，树木稀疏处显现出一道白亮的溪流，到了植被茂密的地方，不见溪流，只隐约听到流水的声音。

目的地是一座建在半山腰的小镇，抵达的时候，黄昏已至。我找到一家宾馆住下，洗把脸，向外看，最后几缕光线已然消失，天色暗了下来。第二天醒来拉开窗帘，窗玻璃上一层冰纹，推开窗户，漫山遍野白茫茫的，下霜了。

吃过午饭，我往镇子西边的小酒馆走，一路想着酒馆的名字，叫什么来着，想不起来了。走到了抬头一看：归林酒肆。

时候还早，酒馆里没几个客人。我在窗边坐下，让店家温一斤黄酒。等着吧，我要找的人深夜之时才会陆续到来。

傍晚时山里升起青色的烟霭，两杯酒的工夫，天黑透了，远处的山融进夜色，几乎看不见了。不知道过了多久，外面传来一阵笑声，我往门口张望，见一条"美人鱼"正婀娜地往里走。她化的妆很浓，眼皮褶里嵌着两抹深紫色的珠光。黑色羽绒服敞开着，里面的上衣像一层闪闪发亮的鳞片，紧紧包裹住她的身体。她手里拎着长长的尾端开衩的蓝色鱼尾，进门后将鱼尾放在长凳上。店家马上为她端来热酒和几样小菜。

接下来进来几个侏儒。他们扮成外国人的样子，头戴假发，身穿黑色礼服。坐定后，他们摘掉假发，随便擦擦脸上的彩色颜料，开始大口大口喝酒。

夜渐渐深了，舞者、柔术艺人、拿着手杖的魔术师，还有一些游客，陆续进来，酒馆里越来越热闹。我找的人一直没现身。接近午夜时分，一个裹着军大衣的高个子男人走进来，他肩上站着一只鹦鹉，身后跟着一只孔雀。他在我旁边的座位坐下，点了半斤酒，配菜是花生米和酱猪蹄。他跟我打招呼，问我是哪里人。我说北边。这下才看清楚他的脸，半边脸上有一大块紫红色的胎记，灯光下看着颇为可怖。

聊了一会儿，我瞅个机会问他，你常年在这里，见过一个人吗？他马上说，啥样的人？话出口就觉得不对劲儿了，既无名字又无相貌特点，让他怎么回答。我往嘴里倒一口酒，环顾四周，回忆像一股流水从地底下慢慢涌上来。

说起来是六七年前了，我和几个刚退休的朋友来镇上泡温泉。也是晚上，也在这家酒肆。

泡完温泉全身放松暖和，加上几杯酒落肚，恩恩怨怨便开始泛起，又到了陈芝麻烂谷子时段。有咒骂单位领导的，大家跟着附和，有不满自己老婆孩子的，大家打哈哈。忽然有人夸起我的老婆来，夸她人善静，脸上总带着笑，说话不紧不慢的，气质还那么好。我心里得意，嘴上说，气质什么，都一大把年纪了。不知道谁问一句，她年轻的时候跳舞吧，怎么后来也不上台了？我说，自己不愿意跳了，跳舞哪能跳一辈子。

我们说着笑着，后来也说不清到几点了，有两个人已趴在桌上睡过去。我强睁着眼睛，准备叫店家结账。这时候，坐在我们前桌的人慢慢回过头来。整晚他都安静地坐在那里，背对我们，一动不动。

我看见转过来的脸，酒醒了一大半。

一张戴着面具的脸。煞白的鬼脸，仿佛被一双手用力拽着，拉得长长的，脸部下方是歪斜的血红大嘴，嘴里两排尖利的白牙，再往上，一个带钩儿的鼻子，鼻子上面是两个不规则的孔洞。接着，一辈子再也忘不了的一幕出现了。面具留下的孔洞后面是这个人的眼睛，我看见眼泪充满了他的双眼，泪水颤动着，颤动着，终于流下来，两行泪流过煞白的面具，一滴滴，落下来。

我别过头去不敢多看他。谁知道他主动走向这一桌，还醒着的人忍不住倒抽一口冷气，身体往后缩了缩。他说，羡慕你们亲兄热弟，不像我孤零零一个人，父母妻儿都过世了。我问他是不是当地人，他说不是，接着解释所为何来——在哪里做表演都能糊口，这些年一直待在镇上是因为桥东住着个盲人。我们还是云里雾里的。他正正身子，低声说，那盲人能看到死去的人，知道他们在哪里生活，过得好不好。

我只觉得脊背冰凉，其他人脸色也变得青白。我们勉强陪他喝了几盅，他还想继续说，跟我一起的朋友朝我使眼色，说不早了。我俩把趴着的人拉起来，一起离开酒馆。我回头看鬼脸面具人，桌旁只剩他一人了，看不见他的脸，但我注意到他的眼神，他留恋地看着我们这几个陌生人。见我回头，他抬起右手向我挥动。

胎记男人听我讲完，呷一口酒，问，你的什么人没了？我说，老伴，我妻子。他摇摇头说，所以你又来到这里，也算个痴人呀，酒话也信？

我说，当年不信，现在信。

人就是一心盼着解脱得救，盼出些大骗子来。桥东哪有什么盲人，以前有几个摆摊算命的老头，这几年也见不着了。胎记男人说。

是，去看过，现在那里是一家奶茶店。

胎记男人沉默下来，神色变得黯然，半天才说，真有这样的奇人就好了，我也找他打听点儿事。

突地，他肩上的鹦鹉发出清亮的口哨般的声音，伏在地上的孔雀站起来，头上的羽冠一颤一颤的。我以为它要抖开尾屏，不料它左右看看又趴回地上，尾羽收拢在身后，泛起金属色泽的绿光。


青灰色的月光照着一座青灰色的石拱桥。我跟胎记男人来到桥边——不，现在我叫他老苗了。我俩互相搀扶着走到桥的最高处，倚住栏杆往桥东张望。

河水缓缓流过，小镇在夜色中徐徐铺展开来。青瓦屋顶一重重高低起伏着，一道道飞檐柔软地弯向天空，巷子曲曲折折，伸向前方的黑夜，路灯稀疏，站立在大树的身旁。

此刻，我站在半圆形的桥拱上，低头往下看，还有一个半圆映在水里。

老苗叹息一声，说，生老病死，谁也逃不过。一阵风吹来，我身体来回摇晃，那种感觉又来了，胸膛是中空的，就像脚下的桥孔。我重新回到那一刻：医生宣布她死亡，有什么东西硬生生穿过我的身体，我被开了个大洞。

一年过去了，那个大窟窿还在。

老苗拉我一下，嗨，谁不苦呢，你看看我，打小没人疼，自己养活自己。你至少有工资，退休也能吃上饭。来，别闷在心里，说说她长啥模样，什么性格脾气，会跳什么舞。

我心里一惊，问，你怎么知道她跳过舞？

这就忘了？刚才在酒馆里你自己讲的。老苗双手举过头顶，扭动起身体来。

我推他一把，说别瞎闹。提到跳舞都是老黄历了，但这么多年来她的身姿始终挺秀，像清晨阳光下的一棵小松树。我说，她跳过一阵子，很多年前了，快记不清了。

后来呢？老苗问。

我说，还不是跟大伙儿一样找份普通工作，上上班，照顾照顾家里。

是个贤妻良母吧，她一撒手，你日子就难过了。

当然，她是个好人，好女人。我迟疑一下，补上一句，舞跳得也好。

那是我第一次看见她跳舞。也许过往的记忆都已模糊不清时，那个片段仍免于湮灭，随时能从一团晦暗中跳出来，放射异彩。

二十世纪八十年代，每到腊月，市里会举办一场迎新春文艺晚会。那年的晚会在工人文化宫旁边的礼堂举行，她的节目安排在相声后面。两个相声演员退场，大幕合拢，舞台上传来急促的脚步声。接着，红色天鹅绒幕布往两边拉开，灯光先是很暗，随即舞台上方打下来一束光，她出现在那束光里。闹哄哄的礼堂立刻安静下来。

记不清舞蹈细节了，但我一直记得那场舞给我的感受。一开始能注意到舞台两侧几束光的存在，还有她耳垂下方流苏耳环猛然闪出来的一道光。后来没人在意这些了，她跳跃、旋转、摇摆，她本身就是发光的物体，吸饱了日精月华，自行发光。

如果说舞蹈动作是一种语言，那我并未完全听懂，但我感觉到很复杂也很澎湃的情感，一波波撞击着我。我听见旁边有人议论，说她就是文汝静，跳舞上过几回电视，还在省里拿了奖。

音乐节奏逐渐加快，礼堂的气氛沸腾了。台上那是个野孩子，风吹，日晒，雨淋；天然，快乐，恣意。最后，我看到她在燃烧，像天地未开时一团混沌的火焰。渐渐地，那团火焰长出骨骼、皮肤和毛发，诞生，接近诞生了。就在诞生的前一刻，灯光熄灭，音乐戛然而止。我盯着黑暗的舞台，整个人像发高烧一般，从头到脚都滚烫滚烫的。

离开温泉小镇，我前往此行的最后一站，一处名叫青林泽的湖泊。

从高处看，湖泊像一个葫芦，住下的地方在葫芦嘴旁边。

门廊下坐着，四下寂然，恍恍惚惚地，以为自己待在墙上的一幅画里。近处的树木和房舍显得很大，远处的水和云不过寥寥几笔，比一场梦还要缥缈。我在哪里呢？大概是白房子旁边那个黛色的小点。

旅馆前台告诉我，湖边的篝火晚会还是在葫芦下肚那里。我提前往那边走，沿着湖岸，走过葫芦的长颈、上肚、腰线，湖面变得开阔起来。岸边有片芦苇丛，这时节芦花已谢，清瘦的芦苇一秆秆站着，几只水鸟伸着细脚立在秆子上，看过去一派萧索冷清。

秋天欲走冬日将来，湖边没有几个游客，四处都安静，虫叫和鸟鸣清晰完整，还能听到黑夜一步步走近的声音。直到有人点燃一堆干木头，夜晚的火光照亮一小片湖水和天空，人们这才从四面八方走过来，汇集到火堆旁。

我凝视湖水，如果湖水也看着我，不知它有没有认出来。那一年站在湖边的是两个人。

为了庆祝结婚三十周年，我跟文汝静来这里旅行，白天游览湖中小岛，饭后在湖边散步，等篝火点起来的时候，很自然地牵手萍水相逢之人，一起围着火堆跳舞。

那天晚上真是她吗？我到现在还有些怀疑。那天晚上看到的似乎是另一个人，至少不像那个年纪的她。篝火正旺的时候，她从游人形成的大圆圈上把自己解下来，悄悄靠近火堆，等我注意到的时候，她正独自起舞。

原来舞蹈可以模拟流水。大水从高处落下来，涌向弯曲的河道，迂回蜿蜒地流过去，前进，拐弯，回旋，随着河道的形状和地势的下沉抬升，水流曲尽变化。除了四肢，她身体的每一个部位都在起舞，包括脊柱、血液和魂魄。她的身姿越来越柔软，好像快要化作雾和烟，乘风而去。眼前的一切让我感到震撼，同时我又暗自盼望这震撼赶紧消散。我也脱离圆环，走过去拽住她的衣角。她没有停下来，挽起我的手，带着我旋转。我抗拒的身体渐渐变得松弛，跟上她的步伐，宛若随水漫流，涨涨落落。

那是婚后头一次看见她跳舞，也是最后一次。

此时，火堆驱走水边的寒意，烤热清冷的空气。乐曲声响起，人们拉着手，从成年人的忧愁和戒备中挣脱出来，不管左右两边是谁，一起享受这忘情无忧的短暂时刻。

我在湖区待着，每晚都来到篝火旁，回想我俩在湖边度过的日子。有一天，我在湖水里看到一个身影，是个倒背着手的人。我吃了一惊，以前觉得真正的老人才会这样走路。转念一想，可不到岁数了，也该是这个模样了。

除了年老力衰，微薄的退休金亦不足以支撑漫长的旅行，房费一天天往上涨，再不舍，还是要回家了。

我害怕回自己的家。家里很挤,归置着多年生活的物件,满满当当没有缝隙,同时又萧条冷寂,仿若一间空房。在那处房子里,我历经了她的后半生,她看上去不胖不瘦刚刚好,她膨胀,再膨胀,迅速变瘦,干缩脱相,直到成为瓷罐里的一把粉末。

火车擦着一座座城镇的边缘呼啸而过,迎面而来的不止田地、树林、隧道,还有连绵往事。坐在火车上,仿佛正驶向时间的深处。

徐阿姨提到她的名字,我以为听错了。文汝静,她不是在南方跳舞吗?徐阿姨没详细说,只强调人早就回来了,工作也找好了。我妈很快站起身来,前来说亲的徐阿姨只好也站起来,她心有不甘,似乎还有很多话等着往外倒。我妈妈轻轻说一句,女方大两岁呢,别忙活了,回去吧老徐。徐阿姨走后,我妈冲着我爸说,咱这里不知是第几家了,鞋底都磨薄了吧。她说给我听的,我知道。

那是我这辈子唯一一次力排众议。大姑上了点儿年纪,多次委婉规劝,拖着长音说,你这样老实,这样可靠。后面就没话了,无尽之意全在空白里。我几次都不接茬,她就直接表达个人观点了:搞文艺的女人,开放,不安分,哪有心思好好过日子呀。我妈见势也跟着说,长得好,又爱打扮,看她好像扎了耳朵眼呢!边说边吸气,不停摇头。

什么年代了!我气愤地说。

堂弟居然也捣乱,阴阳怪气地说,名人呢,见过她,在操场上跟几个不良青年在一起。别说你不知道,就是那儿块料,烫着鬃头跳迪斯科,扭胯,抖啊抖,不知羞。

我胸口一疼,她何至于被人这样说。她舞动的身体,好像携带着难以尽述的罪恶。不光女性长辈不喜欢她,很多小伙子也只是远望她一眼,等她走下舞台就躲开了。我想起第一次约会看电影时的情景,她穿淡蓝色连衣裙,头发往后梳,在脑后用橡皮筋随意一扎,露出小巧明净的额头。我心里感叹,这是跳舞的人才会拥有的美好额头;她很腼腆,并不比别人更擅长调笑。想着想着,血气上头,这叫什么事呀!我愈发想对她好一点。

图她什么,穿得露,会扭屁股? 大姑神色鄙夷。

那是艺术! 我高声说,额上的青筋暴起来。堂弟嘿嘿一笑,做了一个具有色情意味的下蹲动作。

大姑憋着一股劲儿,你是见得少!

我也憋着一股劲儿,相信我俩能和别的年轻夫妻一样,恩恩爱爱过日子。事实的确如此,我们勤恳上班,养育了一个孩子,住房从平房换成楼房,存折从没有变成几张。当然啦,渐渐地,她也不再穿带颜色的内衣,大部分是肉色的了。粗看细看,这都是一个幸福的家。唯一的危机,是的,危机,那时我脑子里的确闪过这个词。

女儿刚上幼儿园的时候,忽然有几个旧日的朋友来找她,我在里屋听着,似乎是拉她一起去排舞。他们走后,房间里还飘动着一股危险气息。我嘴上没说什么，心里其实不愿意她去。我们已过上安稳生活，我害怕她想起舞台上的自由和激情、荣耀和掌声，那些光鲜东西的后面，从来都潜伏着动荡、混乱和破坏。我甚至忌讳想起那两个字来，仿佛有剧毒，仿佛是洪水猛兽。

她不知道从哪里翻出来演出服和头饰，在灯光下翻来覆去看。我偷偷瞄一眼，发现服装看起来很粗糙，毫无光彩，头饰也不像在舞台上那么鲜艳，一堆廉价塑料。

她到底没去。年终岁尾的时候单位有人撺掇她登台，她推说身上有伤，怎么也不肯。她也很少跟我谈起舞蹈和舞蹈家了，再往后，跳舞的经历也绝口不提。有人羡慕她自然舒展的体态，难免问起来，她脸上的表情略显尴尬，复又坦然。后来演出服也看不见了。所有的痕迹消失，无人记得那些旧事。我们白头到老。

广播里传来报站声，下一站到家，我忍不住打了个大大的冷战。

最后的那段日子，她会突然叫我的名字，海平，连海平。我回过头去，她欲言又止，呆呆地看着我。我知道她又想起以后了，为她处理后事时我还能撑着，等后事办完我一个人回到家，剩下的那些日子，可怎么过呢。她强忍眼泪，艰难地用胳膊肘把身体支起来，说，一开始难熬，总会习惯了，看眉毛你准是个长寿的人，不知道还有多少福要享。我听了，几步走到她看不见的地方，捂着嘴哭一阵再回去劝慰她。我们互相哄着，哭哭笑笑，又苦又甜，直到，她永远合上眼睛。

那段日子,她身上柔软的脂肪和有力的肌肉都不见了,一层薄皮勉强挂在骨头上,像披了一件不合身的宽大衣服。夜里她侧身躺着,我从后面搂住失去水分、枯瘦如柴的她,她挨紧我,都知道这是最后的相依为命。她病中的神情跟以前一样,脸上带着笑,安详满足,让人看见她的脸就觉得舒心。

那段日子,我偶尔回想起第一次见她跳舞的情景,那联结着爱意滋生的隐秘瞬间。一阵冲动上来,想谈谈越来越遥远的过去,临张嘴又觉得没什么可说的。我这个年纪,愿意把所有的事情归结为宿命了。也许每个人年轻时都沉迷过几样事,并误以为自己在那些领域具有神秘的才能。她也一样。


我打开背包,拿出一件东西抱在胸前,是从女儿家床下找到的毛绒猴子,它被遗忘在黑暗里,头上只有一只耳朵。这一路走下来,我琢磨着它要有个名字才好,一次湖边漫步时想到,不如就叫"独耳大圣"。

在自家门口站一会儿,我对独耳大圣说,我们回家吧。

我的手,大圣的手,一起推开门,走进去。自她去世后我启用新的纪年方式,将这一年称为"分离元年"。门打开,分离元年的一幕幕涌出来。

保留她的毛巾、牙刷、拖鞋、杯子,一切生活用品,好像这个屋子里还是两个人在生活。

天变冷了,找到她常穿的一件棕色开襟毛衣,挂在门口衣钩上。

有时把枕头、被子搬到床的另一边，在她的地盘躺下。有时待在我那一边，她那边也不空着，照样铺两床被子，躺下后我的手从被子下面伸过去，抓着一角被单，好像握住了她的手。

多少个早晨醒来，迷迷糊糊的，我的手去找她的手，那是幸福的时刻。每个误以为她还在的时刻就是我最享福的时候。

一开始茶几表面的灰尘像一角硬币那么厚，眼睁睁看着，灰尘变成一元硬币的厚度，再后来，我从自己家逃走了。

站在灯下，看着地上的影子，我确信自己回来了。我让独耳大圣坐在沙发上，接着打开电视，不管什么台，只要有声音就行。

睁开眼，看见窗帘缝漏进来的阳光，听见外面传来电视广告的声响，这一年多来，我头一次庆幸自己活着。我走到客厅，抱起独耳大圣，一下一下摸它的头。我熬过了第一晚。

也许，可以去她的小房间坐一坐了。

小房间是她常待的地方。多少回了，我想把一件好玩的事情告诉她，推开门来，下一秒我意识到，她已经不在了。多少回了，我听见小房间传出声音，推开门来，她当然不在，是风把什么东西刮到地上。我总是站在门口看一看，不敢再往里面走。

一切保持原状。窗下放着一把木质靠背椅，那是她经常坐的椅子，椅背上还搭着她的衣服，一件绞花羊毛外套。小桌上放着一本书，拿起来，看到书签别在 157 页。我坐在她的椅子上，从 157 页开始看。

自然光渐渐不够,我合上书,转转脖子,活动活动酸痛的肩膀。猛然看见一个人,勾着头,弯腰驼背坐在那里。再一看,是镜子里的我。墙边放了一面穿衣镜,正好能照见椅子这边。看到自己在镜中的形象,我下意识地调整,收回往前探的脖子,打开背,挺直腰。

就在这时候,我忽然想到什么,过去的画面一帧帧快速从眼前闪过。

无论穿着睡衣还是戴着围裙,她始终身姿挺拔。她端坐在沙发上,头和背在一条直线上。她晾晒衣服,手臂在空中划出一道柔美的弧线,她剪脚趾甲,抬腿,收腿,宛若仪式。隔一段日子她就把我的四季衣服找出来,细细检查一遍,将纽扣松动的放在一起,然后她捻起一根针,举到光线充足的地方,另一只手捏着搓细的棉线,对齐了,在清透的阳光中,棉线极富韵律地穿过针眼。

一幕幕黯淡的家庭场景迤逦而来,它们从没像现在一样清晰、优美、光华闪耀。

她无时无刻不在秘密起舞。

回到那一晚吧。我宽厚地一言不发,她反复摩挲演出服。多么平静的夜晚,无声的对话比能说出来的话意味更明确。

我走到瓷罐面前,想解释些什么,话哽在喉头,该从何说起呢?

盼望在另一个地方找到她。也许她还是生病时的样子,头发掉光了,黄黄瘦瘦的。我会用最热烈的目光看着她,我会如少年扑进母亲怀抱,如父亲将女儿搂进臂弯,不,以赤诚的情诗中丈夫热爱妻子的方式,不用她开口,我就自愿化作她需要的任何东西,腰间的一根银链,手腕上的一束飘带,一束追逐她的光,甚至是她足底的一双舞鞋。如果她张开双臂仰起脸庞,说来一场雨吧,我就化作一朵云彩,飘到她头上,为她降落一场温柔无声的细雨。

## 通天桥

通天桥的北面，半年时间就长起来一座城。

呼延飞觉得这些楼房是自己长起来的，跟小孩子一样，见风就蹿，又像成了精，随心变化。半年前通天桥以北还是荒地，长满开白花的茅草。一幢幢楼房从打桩到封顶他都见证过，可每每想起来，还是觉得一切太魔幻。

通天桥横亘于河流之上，连接此岸和对岸。

一入夜，桥南就被一双大手拎起来倒空了。桥北的高楼，星星点点地亮了，灯光和人影令凝固的建筑变得生动梦幻，像由许多个温暖柔黄的盒子堆叠起来，盒子里是童话般的小人国。小人们放松地掉落进各自的空间,吃快餐,上网娱乐,赖着不愿睡去,害怕睡醒时那个劈头而来的工作日。

月悬中天,呼延飞的一天才刚刚开始。他在夜间急诊室工作,为酒精中毒的倒霉蛋洗胃,给斗完殴的青年处理创口,看着车祸重伤、业已停止呼吸的人被满怀希望地抬上床,他耷拉着手,无能为力。

每天清晨,他会细致地清洗双手,接着走进更衣室。他小心地用白大褂隔住自己的手去拧球形锁,这个自爱的、富有仪式感的动作是一种告别,告别那个血乎淋拉的不高档的世界,来到晴朗洁净的白天。

又一个美好的早晨来临,呼延飞将逆着人群而行。他喜欢逆流而动的感觉,他是少数派,他内心静谧坚定,他常常被那样的自己感动。

远处是碧青碧青的山,柔和的晨曦勾画出山体的轮廓,山路在云絮里蜿蜒盘旋若隐若现,那条路,仿佛是通往天上的。

他像往常一样经由通天桥步行回家,远远地,看到桥中央似乎矗立着什么东西。长期缺少睡眠的人眼神都不好,他并没怎么在意,直到身体确乎被硬物挡回,才发现自己并没看错。

才不过一个晚上。他后退几步,通天桥中间竖起来一堵墙,墙把通天桥分成了两半。

他的家被隔绝在墙的另一面。

呼延飞孤零零地站在桥上,墙那边的人却越聚越多,赶着上班的人们渐渐躁动起来。爬过去? 爬过去,爬过去吧。语气从疑问到商讨,再到相互鼓励和确认。他看到一个男人跃上墙头，男人仔细看看下面，一咬牙翻了过来。眼看这堵墙没有自动消失的可能，越来越多的人开始攀爬，女人也顾不上仪态，先把高跟鞋扔过来，再哎哟哎哟地往上爬。

一时间墙头上全是支起的身子和张望的脑袋。没人知道发生了什么事，此刻也无暇深究，再晚就赶不上打指模了。好不容易寻个空当，呼延飞两脚一蹬，朝着与人潮相反的方向翻过去。

他醒来时已是下午三点。初冬的阳光在木地板上洒下片片光斑，地板被阳光敷上一层釉，像某种包浆良好的浅色玉石。他站在窗前向外望，看到通天桥被一堵墙一分为二。

傍晚时分，下班的人流在桥上汇聚，却被那堵墙挡住去路，停滞不前。一天的工作令人疲惫沮丧，人们要先经过一段助跑，才能借势跃上墙头。

晚上呼延飞去诊所上班时，发现广场上除了跳健美操的妇女，还多了些忧愤的中年人，都在议论那堵墙。人们约莫猜到了墙的来历，还有人宣称已向媒体爆料，明天就会成为全城热点。想到电视台和报纸的强势介入，大家都松了一口气，说，事情会解决的，很快就会解决了。

这一夜病号不多，呼延飞却觉得很难熬，那堵墙分明横在了他心里。墙是一个生硬的象征，也是一种提醒，一种放大，无论他面对与否，界线始终都在，从未消失。

第二天清晨，他离开诊所走到通天桥上，又被眼前的场景震惊了。

墙砌高一大截，已非徒手可攀援的高度。他听到墙对面传来嘈杂的声响，有人愤怒地要报警，有人提议"叠罗汉"，先过去再说。

过了一会儿，没有人打报警电话，"叠罗汉"的妙计也未能实施，因为找不到那个肯蹲在最下面的人。人们像突然聚合的一群乌鸦，高声说些废话。还好有围观的群众提醒，去找梯子啊。

几位热心人士拿来几架长梯。众人先对可行性进行分析，又反复测试梯子的牢固程度。一个半大孩子不耐烦了，仗着手脚灵活先翻过来，他打个呼哨扬长而去，陆续又有人爬上梯子。

很快，上学和上班的高峰期到了，桥北的人流像涌进肚大口小的瓶子，憋在瓶口，动弹不得。梯子实在有限，排在后面的人越来越恐惧，开始往前挤。有人摔倒在地，有人从梯子上被拽下来，有人紧抠住桥栏杆怕被挤落，有人落地时闪了脚踝，还有小女孩爬上去不敢翻下来，闭着眼睛哭叫。场面混乱如逃难一般。

呼延飞看到一个背影熟悉的人从墙面上出溜下来，那人一回头，果然是老刘。他和老刘住在同一栋统建楼里。他走上前去问那边的情况，老刘拍打着衣服，说乱套了，很多人等不及就绕道走了。

这天，呼延飞沿着通天河一直走，经过一片水洼，几条弯曲的土路，回到通天桥以北。在楼门口，他看到老刘的女人正挎着大包往外走，看来这个月末她又要出去住旅馆了。

晚上的都市新闻以"通天桥的墙"为题做报道，可惜只有两分钟，远没有大家预想的那么重磅,也无义正词严的谴责,透着避重就轻的轻佻感,还隐隐散发出一丝猎奇的令人不快的味道。

失落的人们重新聚集到广场上,有人愤慨地说,谁也没权利堵桥,这是国家的桥! 这是所有水城人的桥! 有人跃跃欲试,想去找对面的村委理论,还有人声称写好了上访信。众人越说越来劲,越说越有信心,似乎在对付这类事情上很老练。现如今曝光的方式多,说理的渠道也多,不愁推不倒那堵墙。人们情绪高涨如满拉之弦,每个人都认为自己足智多谋绝非小角色,轰轰烈烈做成一件大事的气息提前在人群中弥漫开来。

呼延飞听了一会儿也热血沸腾,恍惚间,他觉得只要大家齐发功,那堵墙就会应声崩塌,轰然倒地。如果不是上夜班,他也渴望参与进去,成为其中一员。后来,有人提议推选一个主事人,人们商议半天,不得要领,气氛凉了下来。

呼延飞经过一片水洼,沿着弯曲的土路缓缓走入桥南的黑夜,一个结结实实的黑夜。

一到夜里,桥北亮如白昼人烟稠密,桥南却灰败下来,演了一天的大戏,在此刻落幕散场。自从桥北的楼房小婴孩般疯长起来,对面铁家村的房屋就大多空置了。桥北的楼房白天看起来寡淡无趣毫无设计感,夜里就漂亮多了,灯光渐次亮起,像整块的水晶被一格一格地镂空。

凌晨两点,一对年轻父母抱着高烧癫痫的孩子跑进来。呼延飞给孩子打了退烧针,诚恳地建议他们去大医院继续观察。天快亮时,一个慌乱的男孩进来买紧急避孕药,呼延飞注意到,街角那里有个女孩在等待他,她用双臂环抱住自己,原地转圈。

清晨,呼延飞去更衣室换衣服,居然忘了用白大褂的下摆隔住洗净的手,他的手直接伸向球形锁,门咔嗒一声打开了。他这才意识到,保持多年的习惯竟毫无预兆地消失了。他的生活里,某种高贵的诗一般的气息正变得越来越稀薄。

他不知道那堵墙又会变出什么可怕的模样。

他本想绕路回去,可走着走着,又走到通天桥上。墙那边的人明显少了,情势既已如此,大部分人乖觉识趣地早早起床,绕路而行,而少数决意越过障碍的人也发现他们遇到了更棘手的问题。

墙上砌进碎而尖的玻璃,闪着干燥刺目的光,视觉的不适迅速转换为肉体上真实的刺痛感,叫人心里一抽一抽的。呼延飞听到,对面有人咒骂两句,不情不愿地离开了。剩下的几个人却犯上轴劲儿,非要征服这面墙不可。他们低声商量着什么,随即四散而去。呼延飞等了一会儿,听到急促的脚步声近了,接着是梯子搭在墙上的声音。

一个有着莫西干发型的小伙子出现在墙头上,他冲下面喊,扔上来!很快他接住一块砖头,气冲冲地大力一扣,把碎玻璃砸平了,又来回抹削了几下。接着,他丢掉砖头,冲下面喊,扔上来!

是一副厨房常见的厚石棉手套。他戴上手套,扒住墙头,一下翻过来。呼延飞数着,前后一共过来五个人,都是青壮年男子。他们狠狠踹墙,其中一个双足腾空地飞踹,嘴里嗷嗷叫。墙依然稳稳站立,像个沉默无言的生灵。男青年们闹够了,朝一家五金厂的方向走去。

呼延飞也回到家里。统建楼最安静的时段就是上午,正好趁机补觉。他睡得迷迷糊糊的,听到外面一阵喧嚷声。他拨开窗帘往下看,看到各色打着频闪灯的车在墙边停着,还有一辆钩机正远远地开过来。他心里一动,看样子要采取实质行动了。

他起身向外张望,很快看到接下来的一幕:对面铁家村的数条小巷子里,同时有人在往外走。皆是一个中年妇女扶着一位老太太,老太太用双脚搓着地面,缓慢地行进到墙边,躺下了。

主事的妇女擎起喇叭,冲着对面喊话。

呼延飞只穿一件秋衣,探出身了往下看:老太太们间距合理地分布于墙下,看上去像一道道畦垄。

这等多寿的阿婆,每个村子里都有十几位。她们皮肤松垂,眼球像一颗晒干的豆子,嘴巴一张开,里面是空的。她们中午收看粤语残片,痴迷任剑辉和白雪仙,《帝女花》永远都看不腻。她们自然是无害的,甚至在阳气旺盛的外省年轻人眼里,她们是近乎卑下的存在。

此刻,无辜易碎的众阿婆正躺在地上晒太阳,偶尔调整一下姿势。

呼延飞来到桥上,发现频闪灯已关掉,钩机也不见了踪影。一些人虚张声势地在墙边转悠,只是尽责地做做样子罢了。本地农民如纯金打造,命太值钱了,更何况还是各家各户的祖母,连风都要躲着她们吹。再说,这类事情说简单就简单,说复杂也复杂。桥南农民楼的出身和来历是可疑的,但已贵为"历史遗留问题",一成为历史,就好说了,就没人认真了。而桥北这片楼也是趁乱抢建,还带着热乎气呢,自己也不清白呢,是笔烂账糊涂账呢。谁都不干净,所谓是非对错真是说不清道不明。这样一想,人们就释然了。

显然,双方的实力和意志均悬殊,不足以形成对决的态势。

好像有什么东西还没来得及绷紧就已懈掉,连僵持也算不上。这场面实在无聊,围观的妇孺不满地散去,那几辆车也低调地开走。

呼延飞站在桥北,面前的这堵墙令他感到虚弱,令他自我虚构的生活失去继续虚构的动力。墙像一只手,揭开了一片表面光滑的青石板,石板下面原来爬满虫子。墙也刺破他的幻觉,让他无比清醒地意识到,此刻,他身处小莞。他脚下的这片土地,在行政区划上属于小莞。

晚上,呼延飞经过广场去上班,发现昨晚零落的健美操队伍重振声势。气氛变得很微妙,显然很多住客不愿再谈论此事,一见有人慷慨激昂地讲话,就嫌恶地撇撇嘴,很败兴的样子,也有人跟着附和几句,是挡公事的态度。

他看到老刘正抓着栏杆拉抻身体。他走到栏杆下,问,老兄,怎么打算的? 老刘跳下来,说,随大流吧。他接着问,什么是大流? 老刘答不上来,没头没脑地抱怨一句,一水之隔,租价差一倍,凭什么? 就因为,他顿一下,使劲跺脚,就因为下面这块地叫"小莞"? 我叫它水城不行吗? 谁规定它必须是"小莞"? 我想不通。

这晚,呼延飞救治了一个被开水烫伤胳臂的小男孩,伤口上大小不一的潮红色水泡已经起来了,一问才知道是从桥北绕小路跑过来的。父亲喘着粗气,不停地埋怨那堵墙。送走父子俩后,呼延飞查找网上关于那堵墙的帖子,已经少有人往上顶,沉降到十页以后,仿佛已是二十世纪的事件。

他始终没见到墙的主人,不知道他们在哪里,似隐遁于无形,又暗中宰制着天地万物。

他期待明天的到来,他想知道墙会变成什么模样,那堵墙好像自己会进化,他更想知道,五个男青年会不会继续翻越。

一交完班他就来到墙边,墙不负期望有了新面貌,墙上面楔进一排铁枪花,铁枪花凶狠地往上戳着,威严锋利。时间还早,他在墙边坐下,静静守候。也许是长期的夜班损伤了记忆力,他有些想不起来了,今早洗完手,有没有用手隔着白大褂去拧门锁?

他望见远处的山。在奇异的光影效果下,人们很容易产生一种幻觉,那条路是通往天上的。

一股呛人的烟草味道从墙那边飘过来,接着,他听到一阵嬉笑声。蓦地,笑声停住了。

他站起身来,有些绝望地盯住墙头,半天都没有动静,或许,是全体败退了吧。

他只好往前走,准备绕个大圈子回家。他走走停停,不时回头张望,走到几百米时,似乎看到墙头上冒出来一个人,并不真切。他赶紧调转头往回跑,跑到桥上时,那人已经下来了。那人身上裹着羽绒服,衣服一侧被铁枪花划破,稍微一动就羽绒乱飞,他爱惜地把羽绒往里塞了塞。呼延飞注意到,他的手也破了,正往外渗血。

男青年有些后怕地看着这堵墙,似乎在对自己刚才的行为作出评估。呼延飞关切地说,你的手破了,赶紧去包扎,我,我是个医生。男青年茫然地摇摇头,离开了。

呼延飞心里牵挂那个男青年,睡到中午就再也睡不着了。他来到楼顶天台上,眺望着空无一人的通天桥,才不过几天,桥就枯槁了,是废弃很久的样子。而那堵墙风华正盛,似乎还在向着天空徐徐生长。

冬天的阳光,蒙蒙漠漠带着些烟气,笼住桥南桥北的大片土地。呼延飞独自待在天台上,看着白日渐渐衰老,又一个白天被黑夜击退。

晚上,高谈阔论的义愤人士彻底失去听众,居民们散步闲聊,爽朗地大笑,跳交谊舞,逗孩子,好像那堵墙从来就有,一直都在那里。

恰恰在这个夜晚,呼延飞接待了从医以来第一个不是病号的来客。午夜时分,来客没有声息地出现在他面前,像足不沾地飘进来的。来客身着一袭绛色长衫,面庞清癯,仙风道骨。

呼延飞惊恐地站起来,脸色煞白。来客露出安抚的笑容,说,别怕别怕,你是医生呢,不信鬼神吧?

他坐下来,说,何况,我也不是鬼。他拿出两页纸,放在呼延飞面前。呼延飞觑看一眼,一张是购房合同,一张是租房合同。

来客并不说明来意,却跟他谈起天来,你跟他们不一样,你是医学院的毕业生,受过良好教育,专业人才,知识分子,有自己的前途和愿景。

呼延飞一脸惶惑,你是谁?

来客没回答,自顾自地说,很快就会有新热点,很快就淡下去了,像什么都没发生过。个体不会把自己的时间长久地浪费在大家的事情上。只顾着活下去,谁有工夫做"刁民"?

他轻蔑地回击道,未必。人身难得,总有义薄云天的人,总有坚如磐石的人。

来客继续说,你们人多,我们反而好办了,人多是做不成事的。我们不使用暴力,也无需断水断电,那是低级手段。说穿了,只需拿一点小利出来,他用两根手指虚捏住一点空气,呵,你明白吧?

他站起来说,你们,真卑劣!

来客微微一笑,说,不食周粟是三千年前的老事,共同利益是个谎言,灰色的问题就有灰色的解决办法。对了,老刘,你的邻居,他也算上道儿,昨晚把协议秘密签了。

呼延飞想起老刘来心里就难受。老刘跟桥南一个超市的收银员搭伙过日子,逢到他妻子回家,收银员就出去住旅馆。有一次在楼道里,他听到老刘对妻子说,你也别强撑,有合适的人就先凑在一块儿过,不影响,都理解,咱们还是……老刘的声音越来越低,他的妻子默不作声。空气里仿佛充满盐分,腌得人皮肤生疼,夫妻俩快速而尴尬地道了别。呼延飞本来正想出门呢,又偷偷折返回去。那一刻,他深切地感受到那股扯拉着人们的霸道的力量。老刘当私企经理,收入还不错,可家里也不能少他老婆那份工资,少一个人挣钱,心里就没底了。孩子放在家乡养,老刘在水城北工作,老刘妻子在水城南打工,一家人散落着熬过这么多年。呼延飞盼着老刘的妻子也不要自苦,他不管什么道德上正不正确,他只知道,正在发生的这一切合乎人道。

这会儿,他回忆起来,昨天看到老刘清理阳台打包杂物,还以为例行扫除呢。他正走神,来客的说话声又响起,你完全有实力升级,把小莞的楼换成水城的楼!

呼延飞抬起头来。这句话,伤到痛处了。

来客乘胜追击,说,购房价,租价,全部优惠,算下来比桥北也贵不了多少。这信息现在知道的人不多,你是被选中的少数幸运儿之一,为了"示范效应"。

来客忽然诡秘一笑,说,快要建社区医院了,真是个机遇,离开榨干人的私家诊所,得到一份正式的工作,白天上班跟太阳同步,晚上交女朋友,一起吃甜品看电影,然后,做爱。

小兄弟,你刚才也说了,人身难得。

利爪掐住脖子。他心头猛然一震,低头盯着合同,忍不住认真研究起来。他怨恨自己,为什么总是有求于别人有求于这个世界?他心底就那几根弦,都被人一根一根地摸到了,缓慢而用力地拨着。

长夜被一道强光照亮。

来客说,只要这边的房子住不满,墙就不会拆。墙是一个高超的创意,维持应有的秩序,驱赶人群,就像把鸡从笼子里往外撵。等这边住满,再等上几年,迟早也轮得到桥北发达。大学毕业生,工厂管理人员,公司白领,都会涌进来。

来客往门口踱步,高深莫测地说,这是哲学,不是手段。这是道,不是术,不是奇技淫巧。

呼延飞没有马上点头,然而他又比谁都清楚,此事已无法逆转。他只是希望,撤退能稍显体面一些,他艰难地说,我,再考虑,考虑一下吧。

他的人生中已多次错失良机。他也经常被噩梦惊醒,梦见自己被甩脱,又被黏稠的液体粘在原地,怎么追也追不上了。

来客宛若黄昏时淡淡的云霭,倏忽即逝。

他趴在桌上睡着了,来接班的同事叫醒他。并不是一场梦,那两页纸就在眼前,洁白轻盈,像两片翅膀,在阳光的照射下接近透明。

今天早晨,他依然来到墙边转悠。一直等到九点半,小伙子都没出现,显然在痛失一件羽绒服之后小伙子也学精了。这面簇新的墙迅速被大家淡忘,行人急匆匆走过,不置一顾。

始终没有人翻过来,呼延飞的内心似乎得到了某种保证。假如拒绝长衫男子提供的幸运,要逾越的东西就太多了,示弱多舒服啊,他愿意跟那股神秘而不可抗拒的力量和解。这天他睡得倒踏实,一直睡到日暮时分。

夜里,广场恢复往日的繁闹,人们聊天、跳舞、锻炼身体,安于绕路而行,摩的生意也应运而生。几天前的愤怒已然消失殆尽,几天前还觉得比天还大的难题就这样解决了,轻轻巧巧地解决了。

呼延飞来到诊所,穿上白大褂,取出合同,签下自己的名字,呼延飞。诱惑没有到来时,豪言壮语总是很容易说出口。当它离你足够近时,你就知道这里头的好了。

是的,水城的楼。还有,水城朗朗的白日。

午夜时分他把合同别在门栅栏上,他以为这种方式多少能挽回一点颜面。他锁上诊所的门,准备夜游铁家村。今晚,他不在乎老板是否会突击查岗,老板及老板的家人都曾假扮病号,装模作样地在电话里向他咨询。

他也曾是铁家村的一名租客,跟一对情侣合租一套房子。后来通天桥竣工,桥北的房子迅速形成规模,他终于摆脱了合租生活,来到桥北,购置了一套单身公寓。越来越多的人向北流动,享用着桥北低廉的房子,同时享用桥南的幼儿园、诊所、银行、学校、茶餐厅、大超市。

再往前走就是铁家祠堂，一个供铁家人追溯生命源头的地方。祠堂临水而建，通体青灰，那青灰色已经沉到砖瓦的肌理中去了，散发出历经岁月、上了年纪的沉静气度。祠堂的体式古朴端方，具备真正的经典品格，一股正大庄严之气在夜色里慢慢晕散着。

在水边他遇见长衫男人。男人手里拿着那份合同，一见到他，就体贴地藏到袖子里。

男人说，小伙子，别怪我，我不是本地人，我也是个打工的。你就叫我乌先生吧。

呼延飞大概也能猜出来，男人是个书生，扮演着师爷幕僚之类的角色。呼延飞只在巷口宣传栏的照片上见过村庄真正的有力人物，一个五十多岁的男子，名字叫铁佛金。

男人接着说，也别怪自己，药太苦，我们都需要送药的那颗糖。

呼延飞点点头，他仍然感到羞耻，他曾梦想成为一个坚定高贵的人。他寻思着，之所以被"选中"，或许还另有一层深意，他这样的人，总会不出意外地格外软弱吗？

男人望着远处的通天河，低声自语，"千钧得船则浮，锱铢失船则沉，非千钧轻锱铢重也，有势之与无势也。"

呼延飞问，乌先生你说什么？

男人摆摆手，说前年我查出来患了癌症，为了饿死癌细胞只喝番薯叶汁，一天三顿地喝。月色中，他的皮肤隐隐透出惨然的冷绿色。

呼延飞说,重要的是你活下来了。

男人凄苦一笑,朗声道,子曰:"凤鸟不至,河不出图,吾已矣夫!"

两个人互相看着对方,他们似乎都是作为某种介质和素材而存在着的。

男人说,有些事情必须要等,那堵墙会自动消失的。

两人的目光同时落在"铁氏宗祠"几个大字上。这是一个完整的村庄,一家人、一族人生活在一起,祖祖辈辈地生活在一起。

呼延飞仰视祠堂,说,他们踩对了点儿,他们拥有资本,他们还拥有一个共同的祖宗,共享一段光荣的历史,实在太强大了。他确乎感受到某种意志的存在。

男人说,你姓呼延?是匈奴后裔?

呼延飞摇摇头,我们那村子早不修家谱了,老辈人也说不清楚。亲戚们天涯海角地谋生活,没出五服就不走了,见了面互相不认识,叫不上名字来。说着说着,眼眶里跌出热热的眼泪,他从未像今晚这般想念父母,渴望听到他们的声音,梦想跟他们生活在同一个居民区里,假如每天晚上能坐在一起热乎乎地吃顿饭该有多好。

男人叹息着,叹息声恍若从身体深处的裂缝中传来。他说,小兄弟,还有事情等我去摆平,很快你就会发现,你总算能占上先机了,你的选择没有错。

他目送长衫男人慢慢消失在夜色里。他仔细回味男人的话,那堵墙会自动消失的。他突然感到很厌倦，想卸掉所有让他感到沉重的东西，任凭心里空无一物，任凭自己像轻烟一样被风吹散。

　　天色放亮，又一个早晨到来了，是一个跟过去做完切割的早晨。呼延飞没有上桥，没有再等待什么，也没有再为什么而感到遗憾。

往　生

一

　　老头的躯体,康莲越来越熟悉了,此刻已不再慌乱,也没有了羞耻。她低下头,尿骚味喷了她一头脸,热扑扑的。裤裆晾开了,老头惬意地扭动身体。她虎起脸喊着别动,嘶啦一声把纸尿裤扯下来。

　　用消毒液洗完手,她来到厨房做饭。天色渐渐昏暗下来,出差的丈夫正往家赶。平时要等天黑透了才开灯,今天却开得早。家里的灯光是暖烘烘的蜜黄色,想到他下了车,朝着家越走越近,就能看见厨房柔和的光晕,还有她映在玻璃上的身影,她的忙碌便有了几分诗情画意。

将她带回现实的是老头，他四天没解大手了。盆里泡着芹菜和萝卜，一把水绿，一滚雪白，散发出蔬菜特有的清冽芳香。对老头来说它们绝非美味，他只喜欢吃炖烂的肥肉。

傍晚七点多，刘向群推门而入，手里拖着黑色拉杆箱。老头凛然一惊，快步走到厨房，攥住康莲的手臂，说："看看去，进来人了。"她挣脱开，说："别怕，出去等着吧。"

饭菜陆续上桌，除了炒菜，还有一碟油炸花生米，一碟凉拌豆腐皮，分量不大，是情调，也是心思。刘向群心领神会，倒上酒刚想啜一口，发现老头正用防范的眼神盯着他。老头脸上满是狐疑，还有努力压制的愤怒：突然闯入的男人不但换上拖鞋，还坐在沙发的正当中，大大咧咧地打开电视。

刘向群觉得很败兴，说："才几天呢，又不认识我了。"他大声问老头："你认识我吗？"老头摇摇头。

女人指着刘向群，对老头说："他不是外人，他是你儿子。"

老头脸色大变，像突地意识到什么，调整一下坐姿，故作轻松地说："是你啊，我认得，你是我儿子。"

康莲别过头去，心里一阵怅然。这两年，老头除了心虚害怕，还剩下什么？老头甚至偷偷给她塞过钱，一百两百的，好像给点钱他就不遭人厌了。他其实并不记得刘向群，他在紧张地背诵，逼迫自己记牢，以免这个据称是他儿子的男人气急败坏。刘向群嘴角牵出一丝笑容，不予深究也不忍深究。他是老头付出过最多关爱的长子，也是老头最先遗忘的人，忘得如此彻底，抹得那么干净，仿佛从未存在过。

清晨六点钟，刘向群准时起床。几片白菜拿油一滑，加两碗水，再下一捆面条，水滚开时，磕开鸡蛋顺着锅边溜下去，一转眼，漂亮的荷包蛋浮起来。这碗炝锅面连吃带喝，能让胃变得暖暖的，能让他心情愉悦地去工作。他供职的化纤集团发展得正红火，每天早晨集团全体员工右手举拳，迎着朝阳朗读《羊皮卷》，声音洪亮，气势豪迈。随后，大喇叭传出《命运交响曲》，命运来敲门，一串慷慨刚健的响音，一天的工作热血沸腾地开始了。对康莲来说，迎来新的一天，亦迎来旧的生活。无非是忙活吃喝拉撒，间中，充满死水般的静寂，似有一股淡淡的霉味弥漫在空气里。

家里有个长期卧病的老人，这样的生活，让人想起来就万念俱灰。

下午刘向群打电话过来，说今晚要陪客户。女人不表态，电话那头威胁起来，说完不成销售任务，年底可拿不到奖金。他刚要挂断，女人说："老头不排便，接上便盆也没用，可是好几天了。"刘向群哼哧半天，备受煎熬地长叹一声，说："好，好，我叫别人去接待。"

晚饭时，老头的筷子在盘子里扒拉来扒拉去，没找到肉。他偷眼看对面的女人，女人低着头，腮帮一动一动的。他委屈地喊："娘，没肉！"

康莲呛住了。刘向群站起来，一顿发作："还吃肉，你要多吃蔬菜！"他担心生意谈不拢，心里横着气呢。老头只好勉力吞咽，形同嚼蜡。

好不容易,康莲缓过神来,轻声道:"还能活几年呢,吃肉就吃肉吧,我给他买了开塞露。"

老头的裤子褪下来,暴露在空气中的屁股羞愤地收缩,腿肚子上的肉哆哆嗦嗦的。男人把开塞露顶端挤进去,老头拖着长音喊:"凉哎,凉哎。"女人摁住他挣扎的身体。

半小时过去了,坐在排便椅上的老头毫无动静。瓶中消失的液体已抵达体内,却神秘地失去效果。刘向群撩开老头的上衣,两人见他小腹鼓起一个个苹果大的疙瘩,对视一眼。女人提议:"抠吧,不能再拖了。"

刘向群戴上口罩和一次性手套,几番深深浅浅地试探,数次改变手法,一颗一颗地抠出石头般黑硬干燥的粪球,臭气直顶脑袋。康莲适时地注入润滑液,接连刺激下,老头忽地哎哟一声,猫腰就往下蹲。

这晚,刘向群反复洗手,不停叉开五指,对妻子说:"你闻闻,怎么洗也没用,胰子搓了好几遍还有味儿。"康莲心事重重地倚在床头,今天,老头叫了一声"娘",那一刻她蓦地意识到,她老了,但她又要当妈了。

日子规律得近乎刻板。下午四点钟是例行散步时间,康莲带公公来到小广场。广场上聚集着一撮撮妇女,她们退了休,生活经验又丰富,以桑榆之年而复得儿女的重用,彼此一打眼,即咂摸出近似的悲欢,分外亲切。她们穿着俗丽的花裤子,身形肥大臃肿,谈吐中也沾了柴米油盐的恶气,数落儿媳的劣迹,奔走相告哪里出了一种旷世神药,哪里又有治疗仪可免费试用。

正是在粗鄙的广场上，康莲遇上一个神秘而又梦幻的词语。那词语耐人咀嚼，越琢磨越有味道，散发出一股安顿身心的奇异力量，当她情绪低落时，那词语便带着灵性般翩然而至。

关于广场最初的记忆并不愉快。那天她带着公公来到广场，人们饶有兴味地打量他俩，也有人眼拙嘴快，说："看这老两口，日子过得可真自在。"康莲瞪大了眼，咬着牙说："什么眼神呢，他是我公公。"

公公八十多，儿媳六十多，他们都是老人的现状模糊了他们其实是两辈人的事实。这样的时刻尴尬而难受，她已老成这个样子，竟还被当成一个壮劳力使唤。老太太们随即问道："你男人呢？还没退吗？"

广场散发着浓烈的市井气和尘土味，家家的烦心事正好凑在一起说道说道。显然，妇女们在很有经验地引导，康莲却含糊其词，眼睛虚虚地望向远处，不愿再往下谈。有什么好说的，刘向群原本是国营大厂的经营科长，可惜几千人的大厂说倒就倒了，不然，他也在家领退休金呢，何必老着一张脸去私企当临时工。

两人经常在健身器材旁遇见老李。老李七十出头，早年在公社里做过老头的小跟班，为人活络机变，后来攀上了高枝儿。常人眼里他无比幸运，中年时占过肥缺，年老了拥有健康。起初，老李热情地打招呼："老刘，我是李汉庭。"老头冥思苦想一番，讪笑着回应："记得，是熟人。"老李笑而不语，看老上级的目光里多了几丝怜悯：这老头，活了一辈子，把自己活丢了。老李保持着退休干部的风度和修养，从来不说老年痴呆，而是讳称为阿尔茨海默症。

李汉庭深谙养生之道，在广场上甩手、倒走、撞树，令痴迷延寿的人们纷纷效仿。老头则一边溜达，一边捡起玻璃瓶、塑料袋、烂绳子、脏兮兮的玩偶，揣在怀里，如获奇珍异宝。

临上楼时，康莲勒令他把垃圾丢掉，他不肯，身体紧绷，倔强地摇头。他有一张苍老的脸孔，一颗叛逆的少年心。僵持片刻，康莲让步，说不能全留下。他思索片刻，留下的，总是毛绒猴子、玩具熊、布娃娃之类。

二

过日子需要盼头，对康莲来说，五月份就是盼头。五月中旬，小叔子刘向前会把老头接走。自老头失伴，兄弟俩亦从俗，轮流奉养。

下午，她帮老头收拾行装，用包袱皮儿把衣物包好。老头嗅到了些气味，忽地从床下拖出一个纸箱子，箱子里盛满他捡回来的玩偶。康莲跟他商量："箱子别拿了，十月份还回来。"老头问："还回来？"康莲点点头。

刘向前坐在沙发上拼命抖腿，抖腿的毛病他这辈子是改不掉了。数月未见，康莲脸上只淡淡的。疏离也非一天两天，根子在婆婆那儿。婆婆是老太后般的女人，酷爱指挥、独掌财权而偏爱幺儿，明里暗里让小叔子沾了不少光。婆婆离世后，一分家，两边的女人生出龃龉，心中各怀不

046

怨,表面和气罢了。最令康莲窝火的是,办完丧事不久,婆婆那块温润的白玉就挂上妯娌的脖颈,而婆婆的金耳环则闪耀在妯娌母亲的耳垂上。

老头怯怯地对康莲说:"姐,姐姐,我走了。"康莲眼窝一热,又嘱咐小叔子两句:"抠的时候用巧劲儿,抠破了容易发炎。"刘向前边下楼边挥手:"嫂子年纪大了就是唠叨,放心吧,我给他买果导片。"康莲愣了一下,急忙喊道:"果导片不能多吃,肠胃受不了。"脚步声已消失,只剩下她话音的回声。康莲走上阳台,见刘氏父子一前一后地走,老头佝偻着身子跟在儿子身后,老头突地停住,转头往上看。康莲几乎要叫出声来,她捂住嘴赶紧蹲下了。

走了也好。她毕竟六十多岁了,本身就需要照顾而不是照顾别人。她血压不稳定,忽上忽下。最亲的几个人都知道她枕头下放着速效救心丸,玲珑可爱的葫芦瓶里装着一颗颗晶莹的药丸,凝固着麝香和冰片的精华,苦而凉。几年来,每到侍奉的后期,她就不成人形了,像散了黄的鸡蛋,像一摊化掉的冰水。屎尿气在屋里经久不散,渗入她的每一个毛孔,仿佛怎么洗都洗不干净,每次闻见自己身上的臭气她都焦躁不已,手指插进头发,使劲儿往后抓。拖地、刷马桶、洗衣服,她忍不住摔摔打打,弄出点儿声响,看到老头惊恐的模样又心软自责。她羡慕那些毫无羁绊的妇女,头戴红帽子足蹬白色旅游鞋,欢呼雀跃走上大巴车,前往一处处山清水秀的人间胜境。

终于,她用日夜操劳换来半年的好时光。日子安逸自在,上午翻翻报纸,下午照料花草。阳台上摆着长长一溜儿花盆,垂下的花枝时常引来路人注目,并对女主人生出种种绮丽的想象。

这天她买菜回来,接到女儿的电话,邀她去深圳住两天。她犹豫片刻,说:"两边都麻烦,不去了。"

女儿叫道:"妈!"康莲的身体一阵酥麻,温热的感觉从耳朵漫向全身。她喜欢听女儿这样叫她——妈!音调不管不顾地滑下去,又陡然往上一挑,话音任性撒娇,不依不饶,又饱含着对老妈的心疼。

女儿接着说:"爷爷绑了你半年,坐监一样,把个好人都缠磨坏了。听我的,出来散散心。"康莲推脱道:"不能把你爸撇下,一个人耽误饭。"

当女儿遇到麻烦或需要帮助时,她愿意去充任保姆厨娘。事实上无论伺候月子还是带小孩,她都曾立下奇功。但如今小外孙入读小学,年轻人的事业也已捋顺,早过了用人的时候,她何必去当白吃饱儿。她明白常年在外的女儿心里怕什么,便对心虚的孩子说:"有空就回来看看,真回不来,我和你爸也理解。"有好几次她想告诉闺女,已去敬老院考察过了,有一家私立的服务还可以,万一她中了风就坚决往里搬。怕女儿听了着急,每每话到嘴边又咽了下去。女儿落在了大城市,生活工作都不容易,再说了,谁能同她一起轮?她再也不能像上辈人一样,指望儿女了,到底该指望什么,她也找不到答案。康莲在深圳生活过一段时间,那段日子她总是莫名地惊惧。她清楚地感觉到,从小城留州到大城深圳,女儿的心底也有惶然和惊惧,但女儿已然离不开深圳,女儿这一代的日子跟他们不同了,有些什么东西变了。总归是变了。

公公走了多日,康莲刚睡醒时,恍兮惚兮,觉得他还在。他是她的影子,有光就有他。他是她的镜子,让她百味杂陈地看见时间如何碾过肉身。几年间,他们仿佛被牢牢地捆绑在一起,并建立起一种隐秘的联系,通过眼神、各种语气词、一个细微的动作便能理解对方的意图,那是一种日积月累无法向外人解释清楚的默契。

沙发上留有他的痕迹,他习惯坐在右侧,日子久了垫子失去弹性,塌陷出一个坑窝。有时,他回到自己的房间,摆弄箱子里的玩偶。他最喜欢两个玩偶,一个衣衫破烂的胖男孩,一个发色金黄的外国少女,他把两个娃娃并排放在一起,一看就是半天。箱子里还有大灰熊、毛茸茸的鸡仔、伸出粉红舌头的小狗,生气蓬勃,是个童话般美好的隐秘乐园。

三

九月份,留州的雨天多起来。康莲钟爱初秋的雨,下得不急躁,静默缠绵地洗去尘灰暑气。细雨令天地间起了薄薄的雾,为小城增添了几丝空濛飘渺的意味。雨声滴滴沥沥中,她伸开手脚躺在床上,感觉蓬勃的能量注入身体,她像渴望成仙的林中精灵,贪婪地吐纳山水的灵气。她呼吸深长,气息蜿蜒流走畅行无阻,血液潺潺流动,澄澈如深山古柏下的一脉清泉。浊气散尽,胸膛敞开,不淤了,全通了。晦暗的皮肤闪闪发光,肿胀的关节叮咚作响。她是晶莹剔透的珠子,是往下淌蜜的苹果花,是瓷器表面滑腻肥润的釉彩。秋天到了,老头即将回来,她又要当妈了,必须做好储备,当妈的不能半截掉链子。

雨是一种遮盖,雨似乎也放缓了世界运转的节奏,在雨天才有的宁静里她睡得特别沉,昏天暗地,仿佛一觉就不会醒来。

她期待一个多雨的十月,那将是她最后的好时光。

未及等到十月。也在一个雨天,电话铃声打断无梦的沉睡,她猛地坐起来。铃声格外尖利,像带着引线嗤嗤燃烧,把空气都烧焦了。

刘向群只说了一句话。爸摔着了,在人民医院。

老人最怕摔,摔一下,再硬朗的身板也得报废。意外摔伤往往是老年人晚年生活的转折点。这样想着,康莲慌慌张张地赶到医院,临到病房时,她的脚步慢下来。老头出了事,她若有所失,又似有所待。心如乱麻,未及深想,已经到了。

大胯粉碎性骨折,老头的呻吟声也破碎了,听得康莲的心一抽一抽的。她猛然记起儿时拇指被门挤住的瞬间,拔出来,指甲淤青发黑,疼痛钻心。刘向前面色煞白,不住地解释,说一眼没看见,老爷子就滑倒了。谁还顾得上埋怨,当务之急是联系做手术。

兄弟俩眉头紧锁,在手术室外抽掉几盒烟,从早晨八点到中午一点等足五个小时,老头被推了出来。剔除折掉的碎骨,嵌入人造股骨头,用五个钢钉固定,留下一道一尺长的新鲜刀口。

老迈的病号医院安排时不分性别。邻床是个痴呆老太,一入院便让人惊骇,脱掉贴身衣物裸体平躺,嘴里发出奇怪的声响。她身体黑瘦,双腿像烧过的火柴杆,胯部若没有皮肤包裹着,骨头都快龇出来了。老太的儿女用被单掩住她的身体,一回身她就顽劣地蹬开。很快儿女盖烦了,只得听之任之。康莲想起,早先伺候老头解手,松裤带时他会用手挡一下,裤子一掉就下意识地往上提,粘纸尿裤时他更是红了脸,那多像女人的卫生巾呀。但这几天在医院,众目睽睽下动不动就褪裤子、打针、上药,老头呆呆的,像一块木头疙瘩。

徐医生是刘向群相交多年的熟人,自老头入院后跑前跑后很是关照。术后他建议保守治疗,并跟刘家兄弟展望过安乐死的立法问题。他见多识广,总结问题很精辟,说:"住院这阵子,你们多花点儿钱,老人多受点儿罪,求个心理安慰吧。"听得众人频频点头,他闪烁的眼神掠过两位儿媳妇,善意点拨道:"雇护工是潮流,是大趋势。"

全身麻醉令老头萎缩的脑部再受重创。三天后那道刀口康莲仍然不敢多看,刀口在老头身上,往外淌着水,他竟不喊疼。康莲从保温壶里舀出排骨汤,当她喂老人进食时,心悬得更高了。

她把一块炖得稀烂的肉往前送,老头张开嘴,不嚼不咽,睡着了。她把他叫醒,敦促他吃下去。她再喂一口鸡蛋羹,老头张开嘴,不嚼不咽,又睡着了。她眼也不眨地盯着他,他瞬间陷入昏睡,流出涎水。

过了几日,老头的精神总算好了些,然对骨折浑然不觉,跃跃欲试想下来走,把康莲惊出一头冷汗。护士听说后,用宽布带把老头的一只手绑在床栏杆上,说再乱动就错位了。失去自由的老头依然要忍受酷刑——自己没力气,咳不出痰来,护士一来吸痰他就吓得全身乱抖。还有每次必遭围观的排便过程,儿女和护士把他围在中间,命令他深呼吸、使劲儿,人们咬牙切齿地喊号子,使得每次的排泄都悲壮无比。当秽物艰难地排出后,在众人的欢呼声中,老头的脸变红了,虚脱地喘着气,把自己的头埋进枕头里。

看着公公的熊样子,康莲不免意气消沉。是的,人都会有这一天。说起来,公公一辈子没进过医院,最后却把什么罪都受了。

她时时想起那个神秘而又梦幻的词语。

广场上热衷宗教的老太太们,敏锐地发现了怨妇康莲并试图拯救她——这女人带样儿了,疲倦,烦躁,那眼神,受困的母兽一般。

可是,神神叨叨的女人聊天时,一个特别的词语劈面而来,释放出不属于尘世的耀眼光华,深深打动了她。那个词叫"往生",死亡的另一种说法,却穿透深重的黑暗,击破内心的绝望,是美妙的、充满希望的起点,令康莲灵魂出窍,神往不已。

劝别人的话,往往连自己都不相信。但"往生"不一样,它飞离了尘世,像一颗清寂的星,悬于扁俗的话语系统不可及之处。

它高蹈,空灵,又那么慈悲。

照料老头时,她不由自主地念叨这个词。老头自然不懂,倒像是说给自己听的。她的心渐渐平静下来,死,就是往生,有什么好怕的?

调养了半月,老头终于开口说话了。这日吃过早饭,康莲喂老头吃药,老头看看药片,短促地说:"会卡死。"康莲一怔,老头接着说:"吃药面。"康莲说:"药面苦。"老头坚持:"会卡死,吃药面。"康莲只好把药片碾碎,从胶囊里倒出粉末,她皱起眉头,多苦啊! 老头热切地望着药面,死命咬住勺子,舌头翻卷,喉结蠕动,顺畅地咽进去。

眼看就快出院,晚辈们在一个淡金色的黄昏,聚在病榻前召开家庭会议,讨论特殊时期的照顾方案。妯娌王乐云从年轻起就会玩儿、会享受、会打扮,如今快六十的人了,还是细高跟、小坤包,头发烫得蓬蓬松松。她生着一对吊眼,平时笑嘻嘻的,看上去挺喜相。但多年相处,数度交锋,康莲早领教到,她王乐云是个寸土不让的厉害角色。

若按月份算,轮到老大家伺候了,但以责任论,继续待在老二家也合情理。谁也不切入正题,就听王乐云在尖着嗓子表白。她说:"一直夹着小心,怕发烧,怕咳嗽,万没想到会摔着。说到底,年纪一大骨头就糠了。"接着,她举出很多例子,谁他爹谁他娘都摔过,经她巧嘴一讲,似乎老年人不摔才稀罕呢。

她又把话题引向玄妙,挑着眉毛说:"蹊跷得很,刚给老太太烧过纸,老头第二天就滑倒了。"王乐云心气高,一辈子就爱跟别人比,决计不肯落下话把儿。相比之下,刘向前倒还实在些,压低嗓子说:"哥,你知道,我这边情况复杂。"

见他苦兮兮的样子，不要说亲哥，连康莲也心生恻隐。这两年，刘向前半老不老，人生角色从未如此繁复陆离，他是丈夫，是儿子的父亲，也是父亲的儿子，还是丈母娘的女婿，孙女的爷爷。

四代同堂的家庭里，老父亲享受不到专人伺候的待遇。孩子是中心所在，向下延续的爱才是无条件的，自发的，充满耐心，不厌其烦。人们各怀心事，叹息声此起彼伏。康莲注意到，老头刚才醒了，或许是积淀一生、如今仍残存少许的处世经验，令他感知到异样的气氛，他又闭上了眼睛装睡。这会儿，康莲倒有些羡慕他。类似的场面她从心底深处发怵，又不得不硬着头皮上。貌似商量，暗里较劲，架势拉开了，每句话都暗藏机锋，显然预先设计和演练过数次，比演员的台词还精准凌厉。

见招拆招吧。看着可怜巴巴的向前，康莲说："你哥要是不干了，我要是再年轻几岁，接下来最困难的几个月，倒也……"她没往下说，做出适当留白。

时光无法倒转，刘向群也不可能放弃私企的营生，每月领三百块钱的破产企业生活费，混不住啊。屋子里一片死寂，人们听见了彼此的呼吸声。

此路不通，王乐云另辟蹊径。她眨着眼，清清嗓儿，叫道："大哥，大嫂。"叫得拿腔作势，又绵里藏针。她的弦外之音是，甭管那么多，你是老大，你什么都应该，更何况老头可是带工资的。

王乐云像许多聪明女人一样，兼有几种面目。时而大方得体，时而精明市侩,时而撒娇弄憨,总能恰如其分。她的笑也分好几种,因笑肌牵引走向的不同,传达出种种精微的感觉,或欢快,或嘲讽,或得意,或佯怒,无论如何,她一笑,康莲后背上就刮阴风。

在她的映衬下,康莲显得生硬、无趣、笨嘴拙舌、善良可欺。献丑不如藏拙,康莲索性不再接茬儿。

沉默相持,胜负难决。刘向群假模假式地去上厕所,冲妻子使了个眼色。两分钟后,康莲来到走廊另一头,黑着脸问:"闹什么幺蛾子?"刘向群一脸严肃,说:"向前有难处,真留在他家,老爷子完得就快了。"

康莲心中一软,几乎要妥协了,然而这妥协的感觉多么熟悉。她胸中涌起一股悲愤:凭什么?我干吗那么高尚?为何每次吃亏的都是我?这样一想,她的下巴扬起来,硬硬心肠,不就过去了。

刘向群叹口气,激动地说:"你发现了没?咱爸到底是怎么摔倒的,他两口子到现在都没弄明白!"

关于摔伤有好几个说法。刘向前说,老爷子去倒茶水根,不小心在下水道边滑倒。王乐云说,老爷子越老越财迷,爱乱捡东西,捡东西时跌倒了。来探病的邻居说,那天家里没人,发现时都不知老头在院子里躺了多久了。

刘向群紧张地看着妻子,直到她缓缓点头才长吁出一口气。他连连作揖。康莲不理不睬,她走神了。

过往的岁月潮水般绵绵涌至。那老头是懦弱的老好人,甚至有点窝囊,一辈子就怕麻烦别人,羞于开口求人,性格拘谨,不识讨巧。那老头,她称呼他为父亲,已经三十多年了。

回到病房,两人一说决定,向来傲兀的刘向前赶忙说好话,说:"让嫂子受累了,都知道你伺候得尽心。"王乐云故作踌躇,忸怩片刻,小声道:"我听医生说,再过半个月就能走了,跟从前一样。"刘向前责怪地瞪她一眼。康莲冷冷地说:"半个月会走,你做梦去吧。"

太阳往下一掉,病房里的阳光倏然消失,夜色降临,毫无迟疑。老头的眼皮悄悄地掀开了。康莲望着窗外,说:"都嫌他是个傻爹,其实他什么都懂。今天这出该回避回避,换个地方演。"

## 四

老头瘦得只剩一副骨架,身子却死沉死沉的。刘向群叫了几个小伙子帮忙,喊着节拍把他抬到楼上。这场景触目惊心,又透出一股巨大的悲凉,令人心情沉重。数年前,老头身材高大,有厚实的肩膀和修直的长腿。楼道的窗户开着,秋风往里灌。外头,梧桐树半黄不绿的叶子打着旋落下来。

老头落了炕,这是最恶毒的命运,人人避如蛇蝎。以前,老头时常忘记冲马桶,康莲捂着鼻子让他冲,他要面子,辩解说根本没变色,为了省水才不冲。现在,他早晨佩戴尿不湿,下午换尿褯子,夜里戴上接尿器。

他失去活性的皮肤极易发红破皮，康莲细心地在接驳处垫上软布。以前，老头喜欢重复发问，令康莲不胜其扰。现在，他总是沉沉昏睡，叫醒了，犯了错般讨好地笑，蜷缩在轮椅里，习惯性地摸袄角，一遍一遍摸。两人相对无言，像囚在一起的哑巴。

每日里，他享用阳间的饭菜，维持肉身的代谢。装老的衣服已置办好，外套是宝蓝色的软缎，饰有复杂的盘扣、金黄的菊花纹，内衣是纯棉的，袜子、手帕、元宝也一应俱全，妥帖地收在衣橱里。为他体面地离去，万事已俱备。

有好几次，康莲忍不住对丈夫说，如果有一天，我傻了，脑子浑了，瘫在床上了，自己不能为自己做主了，你能不能替我办件好事，别让亲戚医生护士摆布我，拔了管子出院，停掉一切药物，让我死得好看些！丈夫要么无话，要么搪塞一句，咱俩谁先走，还说不定呢。

十一月初，小城迎来今冬的第一场雪。康莲推老头来到阳台上，他眯着眼睛向外看，丰满的雪花正悠然飘落。

他似乎记起什么，说："下雪了，把牛牵进来吧，煤球也搬进来。"康莲假意应承："好，我去牵牛，我去搬煤球。"他又说："娃娃。"康莲把箱子递给他："在里面。"他满足地点点头，怀抱箱子，静静地看雪。他来自二十世纪三十年代，遥远而苍茫的三十年代，也像被厚厚的白雪覆盖着。近年来老头同龄人的死讯纷至沓来，癌、心梗、脑出血、糖尿病，在雪片般纸钱的飞舞中，在亲人拍着大腿的号哭声中，世界失去了他们。

天色渐晚,灯光在夜色中柔柔晕开,雪后的北方小城秀美沉静。康莲走到窗前,细声细气地说:"该吃饭了。"他指着她,忽地冒出一句话:"你对我这么好,你肯定是我娘。"他响亮地,自信地,冲着面前的女人叫了一声,"娘!"

暖气片上的蝴蝶兰开得正盛,秀挺的茎条上抽出玫红色的花瓣。窗子一角放着水仙,散发出冷幽幽的香气。白雪反射出银亮的光芒,照耀着他稀疏的头顶,他歪着头笑,极力表现得乖巧些。

听他喊娘,康莲本来是要笑的,可头皮一麻,鼻子酸酸胀胀的,没笑出来。

第二天气温骤降,空气干冷。康莲拿出两床棉被,对老头说:"今晚加被子。"老头的眼神落在柜中的寿衣上,他问:"是什么?"康莲想了想,说:"新衣服。"老头眼里闪过一丝光亮,喃喃道:"新衣服。"

渐渐地,老头能依靠助行器挪动脚步了,刚开始康莲把手放在他腋下撑着,最近几天老头扶着墙就可独自活动。这个晴朗的早晨,老头贴住墙根,双脚搓着地往客厅里走。康莲心想,或许,最艰难的日子已过去。

借着明丽的晨曦,她久久端详镜中的自己,她看到鼻子两侧和嘴角下面,四道不怀好意的皱纹更深了,像铅块一样把脸死死往下拉。这张垮掉的脸,耷拉着的嘴角,令她明朗的心情复又雾气缭绕,什么希望,什么未来,都被洇湿了。这样的日子,啥时算个头?

了断他？解放他？她忽然走上前去，推了他一下。老头惊叫着，五官因疼痛虬曲在一起。她心底升腾起一股快感，冷冷看着老头，老头扶墙而立，卑下而不知所措地笑。

　　半天，她把他扶到沙发上，说别怕，别怕。老头缩着脖子，奋力敛起自己的身体，似要变小了，化成尘埃，直至彻底消失。

　　她和他，两个老人，两败俱伤。

　　晚饭时，康莲对丈夫很冷淡。刘向群觉出气氛有点怪，不住地觑看妻子，灯下，她垮着一张脸，怨气在脸上凝成一层土锈色，他等着她说点儿什么。

　　饭后，刘向群来到厨房洗碗，康莲跟过去，盯住丈夫的后背说："我不想被夸奖，也不怕被雷劈，我恨不得他死，或者我死。"

　　话是狠话，却说得低沉哀怨，声音像从深渊里传过来，带着回音儿的。康莲接着道："上个月我第一次打他，是因为他把刚换上的棉裤尿湿了。旧棉裤拆了、洗了，絮上新棉花重新缝好，又晒暄了，晒暖和了，我花了一星期的工夫，他几秒钟就尿湿了。我打了他，我有罪。"

　　刘向群心里一阵刺痛，他停住手，转过头来，说："爸总这样活着，他也有罪。"

　　他半是抚慰半是表决心："老伴儿，明年我不干了，咱俩一块儿伺候。"康莲摇摇头："厂子效益正好，你又喜欢在外面跑。"刘向群低声道："我老了，也不愿跑，想趁跑得动给家里攒钱。爸半死不活的，你又有病，我人在外头,手机一响心就慌。我后悔啊,谁让咱觉悟太晚。"康莲抚着他腮边冒出的须根,酸楚地说:"悔什么?风光不风光,得志不得志,都不重要,你的身体最重要。"

此为他俩的痛处。年轻时不屑于钻营聚敛,到老才知道,家底薄心里就慌。生活的平和下埋伏着隐忧,剧烈的刺激则在一个夏日的傍晚霍然降临。那晚,两人仪容松懈,摇着蒲扇在路边纳凉。忽地停住一辆锃光瓦亮的黑色轿车,走下来一个人,向他们微笑,竟是旧相识。来人面色红润,身着剪裁良好的衬衫。言谈中他数次强调,这年月,谁还靠工资啊。不经意间又透露,他手里有铺头有生意。夫妻俩面面相觑,心头涌上末日遗老般的酸楚感。康莲笑容僵硬,唯唯附和。刘向群强作镇定,赔笑着道:"留个手机号吧,以后常走动。"老相识装模作样地记,实际乱按一通,根本没记下。轻慢和鄙薄,都在动作里了。刘向群顿觉腰一软,他死命拽着宽松变形还有几个破洞的棉背心,似乎闻到一股酸臭味。内心的巨变终于到来,他失眠了几个晚上,决定找熟人牵线去私企。他像小伙子一样对妻子说,我要搏几年,时代变了,社会变了,留州越来越像大城市了,不搏不行了,不能只追求小农生活。他的名片上印着销售经理,这样的经理厂里有几十个。业务是主销土工材料,跟傲慢的工程二包、滑头的中间商打交道,去掉几层皮才是赚头。销售额和回款每月都有硬指标,精神压力大,好在只要跑成一单,收入就颇可观。他憋着劲挣钱,家里的担子便落在康莲肩头。康莲时常想,忘了从哪天开始,她身处的这座小城市也变了,人们特别需要钱,特别喜欢买东西。她说依我看,用不了几年,我们这里也快成深圳了。夫妻俩互相倒苦水,也体谅着对方的坏脾气,只为手里攥住钱的那份踏实安全。

过日子,就是你哄哄我,我哄哄你。这晚,刘向群低声下气,还用双手拿住她的一只手,去捆自己的脸,问:"解恨吗?"他真用劲儿了,康莲来不及缩手,啪的一声响。

她嗔怪地看着他,说了一句软和话:"我憋屈得慌,都是气话,别当真。其实你也不容易,这个年纪了,动不动就坐一夜的火车。"

大部分时候,她有能力调节自己的情绪。老头是她的一粒赘疣,一处增生,一颗粉瘤,已经长死了,和血脉连成一体。在内心最幽深也最脆弱的地方,当恶念像幽蓝色的火苗往上蹿时,她自卫一般,在乾坤朗日、明月清风之下,浇灭它,踩熄它。

刘向群继续安抚她,提议道:"等天气暖和了,晚上我看护,你出去放放风。"康莲腾地坐起来:"我不怕冷,你不说还好,你一说我心里就痒。"她瞥见老头,神色暗淡下来:"可惜咱住楼,不然,也能推他出去转转。"刘向群心中一动,试探着道:"人活着不能总不着地。年底奖金发下来,咱买座平房小院行吗?"康莲说:"怎么不行?这石灰盒子早住厌了。"刘向群放了心,催促道:"走吧,下去转悠转悠,跟老朋友们多玩会儿!"

康莲下楼了,她听见自己的心跳声。夜风清凉,广场上灯光通明,有跳舞的、踢毽子的、打太极拳的。她专往人多的地方凑,听人家聊什么都觉得新鲜,所见的脸孔无不可爱。

人们记得她,友善地点头致意,哦,是这个女人。她上过班,有文化,爱脸面,端庄人妻,孝顺儿媳,能将牢骚和怨气控制得很好。

"是康莲吆,好些日子没见了!"李汉庭徐徐走过来,掐指一算,"哎呀,三个多月。"老李客套几句,便谈起老头的骨折,他一脸诡秘之色,说:"行动不便是好事。"接着,他问康莲,"下大雪那天,还记得吗?"康莲点点头,她想起公公看雪的样子。

老李神色凝重地讲起雪夜的故事。主人公叫老谭,也是阿尔茨海默症,提前喝下了孟婆汤,但心肝肾这些大件儿没问题。老李说:"老谭的女儿是好样的,一个大学教授,为了伺候老爹提前内退,一伺候就是七年。老谭可真不省心,下雪那天跑了,家里人出去找了半夜,等找到他时——"老李顿顿,倒吸口气,"啊呀,老谭直挺挺站在河边,身上全白了。"康莲问:"人完了?"老李答:"冻透了,没救过来。智力不如猫狗,腿脚却利索,说不清会出什么事,淘不完的神哪。"

初冬,夜空高远明净,清冷的月光铺了一地。此种幸运,她羞于仔细分析,也不敢尽情体验。

五

几年来,每逢农历新春,康莲都为老头订做新装,一身挺括的中山装。老头是1949年前参加工作的老革命,一辈子制服洋褂,板板正正,气气派派。村口树下的妇女们经常议论,说他是个爱美、爱干净的男人。康莲印象最深刻的是,他有一条驼色带穗绦的长围巾,从胸前随意地往肩上一搭。他个子高,膀臂宽,标准的衣服架子,又兼四方大脸,鼻梁高挺双目有神,有一种老派的英俊。他推着大梁自行车,走在秋天高朗的天空下,像从电影和油画里走出来的人物。

岁末,康莲把女裁缝请到家里。康莲架起老头的胳膊,女裁缝甩开皮尺,一挏,一掐,摇摇头,像在自说自话:"身量缩了不少,今年是个槛儿。"送走裁缝,看着呆滞的老头,康莲自言自语道:"明年八十六,多吉利的岁数,闯一闯把年关过了吧。"

日子一天天流向春节,老头的健康状况并未好转,一种不安的气氛开始在空气里潜滋暗长。老头白天昏睡,夜里睡眠浅,醒了见窗外有光,就去砸卧室的门。刘向群迷迷糊糊起身,责备道:"三更半夜,起来干吗?"老头一脸无辜,说:"天亮了。"刘向群强忍困意,急吼吼地说:"才两点,是路灯亮,是过大车呢,车灯一闪一闪的。"他为老头脱去衣服,命令他继续睡。康莲也醒了,她悄悄来到老头门口,发现他躺在床上,双目圆睁,像两口干涸的古井。她心里惴惴的,这样下去怕是要出什么事。

就这样,他再也分不清黑夜和白天。他身上散发出老人特有的腐肉气味,晨昏颠倒,饮食无味,只在吞药面时咂咂嘴。生命中重要的收放亦不受控制,失禁和干结戏剧性地轮流造访。他的魂灵似乎找到一个出口,先期去了另外的世界。他干抽抽、轻飘飘的,忘记从哪天开始,刘向群抱得动他了,像抱小孩一样在轮椅和床之间抱来抱去。

又过了几日,老头开始拉稀,输液输了几天也不见好,便有人隐晦地提醒,这是在清肠。他的呼吸变得很轻,漏气了,屎尿都拢不住。他的肚子塌成一个坑,胯子骨如一把薄刃般立在身体上。康莲不得不承认,老头的日子不长了。丈夫的话入了她的心——人活着,不能总不着地。她盼望老头活过年节,也盼望丈夫年底领回绩效奖,明年开春他们去挑选一户平房。不用太大,有个小院落就好,可供老头在院子里呼吸呼吸新鲜空气,晒晒太阳。

转眼步入腊月,年味扑面而来。腊八这天,女裁缝送来新上衣。老头一试,贴身可体。裁缝拔脚便要走,康莲让了让,裁缝说不坐了,一摊子事等着我呢。这时,老头嘴里叽里呱啦的,裁缝瞪大眼睛,康莲解释道:"他这是留你吃饭。"裁缝略一迟疑,笑着说:"心领了,真是个仁义老人。"

叠好新装往衣橱里放,康莲见到寿衣,刺了她眼睛一下。她心里不舒服,把新外套压在寿衣上,用力一按。老头的眼睛瞄过来,目光迷惘,他一句话也不说了,只是喘气。对他来说,活着像一个诅咒。

那些脑子清楚的老人,深知每天早晨如常醒来都是捡来的。他们对自己的后事不再避讳,用一种积极、虔敬、完美主义的态度迎接备办。康莲的外婆说过,人一辈子坐两回轿,结婚时坐红喜轿,死了坐棺罩帷的轿,尤其白事上不能抠抠搜搜、手忙脚乱。外婆是有点儿仙气的,忽地有一天,她说,灯快灭了,我要走了。从那天起,她一心一意为自己操心,寿衣是手工缝制的,针脚精细,里三层外三层,实实在在的六套衣物。布料预先过水、展平、晾晒,成品散发着棉布淡淡的清香和若有若无的阳光味道,像一层层肌肤般温暖、光滑、服帖。最里面的一层,袖口打着优雅而隐秘的褶皱,宛若年轻公主的亵衣。寿鞋上绣上朵朵莲花,那一日,将脚蹬莲花而去,外婆是多么坦然、安心、欢喜、完满。康莲望着老头,他已经老到即刻死去儿孙也不会真心悲痛了,却还在活。

她不愿再往深处想,逃开他,躲进厨房。早晨泡上的米豆已胀鼓鼓的。她用大火烧开一个滚,接着调成文火,让坚硬顽固的种子慢慢地熬。

粮食的香气弥漫开来,她鼻孔一张一合地闻着。老头什么都闻不到,木然而坐,体臭浓烈。他咳出一口痰,旋即咽下去。他的颧骨暴烈地往外突,左边比右边略高。他的眼珠昏暗无光,眼袋异常肥大。这是一张陌生的脸,完全走了样儿。进入暮年后,特定的时刻,老头的面庞会绽放出短暂的光彩。那是大年初一上午,侄子、外甥从十里八乡赶来,欢聚一堂。老头端坐在上座,接受着晚辈浮泛的尊敬。席间,人们预言他活过一百岁,循例说着"红光满面"之类的吉利话。人情通达的亲戚也不忘为康莲表功,赞美她"伟大"云云。老头存在着,使拜年有了必要性,团圆二字实至名归,交往和走动师出有名,父慈子孝,家族之树葱郁繁茂,枝叶纷披。

烦恼自然难以启齿,苦楚只能心照不宣,捂得严严实实,小心不可捅破。显然,老头已跟不上酒席的拍子,他的眼神惊虚虚的,应景的笑容不时闪过一丝软弱,偶尔简短问答却毫无底气。他多礼了,他只需静静端坐,就为节日增添了喜气、和美和幸福。人们渐渐生出美好的错觉,他和蔼、慈祥、睿智,历经沧桑,笑意淡然,高寿更使他具备了神奇的力量,仿佛在暗中庇佑着后代的生计和前程。终于,人们闹哄哄地聚完了。作为虚幻的大家长,他完成任务,疲惫地回到沙发上,犯困,打瞌睡。他热爱垂下的窗帘,昏暗的光线掩护了他,沙发的坑窝妥帖地包裹臀部,令他觉得柔软安全,像洞穴,像母亲双臂围成的圈,箍牢了他,不撒手。

团聚宴即将到来,老头的脸上还能像往年一样绽放光彩吗?

晚上,刘向群回到家,见茶几上放着一碗八宝粥,冒着热气呢。康莲接过丈夫的羽绒服,说:"冰天雪窖跑了一天,先喝碗粥。"她转身走向厨房,刘向群注视着妻子的背影,在黄昏暗淡的天光里,她的白发分外触目。几年前,她曾懊恼地说,头芯那钻出几根白头发,让他帮着拔掉。她有一头乌黑油亮的好头发,内心很引以为傲,也爱惜了半辈子。可如今头发已全然灰白,一根一根,像秋后的干萝卜缨子,又经了霜打,干巴巴的,带着一股萧索气。她的背也驼了,骨头变了形,令人心酸地弯着。

刘向群打定主意,再赚钱明年也不干了,回家安心守着父亲和老伴。

寒冬的夜晚,刘向群卸去重负,睡得格外踏实。同样在这个夜晚,康莲被外头接神的鞭炮声惊醒。一阵胸闷心慌，小腹胀胀的，看来又要起夜。

她拧开门锁往卫生间走，黑暗中，她吓了一跳。沙发上坐着一个人，石雕般一动不动。苍白的月光打在他脸上，他眼神放空，面无表情，身上穿着宝蓝色的寿衣，荧荧地泛起绸缎的幽光。

她的腿像煮烂的面条一样稀软，身子委在冰冷的地砖上。衰竭从心口传导过来，疾如闪电，后背和肩膀针刺般地疼。

眼皮沉重地往下垂，在若明若暗的缝隙里，她看到逝去的父母。母亲死前瘫痪床褥多年，零零碎碎地受苦，内心羞惭悲痛而口不能言；父亲的逝去则被人津津乐道，他前晚吃下一大碗肉，翌日清晨，母亲发现他已停止呼吸，面色安详，毫无痛苦挣扎的痕迹。他一夜中泅渡漫长黑暗的生死间的苦海，生命虽戛然而止，但人们对好来好去的艳羡掩盖了他暴毙的实质。亲人纷纷赞叹，有福气，老康是前世修来的。想到父亲，她四肢舒展，放松的脸上自然地浮现出一抹笑意。她的身体感受到一种前所未有的轻盈，像是，到家了。

烟花在窗外粲然绽开，又瞬息寂灭。此时她无比想念女儿。这几年，她和女儿见面很少，好的时候一年两次，更多的是一年见一次，来去又匆匆。她看到远方的女儿抱着外孙，外孙的手臂像莲藕一样圆润白嫩。她即将离去，她因而无比欣慰，真心实意地为女儿感到高兴。她是个老人了，能为孩子做的实在不多了，要么健康，要么速死。

她还有最后一丝意识，她想告诉穿寿衣的人，你叫刘长瑞，刘长瑞。她想带他走，一同往生极乐。她是老头跟这个世界的唯一联系。在他斑驳的记忆和狂野的虚构中，有时，她是初恋情人，在老家的乡间土墙上写情书示爱的热烈女孩；有时，她是姐姐，省下自己的半勺麻汁浇到他面碗里的姐姐；更多的时候，她是他的母亲，即使他神憎鬼厌，依然无条件爱他的母亲。

一切都快要结束了。她闭上眼睛，听到丈夫慌乱的脚步声，接着闻到药丸熟悉的气味，苦而凉。她瘫在丈夫怀里，听到他喊："你得活着，得活着。"恍惚间，遥远的天空中仿佛也传来恶作剧般的叫喊声，让她活着，让她活着！她接上一口气，悲喜交加，原来，还是走不了，还要熬下去。熬下去。

照夜白

有些气味，只有下雨的时候闻得到。跟阳光晒出来的气味不同，晒出来的气味蓬松温热，就像夏日傍晚时分的树林，弥漫着的是暖烘烘的木香。雨天里的气味不那么热烈，却更悠长一些，从一道道细缝中宛转地泄露出来，若有若无地浮动在空气里，久久不散。

一间小教室，白墙，黑板，日光灯，十几排桌椅。窗外，雨一遍遍洗着植物，叶子内部浓绿的汁液似要挣破薄薄的表皮，随着雨水四下流淌。

同事们按顺序走上讲台，打开自己的课件，微笑，演示，讲解，做手势。谢梦锦抬头望着讲台，笔拿在手里，本子摊开着，都是做做样子。她正秘密跟踪那股气味，玄远飘忽的气味，像禅机和隐喻。她先是听见，听见衬衣的布料在呼吸，一呼一吸间，气味被带了出来。接着她辨认出，气味并无内核与主干，是麝香、柑橘、茉莉和檀香木的混合香气，香气从她上衣的纹理中迂缓地散发出来，停一停，往更远的地方飘散。这味道属于白色衣物洗衣液，洗衣液还剩小半瓶，在搁架的最右边。同样的瓶子，搁架上放了一长排，细看起来标签并不一样，牛仔布洗衣液、羊绒洗涤剂、深色衣物洗涤剂、丝织品洗衣液、运动衣物洗涤剂……

散会的时候，赵燕朵走到教室后排跟她打招呼。看见最亲近的同事走过来，她一时忘了，燕朵。发出声音的一刹那，惊觉不妙，"朵"这个音在卷起的舌头上愣了一下，勉强趔趄到嘴边，本该沿着噏起的舌尖滑行而出的音节，僵直了，破碎了，碎片落满一地。汗一下子冒出来，凉意顺着脊背往下走。她低头收拾桌上的笔、本子和水杯，使劲儿往包里塞。

应该没人听见吧？一个完全走了样的舌尖音、合口呼，像随身听电池快耗尽时发出的声音，扁扁的，扭拧，怪异。

多喝水，少说话。燕朵说。

她点点头，指着喉咙，皱着眉，跟燕朵示意，表示自己无法发出声音。

燕朵挽起她的胳膊下楼。外头雨还没停，树下薄薄一层落叶，刚被风雨吹落下来，颜色还翠绿翠绿的。撑起一把伞，两人沿着青色花砖铺就的人行路往车棚走。这条路不知走过多少遍了，两株桃树、三棵缅栀子，接着一排石榴，就到了路的尽头。

才是中午,雨云在半空中一层叠着一层,天色昏暗得像是暮晚。走过桃树和缅栀子,眼前忽地明亮了起来。石榴花开了,刚开的第一茬,本来就热闹的大红色,经了雨水,更加明艳。她俩停住,立在伞下,静静地看着跟前这株石榴。

石榴花上落满雨珠,雨珠像被花瓣吸住一样,一动不动。

她们听见了彼此的呼吸声。

这一排都是花石榴,不结果实的,就算偶尔结几个果也没法吃。燕朵说。她手指拂过榴花,雨珠簌簌掉下来。

我知道,在我老家不叫花石榴,叫"看石榴"。不结果也没什么,结果子不是很重要的事,反而,只有看石榴才能把花开得这样动人。

按照今天的设置,她不能发出声音,这番话只是在心里默默说了一遍。她想起家里的柜子抽屉,放满了杯壶碗碟,几年也用不上一回的,就是为了看看,看着喜欢。她从小喜欢的,好像都是些中看不中用的东西。

她打开车门,坐到驾驶位上。燕朵的车先开出来了,燕朵摇下车窗对她说,小谢,我倒宁愿嗓子发炎的人是我,就不用上那个台了。

话语涌上来,真正想说的话一波一波地上涌,在喉头凝结了,哽住了。她多想跟燕朵说说话。很快她听见燕朵又一次嘱咐她多喝水,她赶紧点点头,隔着玻璃怕燕朵看不见,干脆打开车门,一只脚着地,侧着身子伸出头去,让燕朵看见她点头的样子。燕朵挥挥手,开车走了。

燕朵,六年了,头一回我没上去讲,那些话,我是一句也不想说了。

她坐在车里自言自语,把想跟燕朵说的话说了一遍。提眉毛,放松下巴,口腔打开,头腔也打开,她像在播报重要信息,每个字的声母和韵母都交代得很清楚,没有一个含混不清被吞下去的音,平上去入,也都到位了。回家的路上,这些完满的音节还停驻在车厢里,叮叮当当,或站或坐,陪了她一路。

每次把一批东西清出去,她就感觉生活堵住的地方又畅通了。定期理一理,算是个好习惯吧。隔一阵子,把衣橱、书柜、冰箱、储物架整理一遍,就算没扔东西,细细梳爬一番,排放收拾好,心里便清爽多了。

搁架上放着一排洗衣液,她当然知道一个人不需要也用不完这么多洗涤用品。她只是没法抗拒"认真"二字。第一次走进这家洗护用品店,她见到了创始人在洗衣服这件小事上的痴心,世上就是有这样的认真人,把每根纤维都当回事儿,努力不让白衣服变黄,不让羊毛的天然油脂随污渍一起被洗掉。看多了糊弄和粗制滥造,没法不珍惜眼前所见,也知道眼前一切绝非必然。她心想,既然遇到了,还不买简直就是犯罪,便把能买的都买回家。一共九瓶,在搁架上排好的一刻,正在过的日子莫名地有了尊严。

那天晚上,她整理书柜,同系列的书找齐了放在一起,又按年代和作者规整完十几个书格。收拾的时候,发现几本书里夹着往年的课表,取出课表放在一边,书排好了,便把课表揉揉,扔进了纸篓。

扔掉课表,忽然想到,工作也可以理一理。她打开电脑,把这些年的教学任务书找出来理了一遍。一共上过四门课,两门校必修,一门院系必修,一门选修,课时的准确数字也在任务书上。她一学期一学期地加,加到最后,计算器显示屏上出现一个数字。

她又加了一遍,还是那个数字。

第二天有个会,期末的例会,每个人上去谈谈教学体会,几分钟时间,对当老师的人来说比较轻松,也不用专门准备,就是头天晚上心里肯定是有桩事的,总归是一桩事。也没什么好抱怨的,都习惯了,所谓日常,不就是由许多个不轻不重、可以忍受的小折磨组合而成的吗?

一大早,她来找季焕中,主管教学的副院长。她左手捂着喉咙,勉力发出声音,一个字,一颗沙砾,一个字,一颗沙砾,越往后面她的表情越痛苦,声带似已无法振动,发不出真声,基本是气声了。

季焕中在电脑上改着什么东西。办公室里到处堆满书,有的摆得太高,已经从中间倒了。墙上没有"惠风和畅"的字画,柜子里也没有树脂工艺品,唯一的装饰是几只猫头鹰,陶瓷的、草编的、铸铁的,或挂墙面,或摆桌角。有人问起来,他总是会说,我这个鸮如何如何。他的用词,他认真的样子,都透出几分孩子气来。

好,知道知道。别说话了,听着就难受。他说,生病发短信就行,还跑一趟干吗?

再用气声回答吗?绷着的劲儿泄了,勇气也消散了,她不想再把自已调动到演出的状态。瞥见桌上的便笺纸，撕一张，写下一句话，递给季焕中。

没别的，也不发烧，就是喉咙疼。

季焕中看一眼，嗯一声，继续看电脑。她又加上一行字，谢谢季院长。

她起身离开，正赶上小木屋形状的钟表整点报时，木屋尖顶下面的一扇窗子弹开，有什么东西从里面飞出来。她这才发现，原来里面还藏着一只鸮。

一边往外走，一边目送着鸮推窗飞出，又合上翅膀，缓缓隐身于小木屋里。

好像是工作以来第一次吧，在应该张嘴说话时，她没说话。她坐在教室最后一排，听到衣服的面料在呼吸，闻到经过漂洗和日晒后依然活着的一缕香气，看到窗外雨洗的树叶，雨水里平而薄的叶子看起来不一样了，叶子表面的翠色有了形状，简直是一块块凸起来了，看上去，这绿色真沉呀，往下坠人的眼睛。

昨晚她没有准备发言，她练习了一晚上怎样让自己听起来喉咙不适。声带紧张起来，声音尽量往下走，含住一个音节，嘴里多闷一会儿，再蜿蜒着往外挤。

隔着十几排桌椅，她看见燕朵走上讲台，手是微微发抖的，空气中像有一道铜线将这电击般的颤抖向她传导，她拿着笔的手也跟着颤动起来。燕朵工作十几年了,看上去很老练,脸上没有丝毫的畏怯,说话时语调平稳而有变化,既不会显得毛躁,也不会让人感觉沉闷。可她就是看到了,燕朵的手抖了一小会儿。

接下来的两周很容易度过,课程已结束,再完成一些例行工作,从开学之初就秘密支撑着每个人的假期便真要来了。对谢梦锦来说,这两周跟往年有些不同。咽喉炎加重,间歇式失声,她坚持不说话,询问和关心渐渐稀落了。

她真不用说话了。

六年的时间,上了4128节课。这个数字出现时,她的第一反应是算错了。

现在,她秘密享受着失声带来的快乐。学期末多有聚餐,电话里,她用气声说,不行,还是不行,去不了。她已经掌握了怎样把气声发得飘渺一些,再飘渺一些。她逃过了发言,躲过了数场社交活动,不用满心后悔地赴约,不用再受废话和讪笑之苦,每天都因游离在外而暗自窃喜。

办公室在七楼,步入电梯,她算了算,只剩四天了,最后这几天下学期的课会排出来。

她走进办公室,见燕朵也在,正对着电脑登学生成绩呢。学期的尾声,办公室不像以往那样人来人往了,她想走过去跟燕朵说几句话。走几步,见后面卡座内有人,心里一踌躇,脚步已拐到自己座位上。

拉开抽屉,拿出纸笔,她把想说的话写在一张信纸上。

燕朵,上课的时候,一定要用麦克风,麦克风坏了就让现场办马上换。即使有麦克风,还是要多用假嗓子。我知道你是认真用心的人,但也不要把自己累坏了。比如说,提问后多等一会儿,歇一歇,这没什么的。

她默读两遍,又加上称呼、署名和日期,看起来真像一封信了。

一直记得,两年前九月的一个下午,她的 U 盘落在教室,回教学楼取回 U 盘,经过走廊时,一间教室里传出熟悉的声音,她踮起脚来透过玻璃往里看,果然是燕朵。那天下午,她站在走廊中央听燕朵讲课。燕朵平时说话柔声细语的,一讲课却全身发力,特别投入。听了一会儿,她感觉到,讲话的这个人,气明显不足了,发出的声音周身布满毛刺儿,轻轻刮擦着空气和她的耳道。快下课时,教室有些乱,燕朵升高音调,试图控制些什么,隔着墙,她还是能听出来,这声音在多么吃力地爬坡。她听得心一抖一抖的,听着听着,就想掉泪了。

燕朵不知道她在外面,她从没跟燕朵提起过此事。

趁燕朵出去,她把信纸反扣过来,放在燕朵的办公桌上。

清理完这学期的杂物,她准备回家,抬起头来,正迎上燕朵的目光,燕朵站在隔断的旁边。燕朵说,走,去三楼的甜品店喝杯果汁。

跟着燕朵走出办公室,燕朵在前面走,她跟着,来到走道尽头一个僻静的角落,四下无人。燕朵转过身来,说,想个办法。

她点点头。千言万语,好像都不用再说出口了。

晚上,燕朵来电话的时候,她正站在阳台上感叹,今晚的月亮真低,就停在不远处的山脊之上。

很久没看到信纸了。燕朵说。

把话写出来,是另外一种感觉。她说。

她很自然地跟燕朵对话,不用解释说明,更无须疾风骤雨地诉说。她俩都羞于以太过浓烈的方式跟人相处。

一到夜里,小山就躺下了,月亮安静地挨着山脊,是一小半月亮,敷着一层新熔掉的淡金。纱窗筛落月色,地上,影子搂紧了影子。此刻,不像在用手机通话,燕朵似乎就在她身边,在很近很近的地方,燕朵的气息也尾随着夜色迤逦而来。燕朵是两个孩子的母亲,小儿子只有两岁。长期贫血让她脸色发黄,但并非干枯晦暗的颜色,当光线柔和时,她的脸会泛起玉的光泽,像一块温润的黄色玉石。

想个办法。燕朵不探问什么,也不规劝什么,一句多余的话都没有。

别不好意思,拿着病历去找季焕中。燕朵接着说。

好,我去。

病历,病历有了吗?可以找老陆。燕朵说。老陆是她丈夫,在市二院财务科工作。

不用,有办法的。她说,放心吧,燕朵。

下午,她来到校园,先在湖边的长椅上坐着,快到整点时才往办公楼里走。

木窗打开，鹆飞出，一只漂亮的鹆，羽毛闪耀着金属的光亮感，圆眼睛，神情是落拓中混杂着几分狂傲，好像随时准备仰天大笑。她不想再用气声说话，把病历放在桌角，随后递给季焕中一张便笺纸，上面写的是用嗓过度声带小结可致失声云云。

慢性职业病，身上，心上，都是难免的。季焕中说。他面庞有些浮肿，头发像个鸟窝，也许又躲在办公室看了一夜的书。

假期好好休养，不然还能怎样呢，我们吃这碗饭的。他说话的时候没有抬头看她。

既然决定这么做了，就不会在乎别人怎么看待她。她面对窗户坐在椅子上，她心里有底，支撑她的，是多年来的储存。她暗自盘点着这些储存：温和，隐忍，合群，识趣，不哭不闹，看淡荣誉和利益，等等，等等。这些年的表现证明，她不是一个麻烦难缠的人，不是一个寻衅滋事的人。她既不精明，也不愚蠢，进退合度，叫人放心。

他连说几句打发她的话，她跟没听见一样，坚定地、毫无愧色地坐在椅子上。作为失声人士，她的沉默是正当的，并不携带情绪和敌意。过了一会儿，她偷觑到，他迅速观察了她一眼。

压力在他那边，她适时地把便笺纸往他跟前推一推。窗外，鸟振翅掠过，在天空中一闪而逝。

除非你愿意上社会类课程，一般排在晚上或周末，没人愿意上，好在课时量不多，内容也有自由度，空间比较大。

适合你。他加了一句。

阳光不那么强烈了,她来到湖边,在树阴里坐下,望着办公楼,想着方才她跟季焕中对坐的一幕,心里充满感激。那一幕蕴藏着美妙的含混性。从进去到离开,病历始终没有被翻开,从头到尾,他都没有动用"规定"这个词,她能感觉到他对这个词的排斥,作为一个有能力尤其是具备情感能力的领导,显然他不愿意使用过于冷硬的词汇。

湖面上落满阳光,湖对岸是她和燕朵走过的人行路,隔着宽阔的湖面,石榴花开得正盛,激动的红色,红得让人看着看着,心里竟有些隐隐作痛。她想,石榴花肯定是热爱说话的,老远的,就能听到它们在交谈,声音高亢响亮。

修整了一个假期,她准备开口说话了。

站在讲台上,最先看到的是坐在后排的那个人。他穿一件蓝衬衣,一点儿也不犹豫的蓝色,单纯而准确的蓝色。他小臂放在桌面,能看见袖口一排纽扣,每粒都待在扣眼里。过了很久,一次课后闲聊的时候她才知道,那叫克莱因蓝,绝对之蓝。

第一次课只来了二十几个人,她知道接下来会更少,这样想着,心情一下子轻松了。她的风格本来就适合上小课。小班上课有特别的感觉,声音响起,却不会冲散静谧,站在讲台上,仿若通灵般的独白,却广有共鸣,交流的深入往往超越语言所能,在一个更奥妙的层面上进行。

小课堂上,她拿出来的是私房,小课堂上,她也更容易将多年萃取之物送达给听众,也送达给不在场的更多的人。夜晚的小课堂还会产生某些神秘的东西,难以复制,但每来必让人心醉神迷。她会猛然发现,一直哽在心底说不好的那句话,不经意间自己出来了,浑圆完整,本来如此,看不到丝毫人力的痕迹。

几周后,固定下来的学员总共是七个。有一次课间的时候,他走上来询问一幅图画,两人交谈起来,她这才知道,蓝衣男士是陈乐。他一开口,她就听出来他音质独特,等到报完名字,她马上意识到他是谁了,对,就是陈乐,陈乐呀。听汽车广播的人都熟悉这个名字,交通台早晨7点半的节目,一个充满活力的声音回荡在行进的车中,陪伴着上班路上的人们。他的声音浸透着阳光,友善,轻快,这声音让人觉得世界总有希望。

她问,电台主持也来上这种课?他的回答让她一下子愣在原地,她没有立刻作出回应,她一直在避免戏剧性,即使是浑然天成的戏剧性。但从那以后,她心里没再把他当成学员。

他说,我不想说话了,我只想听听别人说话。

他真年轻,人跟声音一样年轻。他皮肤的颜色很深,是长年坚持户外运动才能拥有的健康肤色。一道长而挺的鼻梁从人中延伸到眉心,眉心那里能看到明显的突起。

她上课用的包是一个挺括的布包,很能装东西,布面上印着一幅古画。陈乐问起这幅画,她告诉他,这幅画叫《照夜白》,照夜白是一匹马的名字,一匹白色的唐朝骏马,它的主人是唐玄宗李隆基。她说,照夜白被拴在木桩上,你看,画面里它是想飞起来的样子呢。

要给它画上一对翅膀,或者,陈乐做出舞剑的动作,说,用一把剑把木桩砍断。

他接着说,照夜白,三个字连在一起,骤然一亮,有一种光明感。她明白他的意思。她想起早晨拉开窗帘,白昼毫无保留扑进来的一瞬。

很长一段时间了,她不参加任何聚会,也婉拒了所有的外出授课邀约。她说,扁桃体发炎,她说,肠胃不舒服,这些可爱的小恙庇护了她。再后来,她不再求助它们,而是坦然回复,不去了。很简单,不去了。一个伴随她多年的伙伴,正渐渐从意念中抽离,那个伙伴,叫挣扎。电话里,母亲仍问长问短,警示她不要不知足,刺探她有没有多跟人联系交往,她让母亲多注意血压。有时在学校餐厅遇见燕朵,燕朵笑她,又不是让你上沙场,她说,我还真有临阵脱逃的感觉。回想起那一个个夜晚,在灯带的照耀下谈论不感兴趣的话题,看着关系普通的两个人非要表现得比实际情况亲密些,回到车里再回到家里,扭头一看,看到一大片滞重的空白站在已逝的几个钟头里傻笑。复又端详镜中的自己,好像变丑了,两团潮红徒劳又懊丧地浮在脸颊。不过是一个个毫无自由意志的公共的夜晚,不是我的,也不是你的。

幸运的时候,课堂会是自己的。这节课讲小津安二郎的电影。她说,适合假期,适合在家里看,能看到世界和人本来的样子,寻寻常常中,原来有惊人的美。屏幕里出现云的时候,我就按暂停,看一会儿云,做点别的事情,有时忘了,云就停在屋里,一停就是一下午。

说到这个场景,她眼神失焦了,短暂地出神,置身于无名的幽境,什么也不想,什么也看不见,再走出来时,从里到外都是湿漉漉的清凉。


学期过半,电影的部分还没讲完,课堂上却有些不对劲儿了。这方面她是足够敏锐的,她感知到,一股不安的气息在加速挥发,越来越重。

坐在第二排的女学员余家欣,一脸不耐烦,身体动来动去,一副完全坐不住的样子,这对授课是重大打击。杂念全涌上来了,她不停地搜捡之前哪句话说错,而之后要说的每句话都变得苍白无味,讲述的热情一沉到底,相似的糟糕经验争相浮现,这一切多让人厌倦和灰心。

她的声音遍布皱纹,长满白发,一瞬间老了。

提着心,机械地发声,时不时用眼神安抚余家欣,像安抚一个焦躁的儿童。她生怕余家欣按捺不住从座位上站起,头也不回地离开课堂。

她站在一座高高的纸桥上,纸糊的桥下面是拉长的时间之河。她被放入一个热瓦煲内,小火熬煮,辗转反侧。总算熬到下课,她走出教室,推开走廊尽头的窗户,长呼出一口气。接着,回到讲台,眼神找到余家欣,鼓励地看着余家欣,发出交流的信号。她需要掌握情况,需要知道发生了什么。

过了几分钟,她等到了她。余家欣走过来,手肘支在台面上,双手握在一起,说,谢老师,跟你聊几句啊。我记得这门课叫"你的口才价值百万",是应用类的课程。

竟然叫这种名字,谁起的?她拧着眉头。

我报名上课是觉得这门课实用性强,是速成班,立竿见影的那一种。

她理解余家欣的心情。余家欣在家居商城卖家具,说生意一般,就靠节假日冲量,平时没顾客也要从早到晚守着,想到这姑娘每天在店里吸毒气,她就觉得太不容易了。她还记得,余家欣说打算去万象城一家名品店应征导购,卖精美的皮具珠宝,说的时候一脸神往,她也盼着余家欣能尽快换份自己喜欢的工作。

我们是人文通识课,口才和表达不仅是技巧层面的东西,还跟基本的艺术修养、审美都是联系在一起的。声音低低的,她觉得自己的话并无说服力。

可是太空洞了,一点儿也不吸引人,也没什么操作性。

后面会有专门的讲解和练习。她只好说。她黯然跟小津安二郎作别,还有没来得及出现的巴尔蒂斯、贾科梅蒂和《后赤壁赋》。跟前作相比,她始终觉得《后赤壁赋》因孤寂而更接近神灵,读一遍,宛若转世一回。

接下来的一次课,她走进教室,放下包,看看下面,还是那几个学员,余家欣坐在老位置上。她有些心神不宁,惴惴地等着铃响。她害怕所有这一切,进门,上台,开腔,当众说话,哪怕是重复了上万次,她还是害怕,她知道一走进去,自己就跟还没想清楚的、并未完全认同的一些东西合为一体了。

口才是成功最重要的因素。"成功"这个词总是自带重读强调效果。这节课我们一起探究说话的艺术。说话术。人是群体性动物,每个人都想在群体中受到大家的欢迎。大家是谁?每个人也都要掌握沟通和交际的技巧。诱导操纵。

说起来,这些玩意儿是最好讲的,以石井裕之和雷克·科斯纳为底本,列举大量案例,掺和着读心、微表情等时髦秘术,再让学员演练演练,教室里洋溢着学到真东西的满足欢快的气氛,一节课很快过去了。但昨天晚上,讲稿找出来,她一眼也不想看,磨蹭到很晚还是没看,躺在床上,她想,明天早到教室二十分钟,课前熟悉熟悉吧。不到最后的时刻,她一眼也不想看。

铃响后,她做出一副急匆匆的样子来,快速把东西收拾好,几步走到门口,忍不住回一下头,看到陈乐站起来又坐下,她转头离开,离开前犹豫了半秒。

一路上她车开得很快,急切地想把刚才的夜晚甩到身后。再转一个弯就到小区了,每次先看到的都是裙楼的鲜花店,她把车速降下来。店里的灯还亮着，她停下车，看着店员把摆放在门口的花盆一一搬进店内，透过落地玻璃，能看到不大的空间里布满鲜花。当初花店刚开的时候，她担心花店生意清淡，万一哪天关门就可惜了，她是第一批办储值卡的人，盼望花店能一直开下去。毕竟，楼下开间花店，住户的日常里就有了点不一样的东西。

店员关掉靠窗的一排射灯，她下车走进花店。店员说这么晚还买花呀？她点点头，指着角落里的一束花，说，要这束铃兰。

花大都仰着往上开，残败了不好看了，花朵才无奈地耷拉下来。只有铃兰在盛年的时候向下绽放，是主动和自愿，我要低头俯瞰，我要把花开向地面。

她听见自己的心跳声，如果是做噩梦就好了。闭上眼睛再睁开，不是噩梦，程督导现身了。他端坐在教室前排，每个表情似乎都是有含义的，需要解读的，他无须礼节性地问好，你也知道他来了。他攥紧手中的笔，随时准备记录的样子，白色表格平铺在桌面上，非常显眼。

她脑子里飞快转了几个念头。课前几分钟，每个经验丰富的教师都能根据白色表格上的评价标准，结合督导的喜好，调整讲授次序，讲最恰当的内容，揣摩、判断、选择，一切都是电光火石间的快速反应。同时，抖擞精神，笑容满面，站立在台上，像某一类陈旧又浮夸的修辞。

她当然也有预案。

然而，演完了呢，那是最沮丧的时刻。先觉得丢脸，接着，就是难过了。一个人在台上一惊一乍，卖力地表现，身不由己地迎合，窘迫感渐渐在空气里弥漫，谁都知道发生了什么事情，连坐在最后排的学生也会抬起头来看她两眼。她提醒自己不要敏感，在难以遏制的惯性中继续沉沦。

演够了。

全程没有紧张地观其颜色，也没有顾盼着舒羽开屏，平平常常地讲完一堂课，她拿起杯子，去走廊上接热水。

一转身，看见跟出来的程督导。面对面站着，她发现程督导的脸上没有愤怒也没有茫然，他巧妙使用的，是怜悯的表情。

他说话的时候一直晃着头，似笑非笑。

你年纪也不大，怎么就落伍了呢？你这个讲法跟不上时代了。

我没想跟。她说。

程督导用力看她一眼，目光像凿子，凿一下，又旋了一圈。他说，太平淡，不带劲儿，不勾人。顿了顿，他解释道，我的意思是不抓人。应该重视互动，风趣一些，讲讲笑话，班上就不这么死气沉沉了。

我再也不想讲笑话。她说。她以前也热衷讲笑话的，没人笑就自己笑。她也会花式上课，珠翠绫罗，花哨极了。

有空去听听管院老师的公开课，那师德，那人格魅力，其乐融融，打成一片。

开始用大词儿了。她不觉惶恐，反而想笑。提到管院的课，更是难忘的体验。她慕名去学习过，台上的人激情澎湃，两片薄唇上下翻飞后总用一个夸张的圆圆的 O 来结束。听了一半，她多想提醒一句，小声一点，可以小声一点的。接近尾声时，讲演者频繁换气，一口气撑不住两句话，再看未免残忍。她低下头不看了，脸上发烧，只盼赶紧结束，耳朵里已经太满了。

督导没注意到她的表情，继续大度地指导，先打成一片，有了感情学生就愿意接受你配合你，打成一片就好说了。

说出这个词的人，她都避而远之，而督导在几分钟内连说三遍，是他的宝贝吗？得有多喜爱这个词呀。她忽然想起季焕中，季焕中的语言洁癖此刻显得格外可贵。

她在心里估算了一下，通识课是合班上课，粗略算算，这些年要跟几千人打成一片，她笑出声来。没什么好说的了，只能发笑。

见多识广的程督导怔怔地看着她。她听见自己的笑声，心里并不好受。这老人家整日坐在教室，扮作权威，使用正大但失去活力的语言做指导，走不得不走的过场，也真是难为他了。

程督导黑着脸回教室收拾好表格，一边下楼一边说，你这个态度，神经病，神经病。

她对着他的背影说，程老师你听我好几次课了，就这次最正常。

最低等级是 D，还是 F？

刚说完,听见陈乐的声音从身后传过来。陈乐接着问,头一回吧?

常规的做法是一下课就赶紧走过去,主动聆听教诲,不管说什么都点头,都表态改进。她说。

怎么不点头了?

想清楚了,想清楚了就不会再点头。

会有什么后果?不考虑代价什么的?

点头的代价更大。

校园依山而建,两人沿着环山路往上走。半山腰有一片栎树林,枝叶扶疏,路灯昏黄的光漏到林中的石椅上,石头闪现出了铜的光泽。

她说,坐一会儿吧。此刻,她感觉很平静,平静像夜色一般充盈在树林的每个角落,从头到脚都把她裹进去了。

两人一起待着,话上很俭省,都没有强烈的表达愿望,可说可不说的,一般就不说了。也从不专门找话题,到哪里算哪里。今晚也是如此。

凉凉的石椅坐暖和了。在听到陈乐的话音前,她先听到长长的叹息声。

人总有不想说话的时候,到点儿必须说,要是带个按钮就好了。人哪,都带按钮就好了,不只是说话,也有别的。

她转头看着他,他的声音变得很陌生,缓慢,低沉,不像广播里那么青春明快了,这声音更适合夜间节目。

她说,我一直有个愿望,或者说幻想。有一天我到了教室,坐下来,不说话,学生也不说话,大家就这样一起沉默,一分钟,两分钟,四十分钟,四十五分钟,铃响了,所有的人一言不发,寂然散去。

没等他接话,她马上说,想想罢了,怎么可能,一大群人呢。说不说话,从来不是自己能决定的事。

她想象着这个情景,坐在讲台上,一句话也不说,人们先是奇怪,等不了一会儿便开始鼓噪,场面失控,嘈嘈杂杂,大家盯着她看,用各种方法迫使她讲话,她往外跑,跑着跑着扭头一看,没跑全,还剩一套发音器官悬浮在空气里,一荡一荡的。她打个冷战,连声说不可能不可能。

他说,想想就挺疯狂的。

是呀,疯狂。但每天都在想,走进教室前的一秒钟还在想。

应该想,哪能连想想都不行呢? 不过,你擅长说话,你的课上得很老到,游刃有余。

她想起自己游刃有余的样子,那好像是另外一个人了,那个人或者说任何游刃有余之人的模样里,似乎都带着点无耻的意味。她点点头,又摇摇头,不知该回答些什么。看着山下校园里星星点点的灯光,眼皮发沉,一阵困倦,疲惫感袭来,窸窸窣窣地在全身蔓延。

回到家里,她躺倒在床上,想起陈乐的评价,只有苦笑。

当然,我擅长说话。一接近教学楼,该说的话就围拢过来,都往跟前挤,我伸出手来驱赶,让它们走远,它们不走,跟着进电梯出电梯,铃声一响,它们就兴奋地蹦蹦跳跳,把嘴顶开,翻滚而出。怎样活跃气氛,怎样拉近距离,哪里自嘲一下,哪里抛出符合年轻人趣味的笑点,以及如何应付出言不逊之人,如何化解突发情况,我太擅长了。我能调整出不同的面貌,在向学的班级上是个容易接近的形象,明朗可亲,授业解惑;到了某些班级,一脸漠然,习惯失望,不带感情,仅止于完成任务地讲述,语流中时有问题抛出,然是自问自答根本无需回应的态度,这态度预先避免了冷场的尴尬和挫败,是习得的自保。冬季的下午,座位上趴倒一片,因自尊而发怒全无必要,到了节点就提醒一句,旋即沉默数秒,既是威慑,亦是等待,甚至哪堂课需要发一次脾气、说几句狠话,以期恢复对课堂的掌控,都有着精妙的把控。我深谙此道。

那快乐的部分呢?是从什么时候开始变了味?

说着说着,她还是会动情,动情的一刹那,忽然觉出来,太熟悉了。她怕自己再也感受不到动情的真正滋味了。她的陶醉和愉悦,都透着一股油滑。

程督导最后离开时脸上肌肉抽搐了一下。那抽搐像一道定格的闪电,明晃晃地照过来。一个非职业化的表情,多么真实和动人。什么东西裂开了,他分离了出来。

也许,她可以叫上陈乐,跟余家欣一起坐下来聊聊,她可以跟余家欣诚恳地说,课堂上讲的,是我能知道的、能理解的、能确定的最好的东西。

至少可以试一试。

下小雨，一道道纤细的水流沿着车窗玻璃淌下来。岭南的十一月份，天气并不冷，雨下得细密轻柔，倒有个秋雨的样子。这雨让她想起燕朵来。燕朵跟人说话，会看着对方的眼睛。燕朵对人的好，是一滴一滴地落在人身上，先濡湿一层皮儿，再缓缓地、绵绵不尽地往下渗润。

这周是傍晚的课，到了学校，时间还早。她先在校园里走了走，走到湖中心的亭子，坐下来，看着雨静静地落在湖面，看了一会儿，觉得很安心。

手机闹钟响了，看看表，快到点了。她这才想起，课前很少有这样的闲情逸致，总是急匆匆的，定不住神。她起身往教学楼方向走，远远地，看见陈乐在楼门口站着，他又穿那件蓝衬衣了。黄昏细雨，衣服的颜色看上去不像白天那么鲜明。她有些恍惚，早间节目里他妙语连珠，让人听着听着嘴角就浮现出笑意，课堂上，他是最沉默的蓝。

他迎上来，这节课，这节课你不用说话。

什么意思？谁来讲呢？

你不是有个愿望吗？

她停住脚步，说，那个不可能实现的。

谁说不可能？就这么几位同学。他眼睛亮闪闪的，说，我一个一个找他们谈的。

怎么谈的？

他笑了，没使用技巧，你教的说话技巧一点儿也没使用。我就照实说。

她愣住了，不可能。

怎么不可能？你给我们上了十几周课，要有信心啊，一堂课一堂课讲下来，多少能领悟一点的。

她心里一热，她从没想过改变谁，她只是希望，照耀过她的光也能照到别人身上。

他看着她，继续说，当然，有两位同学说不通，我答应补听课费。

余家欣呢？她问。

余家欣不让我补钱，就是嘟囔了几句，说沉什么默，在家沉默不行吗？来这里沉默。

快到教室时，他忽然想起什么，说，很惊险，教室里有个新面孔，可能觉得快结课了要来听一次，把我急坏了。

那怎么办啊？

我告诉他，谢老师生病，课暂停一次。我不放心，看着他走的。

一时间，她不知道该怎样步入教室了，不敢进去，怯怯地站在门口。他说，我提醒过，不要过分关注你，就像做游戏嘛，成年人最该有自己的游戏了，我们一起完成一个游戏。

起先，她有点不自在，往下瞄了两眼，大家都低着头，忙自己的事情，没有人注视她。看看窗外，夜色混着秋雨，迷迷蒙蒙，再看看室内，灯光下一片缄默,跟自习室的安静不一样,这安静源自众人会意的专门的仪式。她手臂垂落,放慢呼吸,凝视着这个既奇幻又真切无比的场景,看见场景里的自己手臂垂落,放慢了呼吸。

寂静一点点加深,一点点伸展开去,深得看不见底,宽广得看不见边沿。紧绷的身体渐渐舒张,弦一根一根地松了,身体里冻僵的地方,袅袅升起热气,心底经年枯槁之处,正潺潺流过溪水,坚硬和瘀滞,软和了,散开了。她渐渐失去形迹,化进了深广无边的寂静里。

她想起有一年,在花店里遇到两支雪柳,褐色的枝条上开着稀疏清丽的小白花。店主说只有这几天才有,她犹犹豫豫,不知怎的,没有买。第二天再去,插雪柳的瓶子空了。后来,她再没见过雪柳。此刻坐在讲台上,她真心诚意地想念两支雪柳。

耳朵里空了,彻底空了。稍后,乐声从辽远的地方响起来。一首再熟悉不过的乐曲,她听了一遍,又听了一遍。怎么有风的声音?她细细地听,原来乐曲的末尾,有风吹过,一直都有风吹过。

两个劣质盆涎皮赖脸地现身,是买电器时赠送的,不知不觉地,稀里糊涂地,用了好多年了。她想,每天用的东西呀,怎么就将就下去了呢?她决定明天去买新的,质地厚实一些的,面目朴素一些的,别锃亮锃亮的,跟镜子一样。

她看见寒冬天气砂锅里炖着玉竹、莲子和山药,她坐在灶台边看书,就像在煤球炉子边坐着一样。书上写什么不记得了,只记得火跟砂锅低声说了一下午心事。

无边无际的静默中,传来马的嘶叫声。照夜白的鬃毛根根直立,雪白的马身子从泛黄的纸页上隆起,肌肉在毛皮下一弹一弹的,接着马头一仰,前腿探出画纸,凌空一挣,四蹄腾空,朝着远处飞驰而去。再看看纸上,什么都没有了。

# 伶仃

黄昏的时候,卫巧蓉走进一片水杉林。通往树林深处的小路逐渐变细,青苔从树下蔓延到路边,她快步走过时,脚步带起了风,缕缕青色的烟从地面上升起,蜿蜒而上,越来越淡,越来越清瘦。她停下来,等烟散尽了才俯低身子凑近看,这些日子阳光好,苔藓干透了,粉末般松散地铺展着,细看起来如一层毛毛碎碎的绿雪,她小心喘着气,担心用力呼出一口气就会把它们吹扬起来。

刚出林子的一刹那,天空似乎亮了一下,像头顶响过一声短促清亮的口哨。接着,走上一条布满沙砾的小径,小径尽头就是马路了。街道,楼房,不远处的海岸,浸没在薄暮柔和的光线里,声响也似乎被夜晚悄悄吸附了,四周显得很寂静,是傍晚时分特有的暖金色的寂静。她身后,遥遥的地平线上的山丘只剩下含混的轮廓,挨着山体飘浮的云彩在暮色中显得格外白,她抬头看时,一朵云正翻过山头,翻到山的另一侧,消失不见了。

剧院伸向天空的几个尖角先露出来。很快,一个透明的多面体完整地出现在视线中。福海剧院到了。跟老家那座蚕茧型的剧院相比,她更喜欢福海剧院的外观,就像不同形状的巨大积木堆聚起来,一道道利落的几何线条,阴天的时候看起来平淡无奇,但一有光线就活了,晴朗的天气里阳光穿过大块玻璃拼成的斜坡,透视出一个个宽敞开阔的空间,晚上灯一亮,如海边漂来一块熠熠闪光的宝石,每一个反光面都粼粼地映着海水的波纹,从远处看过去,宝石像浮在水里,被晃荡着的水波抬起来,又放下去。走到剧院门口时她看看表,离开演还有半个小时,她照例绕到剧院后面,这里有一条木头栈道通往海滩。

海滩的西边是码头。三个月前她在轮渡买到船票,上了船,找了个靠窗的座位坐下。初春的海风从窗户缝里挤进来,像一蓬细细的针扎向她脸上的皮肤,她从背包里取出围巾,把头和脸裹起来。一直等到渡船靠岸,围巾也没摘下,她蒙着脸,踏上这个初看起来有些荒寂的小岛。那天,海上刮风,天上也在刮风,云彩纷乱,单薄的云身子后面拖曳着一个长尾巴,尾巴的末端已是丝丝缕缕的,像蘸着白颜料的毛笔在蓝天上疾扫而过。

演出快开始了,她推开后门,找到座位坐下,顶上的灯光正好变暗,舞台的帷幕向两侧徐徐拉开。过了一会儿,眼睛适应了厅里的黑暗,她伸着头四处看,在前几排中央的位置找到了徐季。接着观察徐季身旁的人,左边的男人跟徐季差不多年龄,右边是个高中生模样的女孩,他们没有东瞧西望,都专心地看着舞台。有经验的观众已经准备好了,她也把头转回来,望向舞台。

剧院不定期地上演话剧、音乐剧和演奏会。第一次来剧院的时候,她选择的也是最后一排的座位,整场演出她都盯着徐季,徐季也像今天一样脊背挺直,端坐在朱红色的软包座位上,即使只看见他的后背,她也不难想象出他的神情,一种沉入另一个世界的完全的平静。而她不明白台上的人在唱什么,为何流眼泪,怎么又拥抱在一起,从头到尾她的脖子都拧向徐季座位的方向,眼睛在徐季和徐季邻座的身上转来转去。一直到演员谢幕,徐季也没跟邻座的人有任何交流,他似乎还在静静地回味,演员转身走向后台了,他才站起来鼓掌。大多数观众还待在座位附近,她低着头推开后门,顺着螺旋的楼梯往下走,来到门口时她看到柱子上张贴的海报,有出剧的名字叫《吉屋出租》,海报上印着几位异国年轻人,相貌各异,表情都是生动和热烈的,眼睛睁得很大,满怀希望又带点天真地直视着海报外的世界,她站在海报正对面,他们就眼神热切地看着她,好像想对她说点什么。

此刻,她的视线离开徐季,转向正前方。舞台上空无一人,只有幽蓝色的灯光在说话,几秒钟后,乐声响起,泠泠的琴音,悠来荡去,她恍惚看见几竿枝叶稀疏的瘦竹,在空旷的庭院里摇动着,接着琴声变稠,如雨点密密层层地落下来,地上的雨水似越积越多,光一掠而过时照出一汪空明。琴声断绝的地方,更多的乐器走了进来,音量逐渐攀高,水流加快,太阳光轰泄而下,翻折的星空豁然打开,向着无限的虚空延伸。她的呼吸急促起来,大水没过头顶,人快要窒息了。乐声终于冲至顶峰,渐次低回,末了只剩下几个零落的音符,像余烬中一闪即灭的火星。最终乐声全部隐去,在突然降临的静谧中,一个绿色皮肤的女人出现在光束里。借着乍然一现的亮光,她忍不住把头转向徐季,光线勾画出他清晰的侧脸,脸上的表情跟她之前想象过的差不多。

全部演完总要两个钟头吧,她坐不住,也看不进去,一群小猴子在胸口乱窜,她胳膊交叉在胸前也压不住它们。曾坚信不疑的心,正变得越来越失去底气,虚弱得站立不稳。头脑中设想过无数遍的画面,即使每个细节都已被磨得发亮,也不会就此变成现实中真切的一幕。

再说,已经这样了,她是对是错又如何,不重要了。

舞台上几个人正围在一起说话,你一言我一语,声调很高,身披大氅的鬈发女郎似乎说了一句幽默话,观众席上传来笑声,笑声夹杂着小猴子们奔跑杂沓的脚步声,耳边所有的声响,混合着她脑子里那个也许永不停歇的声音,让她感觉身体随时会从内部爆开,碎片四处飞溅。她摇摇头,欠身离开座位。

巧蓉,下午出门吗？我跟老吴想去你那里坐一会儿。吴太太站在树阴里,冲卫巧蓉喊道。

卫巧蓉刚从菜市场回来,手里拎着一个塑料袋,袋子口露出白萝卜的绿缨子,萝卜下面隐隐能看出是一条鱼和几块姜。好呀,她答应着,来吧,来吧。她说着把口罩摘下来,连房东都能一眼认出自己,还自欺欺人地戴什么口罩。

你们逛,我去买包洗衣粉。她拐上一条小路,往小区西门方向走,那里有一家便民超市,一般的日用品都能买到。超市到了,她没进去,径直出西门,又往前走了一里路,来到岛上的养老院。

上午阳光不毒的时候,护工会把椅子搬到平房的门口,让老人们出来晒太阳。她来这里是为了看看其中的一个老人,通常这老人坐在一排平房中间的位置。她跟别人不太一样,一般的老人坐一会儿就困了,头一点一点地打瞌睡,忽地醒来时一脸受了惊吓的模样,不打瞌睡的就不停地搓弄衣角,看起来难免有些愚蠢。而这位老人面前摆着小桌儿,桌上是一堆乐高积木的零件。

乐高老人太像她的母亲了。

有一次路过,不经意间瞥见老人,她马上被眼前这副面容钳在原地,惊骇之后,喜悦和感激迅速占了上风。一样的方脸,相似的五官,甚至连五官被重力拉拽后的走向都是一致的,还有同样的用黑色发卡犁过的银发。那一刻她真希望乐高老人就是她的母亲,母亲没有离世,只是换了一个地方生活,她不是好好的吗? 还会玩乐高呢。

这会儿六月份了,有的老人头上依然戴着毛线帽子,抄着手坐在阳光里。乐高老人穿白色的亚麻长袖上衣,黑裤子,看上去清爽干净。前几次,她只是远远地望着乐高老人,也看不懂她在拼装什么,这次走近了看,老人手里摆弄的似乎是个摩托车。她弯下的身子在桌面投下阴影,老人抬起头,把老花镜往上推推,看了她一眼。她冲老人笑笑,老人也笑了,接着垂下头去,用手指捻动着一个转轴,说,你看,能动的,后面连着一个车轮子呢。她也试着拨弄一下转轴,轮子转起来,老人笑得更开心了。她问,在这儿过得挺好吧? 老人不说话,拿起一个 L 形的小零件继续往车子上装。

临走的时候,她看到护工推着一个老人过来,轮椅上的老人像是刚刮完胡子理完发,这让他显得年轻了一些。她走过去跟护工搭话,打听乐高老人的情况,护工说,那位呀,也没什么大毛病,就是儿女没工夫伺候,送到了这里,隔几个星期过来瞅瞅她。她问,老人家有什么特别爱吃的吗? 护工摆摆手,一口假牙,什么好吃的也吃不出滋味了。

回去的路上,她在超市买了东西,回到家里,东西随手往地上一丢,她习惯性地走进北屋,坐在窗前的椅子上往对面看。楼间距不大,窗户又都是落地的,不用望远镜,肉眼看对面就看得清清楚楚。她的目光扫过阳台、客厅、朝南的卧室,不见徐季的身影。也许他是出去了吧,她想。

下午听到敲门声,卫巧蓉知道是房东夫妇来了,心里也猜到他们为何而来。管他呢,反正她喜欢见到这两个人,至于换房的事情能拖就拖吧。

一看老吴手里拿着一兜儿瓜子,她悬着的心就放了下来。老吴嘴里一边说着又来喝你的好茶了,一边把瓜子倒进果盘里,吴太太也笑嘻嘻地靠着茶几坐下,一条白玉珠串成的链子绕了两圈,勾在她纤长的中指上。

哪有什么好茶。卫巧蓉打开抽屉,往外拿杯子,手在冰裂纹的瓷杯上放一下又弹开来。她微微叹口气,为什么大老远的把这个瓷杯带过来,上面的裂纹会让她联想起自己现在的生活。

她取出几个玻璃杯,每个杯子里放一大把茉莉花茶。她说茶叶不讲究不是谦虚,跟老吴夫妇比起来,她确实不懂喝茶,就是吃完饭嘴里觉得油腻时,泡杯茶解解腻而已。

老吴夫妇喜欢跟人交往,与邻居、房客都混得很熟。这之前,卫巧蓉并不习惯外人有事没事地造访,奇怪的是自来到岛上,也不觉得这种邻里日常的交际对自己构成打扰了。她寻思着,可能身处与陆地隔绝的小岛,人们很容易变得亲近起来,说起来岛屿也不大,起一场浓雾,这小岛就从世界上消失不见了。

老吴他俩待人亲切,态度始终是自然的,这有别于她过去的经验,

101

微笑的同事、问长问短的亲友、热情的服务员,在某些时刻,她会在他们脸上捕捉到一闪而过的游离和厌倦,那种实际上对你不感兴趣的疏远,那种掩藏不住的对周围人事的漠然。

而且有他俩坐在身边讲故事说闲话,她会暂时忘记此行的任务,脑海里喋喋不休的声音也会逐渐减弱,直至听不见了。

上次讲到养殖户的腿瘸了。她提醒老吴。

老吴呷一口茶,说,对,瘸腿的养殖户还惦记着他的海参苗,没日没夜地在池子边守着,知道守着没用还是守着。养殖场就他一个人,他寂寞了就跟海参说话,念念有词:你们别化了别跑了,好好长,长得肥肥大大的,过些日子咱们就能见面了。这天晚上,海上刮来一阵阵凉风,温度总算降下来了,养殖户炒了几只螃蟹,打开一瓶白酒,对着大海坐下来,喝了几盅,越喝越烦。

他爱人呢,那个抹开面子去娘家借来钱的姑娘?

跑了。老吴说。

卫巧蓉捏着一粒瓜子正往齿间送,听到这话她放下瓜子,不对,怎么就跑了,这两人轰轰烈烈的,多不容易才聚在一块儿,就这么散了?

散了。老吴一语带过,似乎这没什么好说的。他接着讲,养殖户跟海参说完悄悄话,又开始对着大海瞎想,精卫、哪吒、八仙这些人如今在哪儿呢,能出来一起喝杯酒就好了,哪怕钻出来一只海妖,他也愿意敬他三杯。

吴太太端起茶杯递给他，笑着说，你喝口茶吧。

卫巧蓉很不情愿地往下听，心里还在想：那两人为什么不能一直好下去呢？故事的主角是老吴年轻时候的一个朋友，她听了几个章回了，曲曲折折的，总不叫人如意，以为后面大致上就是养殖户跟他老婆通过养海产挣来了好日子，谁知道海参被热死一大半，老婆也走了。她耐着性子继续听，到这里好像就该分岔了，她也只能转个身，跟上去。

养殖户自己喝着闷酒，偶尔抬头看看四周。诶，不远处的礁石上好像坐着一个人，他揉揉眼，似乎是个女人抱着膝盖坐在石头上，天黑也看不清楚。又过了一会儿再看过去，周围哪有什么人，海鸟都不知道藏到哪里去了，他吮着螃蟹腿，也许是刚才眼花了。

老吴忽然压低声音，说，他正想着，有只手拍拍他的肩膀，身后响起一个声音，你这里有孟婆汤吗？

卫巧蓉的心噗噗乱跳，脸色变得煞白。吴太太赶忙说，别怕别怕，听他乱讲呢。

怎么成了乱讲？你说我讲得对不对？卫巧蓉看见老吴边辩解，边向太太眨着眼，夫妻俩脸上同时荡漾开笑意，笑意从嘴角漫到颧骨，最后笑的，是眼睛和眉毛。

毕竟世上也有这样的夫妻。卫巧蓉觉得宽慰。也许两个人一直待在小岛上，一辈子轻松平顺地过来了，没尝过多少疾苦，暮年时又赶上除了外星球哪儿都能开发的好时候，几套楼房在手，日子安闲舒心，也就更容易体会到一些细微柔软的情感。

反正不是鬼啊魂啊,我猜是个女人吧。卫巧蓉说。

老吴点点头,是个一时想不开的女人。人活一世,坎坷是难免的,过不去的,跳海了,更多的人还是过了,人总有办法让自己生活下去。

还是你们两个好,一辈子没发过愁,没经过什么变故,这神仙般的逍遥日子。说完她起身去厨房,打算再烧一壶水,身后传来珠子相撞的清脆声音,吴太太跟进来。

老卫,还是那件事。你都这个年纪了,非要住四楼,有什么好的,每天爬上爬下累得呼哧呼哧的,二楼那套房子是小了点儿,你一个人住不也够了。

一对学画画的学生情侣计划暑假来岛上住,说陆续还会来几拨朋友,嫌一房一厅的那套太小,老吴夫妇试着跟她提过,说她要愿意的话就帮她搬下去,房租还便宜不少呢。

她跟往常一样说考虑考虑,心里却清楚自己是不会换房的。刚来的时候,她在岛上的旅馆住着,来来回回找了几家中介,把小区的各种户型差不多摸透了,最后终于找到这套位置绝佳的房子,从北面的居室望过去就能望见对面住着的徐季。

吴太太看了一眼北居室,说,你别嫌烦,我再唠叨一句,海边的房子潮湿,你最好把床挪回向阳的卧室里,让太阳多烘烘床铺,北面这间随便放点杂物,住人哪行呀。

住惯了,在老家也是住北房。她怕这个话题再继续下去,就问,还喝茶吗?

老吴在外面说,且听下回分解吧,你歇歇,也该做晚饭了。

送走房东夫妇,她坐在窗户前面,定睛看着对面的三楼。这两年,只要闲下来,过往的一些画面就像过电影一般在脑子里走,大风大雨,石子儿接连打在湖面上,涟漪一圈儿赶着一圈儿。她细数着一个个错误的选择,重新回到一个个不愉快的场景里,她翻箱倒柜,她披头散发,她会突然在窗玻璃上看到一张狰狞的脸,自己吓了自己一大跳,扭头转向窗外,月光苍白,月亮变老了。

她宁愿一动不动地看着对面,至少这个时候她还能感受到一丝平静。看着看着,天色暗下来了,对面楼上的灯渐次亮了。其中一盏灯下面晃动着徐季的身影,他来回走动了几次,然后坐在茶几前,边看电视边择菜。屋里再没有其他人了。


水泥地很凉。卫巧蓉先是觉出凉来,接着眼睛看见灰色的地面,才发现自己扑倒在楼梯台阶上。周围没有人,静得能听见自己的呼吸声,时间变慢了,几乎像锈住了一般不再往前流动。

她不敢贸然起来,等了一会儿,小心地动动手掌和胳膊,每根手指都能活动,胳膊也没事,只手腕子擦破一点儿皮,无大碍。她用手和膝盖撑住地面,慢慢地调转身子,坐起来。知觉渐渐恢复了,也没觉出来哪里不适,她庆幸腿没有骨折。她试着把掉出来的鲳鱼、小葱拢过来,重新放回塑料袋里,另一个袋子她还攥在手里,里头是买给乐高老人的猕猴桃和鲜牛奶。

坐在楼梯上定了定神,她看到脚下有水迹,本来应该是一摊,现在有被她踩过一滑的明显痕迹。胡思乱想什么呢?怎么就没看见这摊水呢?她抱怨着。

歇够了,站起来准备继续往上走,刚迈了一步,她"啊"的一声,身子靠在楼梯扶手上,脚踝传来一钻一钻的锐利的疼痛,额头上立刻渗出一层细汗。她紧咬牙关,弯下腰,扯起左边的裤脚,一个陌生肿胀的踝关节露了出来。

她抓住扶手,右脚先向上迈一个台阶,踩实了,再蜷起左腿,依靠右半边身体猛一用力,把落在下面的一半身子也带上来,就这样慢动作般费力攀爬着,到家门口时,外面的太阳已经升高,一个早晨来过又走了。

躺进沙发,后背还没放平,脚踝深处涌上来一波剧烈的撕裂感,像一根筋扯着,几乎要扯断了,疼痛从脚到头,向上贯穿。她猛的一激灵,像突然意识到自己还有一具身体。

愣了一会儿,她站起身来,小步小步地挪进厨房,接了半盆水放进冰箱冷冻室里。水冻成一坨冰后,她用毛巾裹住冰块,贴着脚踝放好。阳台的门开着,风吹进来,窗帘下摆一荡一荡的,桌上的塑料袋唰啦唰啦响。

慢慢地,融化的水透过毛巾疏松的孔洞往下淌,冰块越来越小,伴着血管的收缩,痛感也似乎有所减轻。

集中全副精力应对脚伤,还没到饭点,肚子就饿了。

头几顿还好,炖了鲳鱼,拌米饭,分两次吃完,冰箱里存的西红柿、豆角也分别充当了一餐,第三天早晨,她打开冰箱,里面空荡荡的,仿若一个心虚的人在冲她讪笑。关上冰箱门,她从袋子里拿出给老人买的猕猴桃,捏了捏,已经变软,这天就靠猕猴桃应付了过去。

天黑了,她躺在床上,透过拉开的窗帘看见一小片夜空,一弯细月嵌在天上,像一道精致的伤口。月光里,踝关节高高耸起,疼痛依然在,变得钝了、闷了,沿着神经线隐隐传导着,她能感受到它,也在学习着承认它,跟还没离去的它一起待着。前几天早市上,她不知道该给乐高老人买点什么吃,大鱼大肉不好消化,坚果咬不动,甜点心也不行,逡巡了一会儿,买了点水果和牛奶。来到养老院,见一排老者沐浴在晨光里,却没有了乐高老人的踪影。她掉了魂一般,好像老天爷第二次把她母亲带走了。她来回找了几遍,又拉着一个护理员问,描述老人的样子和老人的玩具,护理员是新来的,说不知道,自己刚来两天。

接着,她就崴了脚。

她坐起来,挪动到床沿儿上,往对面张望。三楼的灯亮着,徐季还没有睡。这几天她时不时往对面瞅一眼,有时看见他闪过的身影,心里就踏实些。

她扭伤了脚,困在屋里,一个人,寂静地,目送着日影从东走到西,听见小鸟聚集起来欢叫又忽地散去,感觉到脚部的疼痛由汹涌巨浪化成一脉细流,偶尔看看对面,也是因为突然想到他在岛上,这里还有一个熟人呢,离得这样近呢。她一个人住,他也是一个人住。他的生活简单、孤独,看起来,他享受这一切。

她拿起手机,调出徐季的号码,瞅了半天,手一划,屏幕暗了下去。

早晨醒来,恍恍惚惚双脚着地的一刹那,她几乎忘了有只脚受了伤。干脆,她心一横,左脚着地往前走了一小步,疼痛变弱了,若隐若现的,一跳,隔了很久,再一跳,像清晨发白的天空上星星即将淡去时的微弱闪光。她走到门口,想到还有四层楼梯等着她,就算走完楼梯,去超市的路也还长,心里就泄劲了。犹犹豫豫地打开门,往楼道里迈步,关门的时候,她看见门把手上挂着东西。

一个袋子,里面装着挂面和鸡蛋。

怕是谁放错地方了?四下看看,不见人影,叫了一声,没有回应。她拿起袋子回到屋里,赶紧给自己下了一大碗面条。一直等到晚上又吃完一顿,她仍然猜不透食物的来历。房东夫妇刚来过一次,短时间内不会上门,再说他们也不会留意到她脚伤被困。徐季呢,他应该不知道她在岛上,刚到岛上的时候,她尾随着他去早市、去剧院、去公园,一直都很小心,戴口罩撑阳伞,挡着遮着,并且总是保持一段距离,往对面楼上窥看的时候她也很警惕,他猛然抬头时,她就赶紧缩起身子,蹲着走出北屋。

难道是乐高老人？明知道不太可能，她心里还是一热。

徐冰倩是几天后赶到的。电话里卫巧蓉说，已经快好了，快好了才随便聊几句的，没事了。徐冰倩说，用药了吗？应该没有，你自己揎着不会去医院的，以后落下病根怎么办。这么多天，你一个人没吃没喝的，光下面条怎么行。对了外卖，先叫外卖对付几顿。

她不会叫车，也不会叫外卖。

不管她怎么说，徐冰倩还是立马买了票。女儿快来身边了，她嘴上反复说不用跑一趟，心里不知道多高兴。说起来，她们又有好些日子没见了。

女儿坐上渡船，卫巧蓉就一直在门边站着。终于听到楼梯上有响动，她赶紧打开门，往下张望，徐冰倩也正抬着头往上看。随着女儿的脚步声越来越近，她竟有几分紧张，不知道为什么，鼻子还酸酸的，有点想流泪的感觉。女儿刚到门口时，她不敢仔细看女儿，每次隔一阵子又见面时，就觉得女儿身上少了或多了点儿什么，跟记忆中的样子总有些许出入。

她有些客气地把女儿让进屋。女儿放下行李，她递上茶杯说喝口水，两个人这才互相看一眼，也互相适应了一下。

你刚扭伤时就该告诉我的，毕竟是出门在外，不比在老家。徐冰倩环顾简陋的房子，又提起这一茬。

她说，以后身子骨儿越来越糠，小病小灾不断，哪能每次都通知。她知道女儿也有一堆烦心事儿，各人生活在各人的苦里，谁也替不了谁。

生病、碰上意外，都该及时给我说，我请个假就出来了。徐冰倩在屋子里转悠，来到北面的居室，她停下来，先看看对面，又转头看着卫巧蓉，嘴动动，却什么也没说。她不是第一次来岛上了，有一年临近春节的时候，她来这里探望过父亲。

过了一会儿，两人坐在沙发上，先说了几句无关紧要的闲话，徐冰倩才问，妈，你打算什么时候回家？

怎么还要劝我？卫巧蓉有些抵触。

我说爸爸独自在岛上生活，你不信，臆想出来一些事情，到处跟别人说，有鼻子有眼的，我只好把地址告诉你，你自己来看看，也当出来散散心，之后这事也该过去了。妈，你信不信，这事终归会过去的？

你说得简单，几十年夫妻说散就散了，任凭谁也想不通呀。一辈子过来了，两个人加起来一百多岁，该相依为命了，他却无情无义翻了脸，一句解释都没有，铁了心要走。她还记得那番情景，本来没放在心上，以为徐季不过是哪里不顺气，说几句疯话罢了，后来她才发现，这个看起来没什么个性、无可无不可的人，坚决起来是如此可怕。她慌了神，想死命抓住点儿什么，却被一股陌生的力道抛出来，跌落在局外，眼睁睁看着一条熟悉又安全的路线突然断了头，死去了。她和徐季，曾是彼此在世上最亲近的人。这么久了，再回忆起来，愤怒、屈辱、自怜、自哀都淡下去了，但她的心还是会疼一下。

徐冰倩叹口气，妈，一个人突然想过另一种生活，于是什么也不要了，什么也不管了，这样的话每天给你解释一遍，有用吗？他是另一个人，跟你想法不一样的人，他发明不了一个完善的解释来补你现在的残缺，再说到了今天，你还需要一个解释吗？对于爸爸的做法，我既不赞同，也不理解，我只是接受了。

卫巧蓉身体抖了一下，像打了一个冷战。她拉紧衣服，小声说，我不是一个糟糕的妻子，我想不通，我来岛上只是想知道为什么。

妈，现在知道了吗？

她看着女儿，女儿也在看着她，她心头一震。女儿看她的眼神，没有厌倦和不耐烦，也不是那种睥睨低维生命体的轻蔑眼神，她从对方的注视中接收到很复杂的信息，鼓励，期待，真心盼着她好，还有，她认得出，爱。

有几分熟悉，她想了想，女儿还是小孩子时，她看女儿的眼神也是这样的。

有点明白过来了，她回答道。她的明白里其实掺杂着说不出来的茫然，她不想让女儿失望。回答完，终究还是不服气，马上又加一句，这事要落在别人头上，别人说不定什么样子呢，还不如我呢。

女儿笑了，那当然，我妈挺棒的。

去医院的路上，她对女儿说，在岛上遇见一个很像你外婆的人，我

111

经常去看看她,最近这一次没见到她,你说,她会不会去世了？老人家,说没就没了。

女儿会假意宽慰她吧,说老人可能是被接回家了云云。

她听见女儿在耳边说,妈,羡慕你,好比你又多看了外婆几眼,多少人都只能在心里想念亲人啊。

她先是愕然,转而欣喜,一转念的工夫,出租车从窄道里拐出,下了一个坡,半月形的海湾出现在眼前。车窗外面,一排排红房顶的度假别墅轻快地掠过。海里,渔船上的人正在撒网,身体一旋,两只手臂抡出去,把张开的网送向空中。这多像记忆深处的一幅旧画。卫巧蓉忍不住喊女儿看一眼,女儿放下半截车窗玻璃,偏过头去往外看。卫巧蓉偷偷瞅着女儿,跟小时候一样,女儿的鼻梁和下巴还是那么秀气,她的脸庞看上去是甜的,甜如成熟的果实,还有她皮肤上散发的光泽,卫巧蓉只在牛奶结成的奶皮上看到过那么温和细腻的光。出租车从两排樟树间开过,到了更明亮的地方,她注意到女儿眼角的一小簇皱纹。

她并不为女儿脸上现出的老态感到忧虑和惋惜。她多么喜欢女儿现在的模样。


明天上午的票对吧？卫巧蓉帮徐冰倩把碗筷收拾到厨房。徐冰倩一边点头一边说,别动,出去坐着。卫巧蓉给她系上围裙,提议道,一会儿咱俩去沙滩上走走。不用担心,脚好多了,再说选最近的沙滩,几步路而已。

这是一个很秀气的海滩,地势平缓,沙质松软。两人沿着海潮退下的一道水痕往前走,被阳光晒了一天的沙子现在还是暖热的,走了一会儿,脚底像被小火苗远远地烤着一样舒服。

到底女儿能不能看到呢,卫巧蓉并不确定。此前,她在这个海滩上遇见过一幕奇景,一幕不属于人间的景象,说不出来的美,短暂而神奇,她悄悄地记在了心底。那会儿,她也像现在一样在沙滩上闲逛,忽然,海水的边缘出现一条闪着蓝色荧光的带子,随着波浪一前一后地摆动。她走近几步,看到海水里浮动着珠子形状的团团蓝光,不像灯光,也不像珠宝的光,那蓝光分明是有生命的,正活着的光。很快,也说不清是水还是光,一波波漫上来,漫过她的脚。是星星从天上掉下来了吗?她恍若站立在流动的星河里,喉头一哽,想叫又叫不出声来,整个人呆住了。星河消失,她如梦初醒,旁边拍照的人告诉她,这是夜光藻聚集引发的现象。她回想刚才那一幕,更愿意相信是繁星掉落海水,嬉戏片刻又飞回天空。

可遇而不可求吧。她挽着女儿的手臂,往更开阔的地方走,背后有风吹拂,很轻柔的风,像踮着脚尖跟在她们身后。

再往前就是地质博物馆了。她指着不远处的建筑物。女儿停下来望着前方,说,这博物馆外型很奇特,像上冲的海浪在半空中被定住了,是空间,但更像一个瞬间。她点点头,第一次见到博物馆的外型,她首先感受到的也是时间。在这个"瞬间"里,陈列着岛屿地层的主要构成,一亿多年前的早白垩纪的火山岩,还有小岛各个地质时期的动植物化石,层

113

层叠叠地凝结着亿万年的漫长时光。

已经闭馆了，等你再上岛，我陪你进去看看。

回到家里，两人都觉得有些困，早早躺在床上。楼下散步的人陆续回来了，人们的说笑声夹杂着小狗的吠叫声。卫巧蓉说，隔壁单元有人养了一只串串，博美和蝴蝶犬的混血狗，样子特别漂亮。说着说着话，徐冰倩那边先没声了，她睡熟了。

卫巧蓉听到耳畔传来缓慢深长的呼吸声，有多少年没听过这样的呼吸声了？听着听着，眼角一热，赶紧背过身擦了擦。眼泪不听劝，继续往外涌，无声无息，顺着脸颊流下来，滴在枕头上，黑暗中静悄悄洇湿一片。听着女儿平稳的呼吸声，她感到时间滴滴答答善意地流逝过去，万物沉默地生长，山脉、海水覆盖下的岩石圈，还有不远处伸向海滩的铁红色岬角，那长满地衣的寂静而热烈的火山风景。在一些艰难的时刻，她以为自己肯定要完了，结果她没完。日子呀，慢慢就磨过去了，再过几年女儿生了孩子，她要当个好帮手，帮女儿熬过最忙乱的两三年。再往后，不知道多少年以后，总有这一天，她得病了，去世了，她的魂魄也会循着这沉稳的呼吸声，在人世里找到女儿，不呼唤，不打扰，只远远地看着她，守着她。

她多享受和眷恋这普通的夜晚啊，平和的夜，熟睡的人，还有此刻不在眼前、但她知道会站在那里的一棵树——楼门口种着的一棵夹竹桃，月光下几片深红的花瓣正缓缓飘落。

窗玻璃上渐渐起了一层雾。

天快亮的时候，下起了小雨。卫巧蓉跟往常一样醒来，睁开眼睛，先看见女儿侧过来的头，心里顿时满是安慰和满足，脸上的表情也一下子变得温柔起来，连带着心头涌起了对整个人世的淡淡的温情。她凑近了，端详女儿熟睡的样子，端详一会儿才起身，轻轻关严屋门，走进厨房，熬上杂粮粥，煮了两根鲜玉米。

吃过早饭，她忙着给女儿检查行李，钥匙，证件，钥匙，证件。女儿呢，忙着检阅冰箱，里面满满当当的是蔬菜、鱼虾和水果，冷冻层里也塞满水饺、猪肉包和带鱼段。临走的时候，女儿还把几瓶药油分别放在茶儿、床头柜和窗台上，嘱咐着，没事多搽搽，在关节上不停划拉，划拉到发热就是起效了。

她换下拖鞋，跟在女儿后面要一起去码头，女儿摆摆手，说，你的脚还要再养养，别跟我去码头了，有空了我就来看你，很快的。女儿向外走儿步，忽地又闪身进来，揽住她的脖子，说，妈，还记得吗？我十几岁的时候咱们一家去旅行，去南方的一个海岛，那几天玩得可真好。

女儿的本意是想让她开心，"一家"这个词却短暂地刺痛了她，疼痛来而复去，倏忽而逝，她清晰地感觉到疼痛的发生和消失。不过，快乐的旅行，她有点儿记不起来了，只能装作想起来的样子，用力点点头，说，等你再来，我的脚也好了，我们一起在岛上逛逛，很多好地方呢。

晚上，卫巧蓉把白色塑料瓶里的药片倒进垃圾桶。自从徐季走后，娴静端庄的夜晚也一并失踪了。她躺在床上，翻来覆去，枕头里的荞麦皮儿沙沙响个不停，像深秋的雨在耳朵边下着。夜深了，她一点困意也没有，圆睁着双眼，全身火烫地想象着跟徐季理论的场景，她整夜整夜处在战斗状态中，凌晨时才在一边倒的胜利中疲惫睡去。再后来，母亲去世了，她白天呆呆地流眼泪，夜里躺下就蒙住头，想忘了已发生的一切。一切的一切，争相往外喷涌，她揭开被子，眼睛在黑暗中盯住天花板，感觉到有什么东西迅速流走了。萎缩，干涸，焦枯，她如一副空空的骨架，在月光的照耀下又冷又白，森森地闪着寒光。

她倒掉安眠药，准备重新学习睡眠。


细软的沙子里插着柠黄色的太阳伞，伞下面是躺椅，躺椅旁边的野餐垫上摆满面包、烤肠、冰汽水、椰子、西瓜，几块浴巾平铺在细沙上，接受夕阳的照耀。海水里浮动着五颜六色的泳帽，卫巧蓉戴着一顶红泳帽，徐冰倩紧挨着她，双手攀住蓝色的救生圈，徐季在旁边不远的地方凫着水，不时游过来看看她俩。温柔的海浪一波波涌来，身体不用使劲儿，顺着海浪就可以一起一伏，渐渐地，身体好像要跟海浪合为一体了。

徐冰倩不肯戴泳帽，高高扎起的两根辫子被海水打湿，头发一绺一绺地贴在脸上。她毫不在意，咯咯笑着，说回家了我要学游泳。徐季答应着，我给你当教练。

上了岸，徐季歪在躺椅上，卫巧蓉陪女儿堆沙子，饿了，吃几口面包,渴了,抱起椰子来喝。天黑透了,三个人仰面躺下,看银河,认北斗七星,直到起了很重的夜露,海风吹到身上觉出凉了,一家子才起身收拾好东西往宾馆里走。回去的路上,徐季给女儿讲故事,前半段讲塞壬,后半段讲忒休斯,两个人一直说说笑笑的。

深色丝绒般的夜空下,卫巧蓉沉默不语。她不停地回想白天游玩的顺利和完美,隐约有些不安,明天还会像今天一样顺、一样快乐吗?不知不觉地,眉头拧紧了。想什么呢,妈?女儿突然问她。她勉强笑笑,没什么,有点累。

到了宾馆,女儿和徐季陆续冲了澡,她进去的时候,发现热水时有时无,调试了一会儿还是不行,心里就很烦躁,打电话让服务员过来。服务员大概知道这是年久失修的老毛病了,装模作样地查看一下就走了。她匆匆洗完,拿起吹风机,风量不太够,费了半天劲儿勉强吹干了发梢。躺在床上,她对徐季说,明天咱们换家宾馆吧。徐季嗯了一声。

第二天,她在雨声中醒来,心有些慌。透过窗户往外看,一片白茫茫的,外头的树都看不清了。浴场肯定关闭了,海边那家著名餐厅也不营业了。怎么就突然变了天,昨天还是大太阳呢?怎么办?她拉紧睡袍裹着自己。徐季翻了个身,说,下雨了,多睡一会儿吧。

在宾馆里吃完午餐,徐季和女儿铺开棋盘纸开始下跳棋。她看他们下跳棋,只觉得一步一步好像踏在她心口,乱扑扑的。眼睛转向外面,雨势正猛,雨水从高处扑下来,天色昏暗,恍若傍晚。她无聊地坐着,打开

117

电视,连换几个台,没有什么好看的,屏幕里的画面越来越模糊。她意识到自己实际上在望着空气,便扭过头去问徐季,你说雨会停下来吗?

天知道,徐季笑着指指上面,别想了,正好在宾馆里好好歇歇。她嘟囔着,我们明明是出来旅游的。

那是十五年前的夏天,卫巧蓉想起来了。隔着十几年的漫漫烟尘,她看见回程的路上,徐季拿着相机拍照,女儿远眺着海里的怪石作诗,她不愿破坏他们的兴致,嘴上没说什么,心里却默默复习旅行的细节,到底是哪里不对,造就了这不圆满的旅行?

雨早就停了,大海平静,闭目养神。

她看见一个一脸严肃的女人斜倚在船舷上,看见一团灰白色的影子从她的身躯里脱离出来,一飘一飘,飘回到昨天的那场暴雨中,在雨中孤独地游荡。


清晨,厚厚的云层覆盖着岛屿的上空。云层散开的瞬间,浩荡的光涌进树林。光线穿过树冠,化作一道道光柱,光柱和高矮错落的树木共同设计着林子里的空间,风吹来的时候,叶子哗啦哗啦响,树摇晃,树影摇晃,林子醒来,小动物也醒来了。

早市海鲜区堆满了刚从海里捕捞上来的梭子蟹、海虹、毛蛤、爬虾,地面上水淋淋的,空气里弥漫着一股清鲜的味道。卫巧蓉停在一家商户前面,阳光倾洒,落在一筐筐海货上,她看见有个筐子里叠满纯银。条状的银子,在晨光中闪闪烁烁的。卫巧蓉挑选了一条,她叫不上名字来,鱼身形曼妙,没有鳞片,细看起来像鎏了一层厚厚的银粉。市场外面,渔民举着筐子走动,螺、青口、海蛎子,碎石头一般擦着碰着。明亮的光线透过筐子,有的鱼看上去几乎是透明的,一片片鱼形的玉,里面纤细的骨头犹如玉石内部的天然纹理。

蔬果区里似乎集结了世间所有明丽的色彩。在里面转了一圈,她回到熟悉的摊位买茼蒿和蒜苗,隔壁的摊上,一把把粗壮的西芹码在台子上,她想起了徐季。每次跟随徐季来市场,他似乎都会买一把西芹。以前她总说徐季像个孩子,离了她准不行的,她观察着他,看他怎样配齐一餐饭的原料,他东走西走的,就把该有的材料都买齐了。而且,她从来不知道他喜欢吃西芹。回想过去几十年的生活跟回忆一场梦境有些相似,一样的模糊不清,一样的零碎混乱,任意流淌,没有形状,而且,你能记起和描述出来的都不是全部,总会漏掉点儿什么。

往回走的时候,她看到老吴夫妇正沿着环岛步道散步,两人身上的红色运动衣在清湛的天空下显得分外鲜明。她向夫妇俩招手,心想,世上总算有几个好运气的人,能一直得到命运的厚待。

吴太太小步慢跑,老吴也加快了步子,一群白色的海鸟从石头上飞起,抖着翅膀飞向海面。两个人一会儿并排行进,一会儿一前一后错开。

老吴的腿怎么了?卫巧蓉看着他俩的背影。老吴紧赶几步时,身体有点儿失去平衡,一条腿拖曳在后面,吴太太回头说着什么,脚步已停下来,两人原地歇了一会儿,吴太太挽起丈夫的手臂,慢慢往前踱步,两人的身影消失在步道拐弯的地方。

卫巧蓉想着吴太太的南方口音,恍然明白了过来。

经过码头,正赶上一艘渡船靠岸,先是甲板上一阵咚咚乱响,接着,拖着行李的人们沿着跳板走下来。她也是这样抵达小岛的,只不过没有游客的欢快好奇,她来的时候,随身携带着一座地狱。

海上的晨雾尽数散去,碧清的海水豁然出现在眼前。近来,她时常忘了自己为何来到此地,好像她原本就生活在这里,或像很多外地人一样,来岛上是为了观光和疗养,为了享受这里的阳光、空气和海味。

回到家,她顺手拿起一瓶药油,拧开盖子,把气味辛辣的药油倒在手心里。作为孤居之人,她时常提醒一下自己,你要多保养多锻炼,腿脚得利索点儿,不利索没法儿独自生活下去。她打着圈搓脚腕子,直到搓得皮肤越来越热,药力缓缓地往下渗,蜿蜒着向里走。脚踝深处的疼痛沉睡了过去,只在阴天下雨的时候,丝丝绺绺地往上爬。今天是个晴朗的日子,她来到自己的卧室,南向的卧室,把床上的被褥摊开,等着丰沛的阳光把棉絮里积攒的潮气一点点赶出去。

下午的时候,被子已变得温温热热的,摸上去像一层柔软的皮肤。手抬起来时,那种软软的感觉还停留在指腹上。

又该出去活动活动手脚了。她在门口拿起一个东西,散步最好有个伴儿,这个就是她的伴儿。女儿给她买了一根拐杖,铝合金材质,防滑手柄,高度可以调节。一开始她有些羞恼,说不用不用,还没老到用拐杖的份儿上,女儿说有个拐杖稳当,等脚好了再把它扔掉。脚好了,她每天出门还是顺手拿起拐杖,跟她做个伴儿。

走进公园时,光线正变得暗淡,灌木和花丛低低地伏在朦胧的暮色里,像通过一面未磨的镜子映照出来的。有好几次,她在公园里见到徐季,他有时在跟人下象棋,有时和老人们一起坐在路边乘凉,有时在跟孩子们聊天,她悄悄绕到后面,能听到他在说什么。他给孩子们讲木卫二,讲珍珠的形成,最近的一次她听见他说:麻姑是谁?她是个仙人,有一天下凡参加宴会,宴会上她对另一位神仙说,自从上次和你见面以后,我亲眼见到东海三次变为桑田……

他们至今没有碰过面。她设想过面对面遇上的情景,这辈子该说的话已经说完了,她不知道该对他说点儿什么,但她还是会迎上去,向他问声好。

岛的西面是连绵的山峦。群山在渐渐稀薄的岚霭中站立起来,缓缓伸直了脊背。她抬头望过去,正巧又有几朵云飘到山头附近,一纵身,翻了过去,云朵们看见山那边有什么了。

夜色像宽大的黑斗篷一样罩下来。经过小树林时,身后传来窸窸窣窣的声音,也许,是人在落叶上走,也许,是小动物正穿过草丛。回过头去,是看见松鼠、野兔、狐狸,还是看见一个跟她一样独行的人呢?不管怎样,她都决定转过身去看看。就在她转身的一刹那,环绕在身旁的黑暗变轻了。

## 我想要的一天

一

戈壁里的路像一道蜡白色的凹痕,蜿蜒着伸向远方。路消失的地方就是玉门关。八月,麦思开着租来的车,沿着戈壁公路跑了两个钟头,来到这座著名的关塞。

除了颓圮的关楼,地面上空无一物。四野空寂,风横着刮过来。天地一阔大,风就起来了。

关楼早给风削去一大半,只剩黄胶泥层层夯实的基盘,孤绝奇异地存留下来。时间绵延不绝,它迟早也要被风剥蚀吹散。麦思心里空落落

122

的,并没察觉到此行最重要的一个瞬间正在前方等候她。

从关楼残骸里出来,麦思无意中向北一瞥。只一眼,她就失了神,神魂像一缕轻烟,随着风,向北面飘过去。

大片大片凝固的苍黄中,世界忽地鲜艳了起来。她看到一条河,河边生长着雪白的芦苇和碧绿的青草。不知名的小花高低错落,风一吹,就有了生动的姿态。水鸟伶仃着细脚,轻盈地跃过水洼。河流丰美自足,流淌于坍塌的古长城一侧。

这是把人从现实拉向梦境的一幕,沙棘、骆驼刺和黄沙统驭的荒漠,突如其来的意外的绮丽,湿地妩媚,草木葱茏。原来老天把一切安排得如此精妙。

硕大的夕阳在她身后缓缓沉降。

暮色从天空中跌落下来,周围一下子黑了,囫囵地黑了。麦思张开手指,似乎能触到板结成块的黑暗。

春莉的电话就是这时打进来的。

春莉说,我在深圳。麦思问,你真这么做了?春莉的声音很平静,是,三天全部办完。

这不可能。麦思听到自己的心跳声,此情此景而接到春莉的电话,似乎是冥冥中的天启神示。你不知道什么时候,命定的没有风景的人生里会流过一条梦幻的河流。

休假和旅行结束了。第二天晚上,麦思把行李往家里一丢就赶去酒店见春莉。大堂白亮的灯光下,麦思很用力地"认",这才认出春莉。春莉的两腮起来了,往外突,国字脸雏形初现,这是女性不再柔软娇嫩的标志之一。麦思拉着春莉的手,意识到自己也老了。人都是看不到自己的,什么时候看到一起长大的伙伴,觉察出他们的老,才知道了自己的老。

循例先回忆。回忆起那个难熬的夜晚,依然唏嘘感叹。那晚,她们得知翁美玲早已不在人世,共同经历了一个不眠之夜。回忆起 2000 年的欧洲杯,她们都热爱因扎吉,那个面庞清秀、气质癫狂的蓝衣前锋。激动地说着说着才猛然惊觉,她们都不知道因扎吉现在怎么样了。

眼看就要没话题,麦思提议,春莉,聊聊现在吧。

春莉的眼睛湿漉漉的,她身体往前一送,说,接下来我想写点儿东西。

麦思愣住了,写点儿东西?

春莉点点头,她倚靠在狭长的过道里,双臂环抱,做作地,一字一句地说,我觉得这就是我的命运。

麦思愕然地盯着春莉看,女孩堆里一贯平凡的春莉,大学读"行政管理"的春莉,周身没有多少书卷气的春莉,她能写出什么东西来? 怕是中了邪吧。

麦思只记得春莉爱哭,从小就爱哭。看见水塘边单只的鸳鸯哭,看见小孩子皱着脸练杂技哭,小学五年级春游,春莉看到一个戴眼镜的男人刨地种庄稼也哭。就说前两年吧,她们几个开裆裤朋友约在北京小聚,吃海底捞火锅时,春莉见服务员弓着腰服务,就拼命眨眼把眼泪眨了回去,还低声说,他们不用这样的,不用这样的。

然而,这仍然是一个毫无征兆且过于剧烈的转折,拐过去是什么,尚笼在烟里看不真切。麦思不能违心地表示期待,只好说你试一下吧。声音温和,既不热烈,也不冰冷。

回家的路上,麦思感到些许不安。这起事件所包蕴的浪漫化的成分正渐次褪却。她并不欢迎春莉异物侵体般的到来,即使春莉曾是她成长的一部分。麦思尤其反感春莉行为中透出的暴烈与危险,对麦思和她的爱人高羽来说,他们正处于努力说服自己接纳平凡的节点上,正要适应一个可能会延续很长时期的闷局,方方面面的寡淡和沉寂。她渴求的是平稳、混沌、微妙的镂空,不是春风和火花。春莉像浑身带着电流的深海生物,像一种活跃的细菌,她让麦思回忆起自己也曾有过的挣扎。想到这里,麦思嫌恶地皱皱眉头。

客厅没开灯,书房里透出电脑屏幕的光。麦思打开灯,走进书房,问,今天打得怎么样?

高羽说,打强队都赢了,二比一曼联,四比三切尔西,还有几个天才新星的经纪人跟我接触,商量下赛季的转会。

麦思从后面搂住他的脖子,说,太厉害了!

高羽转过头来,对了,你朋友是叫春莉吧,来深圳旅游?

麦思说,是,来旅游。

125

春莉来深圳一星期了。

麦思的一星期在无知无觉中流逝。图书资料室里的年月，是"不知有汉，无论魏晋"，人迹罕至，幽寂无声，只有落在地板上的阳光缓慢移动。一排排书架静默地站立着，麦思在榆木书桌前一坐就是一天。她适应了这份寂寞而自由的工作，寂寞一旦适应了，自由一旦享受过，任凭什么肥缺美差皆可视若粪土。

而在《足球经理》游戏里，一周的时间，足以让高羽带领他的斯托克城队拿到英超冠军，并顺利闯进欧冠四分之一决赛。

周日，高羽有一场关键的淘汰赛要打，他钉在电脑前钻研战术。麦思独自来到口岸，准备奔赴香港铜锣湾的崇光百货。一到口岸麦思就浑身有劲儿，她感觉到自己的姿态，像热蒸汽，猝然扑锅的热蒸汽。每隔一段日子，麦思就想在崇光七楼游荡上一天，那里陈列着雕琢、繁复的家居精品：手工切割的水晶瓶塞，印着梵高画作的马克杯，散发出桉木和薄荷香味的蜡烛，优美纤长如天鹅脖颈的烛台架，珠贝镶边儿的上菜碟，珍珠质肥润饱满，散发出浑厚的珠光。

离自助过境闸口只剩几米，手机持续振动，麦思看看号码，犹豫一下还是接了。

春莉偏偏在这一刻写出文章，今天有空吗？我的散文……她描述道，是一篇风格独特的散文。

春莉写出第一篇文章，这遏制了麦思对崇光七楼的满腔热望，她从过关的人流里撤出,赶往青年客栈。她等不及要看的,不光是文章,还有春莉的未来。

春莉缩缩脖子,笑容里有些怯意,她把打印稿压在麦思手上,说,上学时你文笔就好,来,帮我把把关。

第一句话,铅块一般拽着麦思的心往下沉:有些东西失去了,才知道它的美好。

这开头简直比所有的同学聚会中产趴都要滥俗。她放低期待往下读,发现是一篇回忆姥爷的文章,旧,老套,熟腻。

春莉热切地问,怎么样?

麦思不去看她的眼睛,说,读着通顺,感觉还不错。

春莉兴奋地扬扬眉,不瞒你说,电脑里存了很多废稿,就这篇能拿出手来,这篇成,这篇到了发表水平,我自己有预感!

春莉迷了。她迷上了一些东西。

麦思不知道说什么好,起身倒了一杯水,把水杯紧紧捏在手里。

两人不咸不淡聊了一会儿,等到快离开时,麦思问道,春莉,你是请长假还是正式辞职?

春莉说,正式辞职。

奇怪,一点慷慨悲壮的感觉都没有。麦思只觉得伤感沉重,愁绪像细蛛丝般网了下来,连窗外的日光都晦暗了。

麦思起身说,春莉,我还有事,今天就不陪你了。

麦思拐到一家茶馆枯坐一天，傍晚时恹恹地回到家里。高羽随口问了一句，你同学还没走吗？麦思装作没听见，扭身去了厨房，掩藏秘密让她有负罪感。当然，婚后至今，高羽也一直保有一个上锁的抽屉，而她像所有老练的妻子一样视而不见。

接下来的一个月，麦思去看过春莉几次，春莉不像初来时那么从容笃定了，有时深夜还打电话倾诉，几句话翻来覆去说，麦思也只好耐着性子听。

这天麦思下了班，忽然又牵念起春莉来。不知不觉就来到酒店，她站在房间门口按门铃，春莉边开门边点头把她让进去。

春莉说，老师，您认真看我的稿子了吗？

春莉说，您觉得我跟别人写的没有什么不一样吗？

春莉说，嗯，谢谢，谢谢。

挂断电话，春莉用手指捏起一点眉心，来回搓捻。她的皮肤透着隔夜茶的颜色和气息，还是掐灭过一堆烟头的隔夜茶，衰败不洁。写作中的春莉看起来很不熨帖，皱巴巴的，像自己在揉搓自己。

麦思叹口气，宽慰道，春莉，别着急，多试试，总会有人欣赏你的。

春莉沉默半晌才说，住旅馆每天有开销，住得心慌。房子看了几处都不合适，那种环境是没法写作的，我不想麻烦你——

麦思知道春莉的脸皮有多薄，知道她多不想求人。麦思打断她，不多说了，来我家吧。

春莉羞惭地坐在床沿上，不住地重复一句话，我会继续找房子的。

到了小区停车场，春莉正要下车，麦思叫住她，正式向她摊牌。

麦思的表情变得很严肃，春莉，到了我家，别告诉高羽你之前做什么工作，也别说你辞职来深圳，写东西。

春莉低下头，躲在大城市写东西，你也觉得这事荒唐，是吧？

不荒唐，这里确实能让你躲起来。麦思说。

春莉的身体抖了一下，从准备离开到真的离开，你知道，我听到最多的一句话是什么？

你一定会后悔的。

现在想想还是觉得好玩，每个人都这么说，各式各样的嘴巴说出来同一句话。

你一定会后悔的。

直到此刻，麦思才感觉厚厚的隔膜被冲破，她和春莉之间恢复了小时候的亲近。她能想象到那幅画面，无论平时多么愚蠢胆小的人，说出这句话的时候，脸上都会焕发出睿智英明的光彩，都是老狐狸附身，三略六韬，掌握了绝对真理。

麦思说，这也是我的梦魇，刚起个念头，这句话就会自动跳出来，全身都冷了。

春莉红着眼圈，别人可以不搭理，最对不起的是父母。我爸说要跟我断绝关系，我妈什么都不说，就只是哭，边哭边一眼一眼地看我。

麦思忽地抓住春莉的手,春莉,你听我说。

春莉呆呆地看着麦思,她听到麦思大声说,我一直瞒着家里,实际上早内部调整了,我自己提出来的,从社会发展研究所调到资料室,已经两年。

春莉问,家里不知道?

麦思说,我远在深圳,给家里撒谎太容易了,我甚至可以伪造功名。我妈以为我在研究所,名头唬人,又"写报告"研究"社会发展",她挺欣慰的。

春莉说,不管怎样你没有跨越界线。我是不是出界了? 我应该按写好的剧本,一集一集地往下演。

春莉突地明白过来,高羽,高羽也是有,有……显然,春莉被这个词辖制太久,她露出了被扼住咽喉、喘不上气来的表情,到底没有说出口。

麦思说,对,他也有。我们将终生为其所制。

最后,麦思郑重地提醒道,不要惹起他的热情来,千万不要。

在之后高羽参与的谈话中,春莉被包装成留州美甲店店主,南下旅游后发现商机,决定留在此地创业。

临睡前,春莉悄悄告诉麦思,之所以选择来深圳,是因为她实在不想解释了。那些追问不休的人,一听说她去深圳就露出恍然大悟的表情,父母也隐隐有了盼头,以为她另有宏图大计,总算没掐灭他们的最后一丝希望。

# 二

十月初的假期,春莉一个人留在深圳"写东西",麦思带高羽回到留州。麦思的父亲罹患痛风,一犯病右脚就不敢落地,只能单腿蹦,母亲则是年深日久的冠心病,随身携带硝酸甘油"小炸弹",时刻准备着开炸阻塞的血管。

母亲让她感到惊骇和陌生。一个大活人,怎么说抽抽就抽抽了。跟那些晚年急剧膨胀的老太太不同,她是收缩的,收缩到让人一打眼就有不祥的感觉:这个人快没了。仿佛她会越抽抽越小,直到没进泥土里,消失不见。

夜里,她跟高羽咬耳朵,嘱咐他、也是提醒自己:回来只有一个任务,粉饰太平。就这几天眼面前的工夫,顺着父母的意思,让他们心安。

回来的第二天,母亲就催她去探望大爷。在麦思心里,母亲是读过书上过班绝非俗物的女性,谁料想越老越愚昧,无子,女儿离家远,让她无比担忧自己的身后事,总觉得出殡时的风光要指靠大爷一家。

亲戚之中,最让麦思心惊胆战的就是大爷。这些年他退居二线,愤懑交织着失落,不放过任何一个当面数落麦思的机会,怨她红事白事都不露面,尤其是没参与他孙子的十日、满月、百日以及周岁宴。一想到他蓄势待发的模样,麦思就打怵,那是一种我要坐下来跟你"摆一摆"的架

131

势。她和高羽在楼下徘徊半天,才上去揿响门铃。

两人手里拎着一桶花生油、一箱纯牛奶。

大爷家里的博古架上依然摆放着那棵"玉"白菜,大爷的开场白依然是,有几年没回来过年了? 大爷的过年,特指年三十和年初一,差一天也不算,这样说来,有三年没在家"过年"。

麦思说,三年。大爷立刻露出鄙夷的笑容,他又要旧事重提了。他坚定地认为侄女毕业后的规划出现重大失误,他为麦思选定的理想职业是,在留州高中做一名历史老师。

麦思从不争辩,说,各有各的好,没法称斤称两。

既说到斤两,大爷顺势问起最感兴趣的物价问题。他说,深圳是吧? 猪肉多少钱一斤? 韭菜多少钱一斤?

麦思很为难,说,多少钱一斤还真没往心里记。

大爷执着逼问,那一个月吃喝花多少钱?

麦思说,也没专门记,周末去超市采购一趟。

大爷伸出右手出其不意地摸摸腋窝并迅速闻了一下手指,一周去一次? 每天下班买新鲜的不更好? 没有农贸市场吗?

麦思嗯嗯着,是,早市的新鲜,可没工夫每天去。

大爷寒着脸,用鼻音说,超市,你们年轻人就认超市。

他思路极为机敏,很快又找到一个话题,问,一天三顿都在家吃吧?

麦思蹙紧眉头,这问题他每次都问,每次不免纠缠一番。她想糊弄过去,低声说,在家吃,在家吃。

大爷看着她,说,都在家吃?

麦思只好说,中午饭不在家吃,在单位。

大爷瞪大眼睛,什么?中午饭不在家吃?早晨出门晚上才回来,这可是一整天啊。

他在农机局待了大半辈子,作息上纹理清晰。十二点回家,全家一起吃午饭,睡一小时午觉,下午回单位接着上班。因此深圳人的午饭问题一直令他困惑、怀疑,仿佛,权威无端受到了挑战。

麦思不敢争论下去,撒谎说,离家近的回家吃,远的才不回去。

大爷点点头,看起来高深莫测。麦思正想道别,只听他拖长了声音说,深圳好啊,经济发达啊。

一个熟悉的冷战从身体深处慢慢抖出来。她知道,大爷又要欲擒故纵了,这是他的保留节目。此时此刻必须要使出撒手锏了,她赶紧说,发达什么?工资高,消费也高!钱太喧了,城市的一万还不如留州的一千顶花!

这是一记绝杀,每次都能收到奇效。果然,大爷觉得自己赢得了最后的胜利,紧绷的莫名愠怒的脸彻底舒展开来,他一边嗔怪,瞧你说的,哪能呢?一边发出爽朗的舒畅无比的笑声。

从大爷家出来,麦思的胸口有些憋闷。高羽走着走着忽然停住,双手支在大腿上,弓着身子笑,麦思甩甩头,也跟着笑。

133

刚才的会面有一种抹了油般的滑畅感,且洗练至极,显然这是当事双方都经过精心排练才会有的效果。

笑够了,高羽问,咱俩为什么要在这类事情上浪费时间?

麦思说,几年才虚虚一次,有什么不能忍的。

麦思已感到非常幸运,今天大娘不在。记得上回,大娘一见到她,脸上就露出动物般的表情,是那种发现了腐尸的动物的表情。大娘留着很短的寸头还染成黄色,凸显出一张大脸。大娘两颊的肉哆嗦着,挽着她的胳膊问长问短。她讨厌大娘说话时步步为营每一步计算都很准确的样子,大娘通体浑圆却并不让人感到慈祥可亲,大娘穿着一件满是骷髅头图案的毛衣,散发出鲁莽而尖利的小城时尚感。

大娘的神态,大娘的衣着,这些细小琐碎的恶,会让麦思产生生理反应,胃酸不可抑制地逆流而上,接着胃疼,一阵阵地,往咽喉那里疼。

麦思带高羽来到中心广场,多年前她曾在这里套圈儿、溜旱冰,如今每到晚上,这里就成为县城最大的消息集散地,这里有无数爱恨情仇,也有无数不厌其烦描述着的完美生活,晋升、开辟第二职业、孩子上县文艺晚会,等等,等等。这向着四方铺展的广场,阔朗而又逼仄,几乎让麦思透不过气来。她想起春莉,她确信,此间的罪恶,足以促使春莉逃向南方。

两人一直在外面闲逛,直到天黑才回家。

麦思见母亲正忙活包饺子,就向高羽使个眼色,两人偎着母亲坐下来。氛围不错。母亲眼睛里闪着异样的光芒,似乎鼓足勇气,终于试探着问起,"事业"上有没有"进步"。

高羽转身去了卧室,麦思支吾两句,打开电视。

母亲很是委顿,只好开始鼓吹她的和面绝技。她左手指着面盆,右手高高举起,说,麦思,看看你妈,不知道什么叫和面拔不出手来,从来都是三光,面光,手光,盆光! 她的声音激昂高亢,与干缩的身体很不协调。这几年她喜欢回首往昔,发现大半辈子都在自我牺牲,以至于很不快乐,炫耀"三光"是她所剩不多的人生乐趣了。

麦思偷眼看着母亲,她穿着假冒的洞洞鞋,里头的肉色丝袜若隐若现,她没走过运,没享过什么福,大润发里抢购贱价鸡蛋的队伍里肯定有她,最关键的是,她的丈夫虽未出轨却也并不爱她。真是个典型的母亲,看她一眼,就会联想到匮乏和不幸,看她一眼,就知道她被日子研磨过了,吃得连骨头都不剩了。

妈,我当上副所长了。

话是自己蹦出来的,麦思惊愕不已。

她看到母亲的脖子往上一抻,真的?这孩子,你也不早说! 你爸晌午起来就蹦跶出去下棋了,他还不知道呢! 母亲说着说着眼眶就湿了。

高羽在里屋古怪地咳嗽几声。

麦思帮母亲放好案板,说,就是主管几个课题,没什么大不了的。看你阿弥陀佛阿弥陀佛的!

母亲的笑容松弛而满足,那是老怀为安、一辈子有了结果的笑。她说,以前一提这话头你就黑脸,我和你爸都快闷死喽,这下放心了,路会越走越宽的!

麦思心里一动,自己想要的,不恰恰是路越走越窄、越走越僻静吗?

麦思走进里屋,低声道,不要乱出声。高羽说,我没别的意思,就是有点儿心疼你。

我也心疼你。麦思说。

前几年,每当高羽觉得无法掌控自己的命运时,就躲起来偷偷念《心经》。

她把高羽拉回到客厅里,陪坐着。父亲也从外面回来了,父母热议着麦思的才能和前程,高羽跟着附和,不扫他们的兴。很快又没有新话题,几个人干笑着,气氛重新变得枯涩。麦思不小心碰触到母亲的皮肤时会感到有些尴尬,她们之间,不是长期生活在一起的亲密。麦思早就想走了,她爱自己的父母,同时又无比渴望跟他们拉开距离,回乡一定不能超过五天,这是她的极限。

这几天,也有姨姑嫂婶猛然想起春莉,老姑娘加辞去公职的春莉是留州的名人。显然,她们并不真正认识春莉,显然,打探之前她们已有预设:春莉肯定是有后路的。从中彩票到结识著名商人被高薪挖走,每个人都急于为春莉寻找合理的解释。麦思没想到,群众对一个陌生的名字能关心到这种程度。她们说话的声音总是很大,语气笃定:没后路,能把吃皇粮的工作白白瞎掉吗？

麦思特别想宣告，没有，就是没后路。可看着这些一脸精明相的人，她还是选择了漠然，她说，不知道，在深圳没见过春莉。她更不能暴露春莉的真实去向，老家的人势利，对不具备普世知名度的骚人墨客并无钦羡崇仰，而是蔑称他们为"大酸梨"。

高羽在旁边听着，慢慢咂摸过来。他没多说什么，只是临睡前用后背蹭了下麦思，说，你多虑了，别怕，真的别怕。

两人曾半真半假地谈起对工作的厌倦，结果引起双亲的高度警惕。说起来，两边的父母都受过教育，但只要跟工作有关的议题，就从未获得过严肃的对待。父母们痛恨变化、偏离和不确定，他们阴阳怪气地嘲讽，无师自通地运用修辞，不是反语就是影射，他们还喜欢举例子，指桑骂槐，曲径通幽，弦外之音和韵外之致一波波地在空气里荡漾。怪话说完后，往往升级为大吵大闹，预言这将是"一辈子犯下的最大错误"。

从子女的婚姻伊始，他们就觉察到自己失去了实际的控制权，他们也渐渐明白，这代人对父母的容忍度很低，他们的歇斯底里沾染了几丝虚弱徒劳的气息。

半天，高羽才说，你呢，其实你比老人家还保守，你又在怕什么？是生下来就带着的原初恐惧吗？

麦思身体一僵，折回到自己的枕头上，说，行了，睡吧。

两人在老家的最后一天，把麦思妈妈视若珍宝的双缸洗衣机强行淘汰,换成了全自动。回程时天上落着小雨,飞机缓缓拉升,拉升到晴朗的平流层。

又要见到春莉了。一想起春莉,麦思就心绪纷乱,她觉得春莉只是急于找到一个外壳,一个臆造的自由澄明之境,好不去面对真实的世界。飞机下降时,她从睡梦中惊醒,梦里她恍惚看到,春莉在坠落,面目模糊,四肢张开,飞快地在她眼前掠过,落到了她看不到的地方。舷窗外,白日和黑夜正相互浸染。

春莉满脸放光地迎接他们,接着把麦思拉进客房,诡秘地表示,她正在创作"一部类似于《红楼梦》的小说"。她脸颊泛红,那颜色不是胭脂水粉能调和出来的,像刚洗完澡或刚运动完,是一种天然水润的潮红。听她如此描述,麦思的心就凉了。加上旅程劳累,加上她对文学并不迷恋,连礼节性地作势阅读都欠奉,就打着哈欠回房了。

三

要完全地拥有自己的时间,总是要付出点儿代价的。

麦思的代价是,逢周二资料室开放日,她晚上九点才下班,以此换取周五不坐班的自由。周五她总是起得很晚,松松地系着丝绸睡袍,奢华地消磨一个别人的工作日。只要是自己的时间,她就能轻易地感受到宁静和幸福。她能闻见柑皮的香气,发现各种小物件的精致之处,漂亮

138

的纽扣、皮革上均匀的走线、鞋子里布印着的含蓄隐秘的花朵，一个闲极无聊的人才有心境体味的种种细碎的美妙。

这个周二，麦思回到家里，发现高羽居然没打《足球经理》，春莉也没躲在客卧里敲键盘。两人在餐桌旁聊天，桌上放着一瓶喝了一半的白葡萄酒。春莉从椅子上弹跳起来，脸色很不自然。从留州回来后，麦思说事已败露，但又嘱咐她，不要跟高羽谈论辞职的细节。

可是，他们正在谈，谈得很投机很热烈，甚至开了一瓶酒。

麦思推挡着稠厚的空气缓缓走过去，本来想发作，临了却挤出笑容，聊什么呢？

高羽示意她坐下，说，在聊你呢，春莉说了很多小时候的事。

麦思忽地上来一股轴劲，故意不解风情，硬邦邦地问，什么事？

春莉低着头，高羽的脸色暗下来，说，瞎聊，瞎聊。

麦思摆弄起遥控器没再往下逼问，两人如获大赦地各自回房。麦思枯坐一会儿，抓起酒瓶咕咚咕咚灌了几口。

终于躺在床上了。麦思和高羽却感到恐惧，他们同时嗅到了那股熟悉而危险的气息。他们经历过这样的夜晚，并排躺在枕头上探讨一些重大问题。进入停滞期了。在可怕的停滞中，他们也试图进取，鼓励对方学点谄谀献媚之道，密谋怎么结交显贵的老乡怎么把礼送出去，忽而看到希望的微光，忽而又泄了气觉得无路可走，后面的那些平庸无望的日子，已滔滔滚滚地来了。最后总是不欢而散，懊恼和沮丧潮汐般漫上来，在被淹没的一瞬,他们绝望地意识到,这晚的睡眠又毁了,龇龇牙牙的睡眠,早晨起来口苦、头疼欲裂、脸像大馒头在水里泡过一样,残败,憔悴损,极度疲惫地开始新的一天。

他们以为自己早学乖了,不再在敏感而悲观的黑夜里敞开心扉探讨未来。

然而今晚,理智、经验、对和平的渴求,悉数崩塌,熟悉而危险的气息从四面八方暗自滋长,趁虚而入。

高羽首先失去控制,说,我跟很多年轻人一样,对这个行业彻底丧失了兴趣。

麦思幽幽地说,没人逼你,当初是你自己全力准备考试,又倍感幸运地成为其中一员。你说,这条路会好走一些。

高羽翻个身,此一时,彼一时。

麦思说,过早地看透一些东西,就会有很多后缩和不努力的借口。出世,总是阻力最小的。

高羽冷笑一声,你在说自己吧,早早去资料室当了闲人?

麦思说,我是女的。

高羽说,你把我也当成女的,行吧?

女的! 麦思有些烦躁。春莉……她不由得吐出了这两个字,索性发狠说道,春莉真是招人烦!

高羽说,招人烦? 春莉不就是能给别人带来希望的人吗?

麦思说，再过几年就是笑话！杵在留州的大马路边，身上挂着一条古镇调调的长裙，手里挎着藤编篮子，嘴唇涂着油彩般的黑色唇膏。

她吃吃笑着，接着说，如果我不是你老婆，也能对你怀有深切的理解，也能成为你的好知己。"同是天涯沦落人，相逢何必曾相识。"

高羽说，我就奇怪了！一方面，你总觉得自己很高档，总说自己跟别人不一样，这个俗不可耐，那个和你不是一个世界的人；另一方面，你一张嘴就是大道理，什么好不容易"占住了坑"，什么不能"破功"，什么冲动是魔鬼，什么活水、保险绳、安全带。

麦思的笑一点点僵硬在了脸上。对这种奇怪的撕裂，没人能比麦思本人更能体会到个中痛楚。麦思坐起来，提高音量，是，我也奇怪，我居然说出这样的话来，我居然能忍受这些！说到最后，是哭腔了。

高羽也坐起来，扶着她抖抖索索的肩膀，不闹了，不闹了，家里还有客人。

麦思的身体簌簌抖动，她说，我跟你一样，也在承受很多不喜欢和不情愿，为挣这份工资，把自己搞得很卑微。她说，我当闲人，是用年年谈话、年年考评受辱换来的。

她深吸一口气，开始用一种刻毒、挑衅的复杂语调背诵《琵琶行》。"浔阳江头夜送客，枫叶荻花秋瑟瑟……"

他把脸深埋在枕头里，发出断断续续的哭声。

夜晚失控地滑进深渊，一声巨响，粉身碎骨。

第二天,两人眼眶下都是嵌入式的深深淤青,怕跟春莉打照面,几乎是从自己家里逃出去的。晚上,两人做出各自忙碌的样子,春莉呢,待在房间一动没动。

好不容易等到周五,麦思和春莉终于找到机会,正式坐下来,掏心窝子。

无须铺垫,春莉一上来就说,放心吧,高羽很成熟,对人生大事深思熟虑,不会走极端的。他说,对你,对你的父母,对周围所有的人,他都是有着责任的。

麦思跟没听到一样,她为春莉泡上碧螺春,轻轻转动着玻璃杯,说,青螺比尖削的龙井耐看,更有韵味。

春莉接不住这句话,只好把视线落在餐桌旁的搁板上。一排雪白的搁板,码着精巧可爱的小碗、蕉叶形状的碟子、驯鹿雪花图案的彩绘盘,款型别致,色彩浓艳,散发出生活的丰盛感和宽裕感。

春莉说,看到这些好看的餐具,这些盛满香料的瓶瓶罐罐,就知道你活得很讲究,很有兴致。

麦思摇摇头,不,这不是小布尔乔亚趣味。很多时候,是不添置新盘子新杯子,生活就难以为继了。这是我能接受的变化,添一点新鲜美好的物件,日子又能过下去了,吃喝拉撒又有点意思了。

一点软弱的改良罢了。

春莉似懂非懂地,视线再次落在搁板上。

麦思说,你看,上次我买回来一个杯子,颜色是轻烟一样的绿色,对喝水这个很日常的行为就有了崭新的兴致,我变得很爱喝水了。

春莉说,那写东西就相当于我的新杯子吧。不过我又觉得,其实,不写,更好。我摸摸这个,动动那个,就是拖着,不往电脑前坐。你发现了吗? 我把你家的花生都剥完了,我还喜欢帮你择菜,择芹菜叶什么的,多简单的劳动!

两人都意识到一些真正的困厄和痛苦。仿佛幽闭于黑魆魆的山洞,从一个绝境走向另一个绝境,始终没觅到通往光明之门的道路。

聊了很多,麦思却觉得,关于春莉和高羽的对话,她没有掌握事实的全部,心里还是不踏实。

接下来的一周,春莉宣称找到了房子。搬出去前,她把搁板上的杯盘仔细洗了一遍。

麦思并未挽留,她早盼着王春莉滚蛋了。春莉每天赖在家里,毁掉了她周五的独处。那样的一天她不愿跟任何人共享,她需要空间和心理上的绝对的空旷,哪怕有人在房间里关上门不出动静,也是确凿的打扰。

春莉走后,麦思不放过任何警戒教育的机会,说春莉在写作上毫无前景可言,有些东西跟努力不努力没关系,缺少禀赋,不得其门而入,是个"巨大的悲剧",还预测春莉在外浪荡几年后,迟早要回留州。

大部分时间高羽只是听着,偶尔才反驳道,你的语气很世故,你就

143

剩这点聪明了,习惯性地对所有的事情不抱希望。但春莉是痴人,说不定哪天就捅破了窗户纸,就开了窍! 有时,他的声音会突然低沉下来,说,我完全能理解春莉,她写东西不是发神经,不是瞎胡闹,她是太压抑了。每次高羽这样说,麦思的心就会猛然疼一下。

高羽不会喋喋不休,麦思也无意滔滔辩论,她蜷缩进松软的沙发看古装电视剧,并鼓励高羽去《足球经理》里挥斥方遒。他们都在表面健全、内里败絮一团的家庭里长大,深知"隐忍"意义上的安宁与和睦也要珍惜。


## 四


周五,麦思在潮润的空气中醒来,一缕暗淡的光线从没合严的窗帘缝隙里漏进来。

天阴阴的,是个仿若被黄昏修订过的清晨。她来到阳台上伸展一下四肢,感觉自己像一只猫,好人家养的懒洋洋的猫。

雨还没有落下来,但她知道,雨已经在路上了,大团大团铅灰色的雨云在西边的天空上纠结翻腾。

风大雨大。她泡一杯姜茶,随手拿起一本周刊,心里很静,很知足。

这才是真正的一天, 一天什么都不干却没有一丝"浪费"的感觉——这一天专门拿来怡情养性,充满意趣。活着真好,看似不起眼的一天,却使日子有了张弛和明暗,使得家庭园艺和美食制作成为可能,无名肿毒慢慢化掉。

傍晚她步入厨房时并不恐惧,而是兴致高昂地烹制晚餐,能彰显个人美学的晚餐,走出厨房时也不像往常那样疲惫而充满怨气。

她时不时望向窗外,透过疏朗的梧桐叶子往下看,传统地,家常地,等待着丈夫归家。

高羽没按点回来,她在饭菜上扣紧盘子。继续等。再后来,饭菜没有热乎气了。

电话也打不通。麦思慌了神,赶紧翻找衣柜,看到制服都在,却少了几件休闲装。

噩梦成真,靴子落地。高羽没去上班。

麦思瘫坐在地板上,脑子还在飞转。第一,可能是临时加班,手机没电。第二,若真没上班,不知道有没有请假。

基于虚荣的必要,以及避免外人对他们婚姻的无端揣测,她思量半天才拨通高羽同事小余的电话,小余是高羽的同乡,很久前来家里吃过一顿饭。

小余,好久没见。最近天气不大正常,你还好吧?

她一口气说完。

小余似乎有些错愕,反应几秒才说,是麦思姐呀!我还好还好。

麦思抓牢电话,紧张地等着她的下一句话。

小余像突然意识到什么,说,肺炎可不是闹着玩的,让高羽好好休息。他也真是的,怕麻烦我们,不肯说出在哪儿住院,不然今晚就去看他了。

麦思长长呼出一口气,说,不用不用。就是,就是没那么快康复,这病黏糊,请你们多包涵!

果然,高羽没去上班。万幸的是,他还请了假。刚庆幸完,随之而来的竟是微微的遗憾。为什么还要请假?为什么不干脆彻底消失呢?

对自己奇怪纷乱的心思,麦思不想再一层层剥下去,她随便喝下一碗麦片,约春莉到文山湖边的咖啡厅见面,她说,很急,打车来。

两人在湖边找到座位。

麦思的语气充满责难,高羽今天没去上班也没回家。

春莉赶紧看看手机,表情有些失望,他没联系我。

春莉安慰道,麦思,不要太担心。那天高羽反复说,他是男人,有个家要养,不能冒险,不能逞一时之气,不能悬崖撒手。

麦思闭上眼睛。她想起前天晚上,屋里只亮着一盏昏黄的壁灯,她躺在高羽怀里,对他说,你是我丈夫,你是好男人,以后我们还会有个可爱的孩子。她似乎单方面下了决心,此前,他俩始终拿不定主意,到底让不让一个孩子来到世上。此刻,她娇弱又强硬,她的话像细小的锯齿,在高羽的皮肤上温柔却坚定地拉过。他一言不发,一张寡欲的淡漠的脸,缺少生气。她感到气氛很怪异,倒宁愿他烦躁地推开她,发上一通火,发完了事。

春莉接着说,麦思,我觉得高羽确实有点儿问题,要慢慢解决。高羽说他羡慕我,一天一天地不用出门,不用在等电梯时发愁跟别人聊什么。高羽还说,他吃完饭在单位院子里散步,远远地看到一群人走过来就心惊胆战,他不想跟他们说话,也不知道说什么好。

高羽又说,上一天班,啥事不干也累,耗得上。有工作也是事务性的,机器人做才合适。

麦思做手势止住她,尖刻地指出,别总高羽说高羽说,不就职业倦怠那点事吗?你又说了什么?

春莉苦着脸,我说得真不多,说先写了几年材料,没黑没白,后来安抚性地调去负责会务,挺清闲的,会前摆放茶杯、会中保持微笑、随时添水,会后倒茶叶根儿、洗杯子。但我怕,怕一辈子就是摆茶杯、倒茶水、洗茶杯了,怕一辈子,就这么散了。不是不想踏实工作,是这工作让人害怕。

麦思心里一酸。她想起春莉搬离她家前,很勤快地把搁板上的东西洗了个遍。

她仍然不能原谅春莉,大部分人,会逐渐变成没有任何技艺和才能的人,大部分人,在对一个和几个错误的保持甚至是捍卫中度过一生。她说,春莉,你知道吗?他已经习惯了繁琐沉重又毫无意义的工作,再坚持几年,一过四十就没感觉了,什么意义价值感,彻底没感觉了,多好!

这几年也容易混，《足球经理》源源不绝地供给刺激和荣耀，没有失败和衰退。只要他不厌倦，就能永远沉浸在自我欣赏中，无害怡情。

春莉摇摇头，高羽心里亮堂着呢，他说你哄着他沉迷游戏，其实，你已经放弃他了。你觉得他不具备混世能力，不是那块料，也融不进那些圈子。

麦思更加厌恶春莉，她辩白道，我们在精神上一直能沟通，我爱惜他，就因为他不是精通世务的人。说白了没什么大志，只求个清静安稳，这不过分吧？

春莉歪着头，你真这么想？

麦思说，春莉，我们都不年轻了，三十多了。我再也没法忍受一个新的男人深入我的生活，每天在我面前晃来晃去了。一想起来，仅仅是想一下，都觉得累。

沉默，沉默。

月亮升起来。湖面铺了一层淡奶油色的月光，湖水显得更加柔和沉静。

你实话告诉我，我是没有希望的，对吗？春莉的声音像从湖底传来，带着股微微的凉意。

麦思小心斟酌着措辞，说，春莉，你写的东西，我不确定。艺术家是另一类人，我不了解。

春莉说，我现在挺皮实的，有的编辑说话委婉，有的就很直接。我知道他们都讨厌我,怕我,躲着我。本来我以为,我能掌控它,心里有什么东西快胀破了,受够了被人摆布,受够了满身枷锁,以为写心里的东西会很容易,是顺手就能抓到的一根稻草。实际上,它更神秘,更飘忽。说真的,我并不清楚自己该干什么,突发奇想,稀里糊涂就……

她说着说着也觉得没意思,不瞎扯了,我有点儿怀念以前的工作。

麦思心里很难受,怅然若失。然而她太累了,没有精力再关心春莉的困境,也不想深究任何人任何家庭的真实细密的悲欢。

夜色渐浓,湖面上浮起薄薄的雾。隔着雾气看湖对岸的房子,灯光微茫,飘飘渺渺。麦思告诉春莉,高羽也没少给我泼冷水,日子比一片薄冰还要脆,失去任何一个人的固定收入,生活质量都会锐降。我们变着法儿地控制对方,一定不能出去,一定要坚持住。

春莉期期艾艾着,也许,真降了又如何?有那么可怕吗?多一点过简朴生活的勇气,少买点东西不就完了!

麦思没心思再讨论下去,不耐烦地说,春莉,你疯够了吗?不上班你能干什么呢?无论干什么都会有困惑,你思考得太多了,总会有困境。倒茶水洗茶杯又如何?享享清福、浑化于人世不也挺好?

向来随和的春莉沉下脸来,她望着远处的湖水,说,世事无常,你这饭碗,想端得稳就能端得稳吗?我看也未必。这么说吧,也许你追求和守护的东西本来就不存在,守也白守,我们从来没有真正掌控过什么,是不是?

麦思心底最深处的恐惧,被春莉攫住了。幼时看到的一幕,此刻不期然再次迫近到眼前。这几年她才意识到,她曾是某个历史节点的旁观者,她才明白了那个场景的微言大义。她记得那天阳光很好,从高空照下来,人们脸上的阴沉和凄迷却凝成挥之不去的浓雾。几百个中年技工木然地站在留州丙纶厂紧闭的铁门前,人身在地面上投下一大片阴影,据说,已经第十一天了,他们仍在确认自身的渺小和个人意志的虚幻,曾经坚信不疑的安稳,跟他们一刀两断,说断就断了。

她和高羽貌似主动又充满痛苦的坚守,霎时变得滑稽可笑。心底张皇,哪里安稳过,不过是无抵抗地腐烂罢了。她不敢再往深处想,狼狈地跟春莉道了别。最后,她在春莉脸上看到的表情是怜悯。春莉竟然在怜悯她。

这之后,麦思不识趣地用各种方式联系高羽,写下情意殷殷的短信和留言时,她非常讨厌自己。直到第三天晚上,高羽才主动给她打电话。

总算听到他的声音,麦思强忍眼泪,故作轻松地说,在哪儿逍遥自在呢?

高羽说,第一天,早晨起来先堕落地喝散装白酒,然后吃得很饱很饱,晚上喝浓茶,极度放纵。第二天,在深圳湾看了一天水鸟和大雁,站在海边,万事皆空,有一种把自己在世界上删除掉的快感。今天,在慈云寺做了一天义工。

麦思硬着头皮问,什么时候回来?

高羽说，我会回去上班的。只不过，求求你，这几天是我最放松的时候，我想看到底能不能再为自己多做点事！别来烦我！求你别烦我！

麦思还有很多话想说，却感觉到高羽的抗拒，她闭上了嘴。

梦里有很多声音。有时高羽在嚷嚷，求求你，别来烦我。通勤通勤，通你妈的勤！每天都是一堆烂事！有时她在哀求高羽，上班，星期一了，你去上班，星期一，求求你，去上班。她的哀求声游丝般飘浮在空气中。她的声音忽然变得很凄厉，她用力把高羽推下床，上班了，你快去呀！她看到高羽从地上爬起来，驼着背挪出卧室。她鼻子发酸，用被子紧紧蒙住眼睛。

春莉再次打来电话时已经在外地，她说前天离开了深圳，打算到处走走。

周末晚上，一个新的工作周猛扑过来。高羽要回来了。他的齿缝里似乎有尘土，他说，今晚能到家，要后半夜了，别等我也别担心。周一，我去上班。

麦思拉过被子，紧紧裹住自己，蓬松的棉花被让她觉得温暖安全。她把消息发给春莉，春莉没回应，一直等到十一点，才打来电话。

春莉说，在苏州呢，坐船沿着护城河游了一圈。

麦思问，怎么想起去苏州？

春莉沉默一会儿才说，苏州古城城门上是伍子胥，是伍子胥的眼睛。

151

"抉吾眼县吴东门之上,以观越寇之入灭吴也。"

春莉的话在耳边回荡不止,透骨的冰冷传遍麦思的全身。原来,那句话像饿狼和幽灵一样,一直尾随着春莉。

那谶语般怨毒的警告——你一定会后悔的。

春莉说,连伍子胥的眼睛都见识过,就什么都不怕了。

春莉继续说,我上了最晚的一班船,船快开时上来一个白净的评弹师傅,他唱的我一句都听不懂,但不知道为什么——

春莉,你又哭了,是吧?

是。还有几个人在喝酒打牌,师傅不看他们,看着船顶板唱了一晚上,后来我请他喝了几杯酒。

春莉的声音忽然变得欢快起来,说接下来还要去黄山、西湖、武陵源。

麦思想起玉门关的荒漠旁边,那条本不可能出现在那里的河,那条让人灵魂出窍的河,她低声说,去玉门关吧。

春莉答应一声。世界在向她敞开着。

最后麦思特别想对她说,春莉,你能不能把东西写好你有没有才华,其实一点儿都不重要。

麦思在心里重复好几遍,总觉得时机和气氛哪里不对头,终究没有说出来。

挂断电话,她想,春莉,我就先欠你这句话吧。你能不能把东西写好你有没有才华,你是不是走在一条"正确"的路上,其实一点儿都不重要。

夜里,麦思睡得不沉实,一遍遍地摸枕边,总是空着。

她起身来到高羽的书桌前,那个上锁的抽屉前。抽屉上的锁太纤巧了,显然并不具备实质的防护作用,却是某种拒绝窥探的表态。

麦思从工具箱里取出钳子,轻轻一扭,锁就掉落了,砸在地上,发出碎裂的声音。

她呆立片刻,轻手轻脚地打开抽屉。麦思先看到一把枪。

她屏住呼吸,拿起来掂掂,颇有分量,很快她就凭借常识看出来,这是一把仿真枪,青春期少年们的最爱。接着她往里看,看到一台望远镜,小小的,小得让人心疼,让人想流泪。

净尘山

一

　　岭南,四月,梅雨懒懒下了十几天。夜色随着细密的雨丝一起落下,天地万物笼罩在迷蒙的雾气中。

　　在这样一个幽静的雨夜里,张倩女的父亲会唱昆曲。

　　劳玉说,教曲儿的时候,你爸穿松身的白色麻纱上衣,前襟绣着细长的银色竹叶,裤子是拷绸,烟灰色,那颜色真显干净。你爸站起来,像一绺轻雾升起,坐下去,是慢慢卷起的一幅水墨画。他端坐在讲台上,一把素折扇,一枚鹿角扳指,一板三眼地拍曲。

你爸最喜欢《孽海记》的《思凡》一折。他倒吸一口气,"小尼姑年方二八",寂寞有多长,"二"字拖得就有多长,声音化成了水,流出来,一滴连着一滴,叫人听得心里直哆嗦,不敢打断,也不忍打断。末了一个滑腔,这音马上要断的时候,又放一点精华出来。独角戏难唱,上来就要把观众勾住了,吸紧了。

他还喜欢《玉簪记》的《琴挑》和《秋江》,他说,男女间的情事,隔着一块毛玻璃时最美,看得见,又看不清。演潘必正的巾生最好是长脸盘,眉清目朗,有股坦荡之气。你父亲清唱起来:"伤秋宋玉赋西风,落叶惊残梦……"下头一群爱好者,粗声大气地跟着唱。他摆摆手,"梦"字的意境不对,是书生残梦。他抿着嘴,"梦",收一收,音要蜿蜒到鼻子里去,昆曲的发声讲究清扬,不兴扯着嗓子使蛮力,不能有"火气"。

世界变了,梧桐和青鸟的生命,气若游丝地在字面意义上延续,已是一缕余绪。梅雨柔韧,从未过气,每年由虚构步入现实,遮天蔽日,连月不开,将现代世界笼罩在它古典婉曲的气质里。恍惚间,张倩女觉得,天上的雨是一直没停。连串的爱情传奇像晶莹的雨珠,渐渐濡湿了她的心。27岁的梅雨之夕,父亲倜傥地摇着素纸扇,用一出出浓情缱绻的折子戏,注释着爱情亘古不变的魔力。艳丽的红尘卷轴在她眼前妖冶地铺展,她的心思,一下子活泛起来。

劳玉松了一口气。虽然此时父亲远在留州,但这位异乎寻常的父亲,对女儿有一种微妙的影响力。多年前的某个夜晚,他潇洒又决绝地宣布了一项重大决定,那孤胆英雄般的姿态,被年幼的女儿铭记在心。这些年女儿不黏爸爸,不跟爸爸靠得太近,或许就是因为心怀敬畏。

电视开着,一个韩国男演员正在综艺节目里撒娇,雪白的脸,眼波潋滟,红唇微张。张倩女看得艳羡,不由叹一口气。在这个连男色都要消费的时代,她的个人形象却出了大纰漏,分辨不出年纪,甚至模糊了性别。人群中,她极易脱颖而出,那身架那膀子,在拳击手里也算强壮的。胖能把一个人完全变成另外一个人,把秀气的葱管鼻变成蒜头,让纤巧的瓜子脸化作面盆。胖是"少女感"的致命敌人,无论芳龄几何,胖子必是大妈。

几年来,她吃过不少药上过不少当,也尝试过各种怪异的瘦身食物,仙人掌、葡萄柚、酸得倒牙的泡山楂,均无传闻中"越吃越瘦"的神奇。她经历了炼狱般的断食,辅以高温锻炼,肉掉得越快,反弹就来得越剧烈。去年,她满怀希望地来到针灸美容店。她垂手而立,技师摸着下巴审视良久,决定先对胸部进行针灸。作为未婚女孩,胸部和臀部最碍眼,太过硕大笨重了。半个月下来,效果显著而惊悚,张倩女在镜中看到一大一小两个乳房嘲讽般地挂在胸前,所幸,屁股还未遭毒手。

又一个大泡泡破灭,尚在妙龄的张倩女把自己掼在地上摔成了碎瓦片。最后的防线失守,接着一溃千里,大吃大喝了半年。美丽,以及跟美丽相关的一切,都已彻底背离了她的人生。

今晚,父亲和戏曲释放出的爱情气息,像初春的柳絮四处飘舞,粘了她一身,带来细碎又真切的希望。她想,这次减肥可能会不一样,说不定真能减下去。她信誓旦旦地对母亲说:"必须改变了,去商场买衣服,服务员连试都不让试,光憋着气没用,我要瘦。"

这个夜晚是恶战的前夜。在越来越结实的黑暗中,张倩女的记忆像高热的温泉水一样喷涌翻滚,她孤身游荡到过往的减肥史中。熟悉的战场,熟悉的下定决心和志在必得,还有,毫无悬念的战败。

趁着夜色,肉味儿攻过来了。

那晚,在单位的聚餐上,肉味儿攻过来了。那味道,心机深沉、不动声色地往孔窍里钻。张倩女感到身体深处急促剧烈地震动着,震动声在虚空的胃里遽然响起,她清醒地感知到,有什么东西崩塌了。餐桌托举起斑斓的感官盛宴,金红色的化皮乳猪,粉艳的腊肠,洁白的鱼肚儿,鹅黄的芝士焗生蚝。酥脆,柔韧,甘美,滑嫩,果木香,柴火香,鲜香,焦香。胡椒,豆蔻,豉汁,月桂叶,芫荽籽。垓下之围,四面楚歌。食道里伸出一只手,充满绝望感的手,没命地往下拽。她专拣肥腻、油炸、麻辣的食物往嘴里填,报仇般大力撕咬着,直到嘴角淌下油滴。坚守和隐忍被融成碎片继而化为齑粉,疼痛感和负罪感像发大水一样灭顶而来,与此同时,销魂的饱胀感传送到全身,腾云驾雾,灵魂出窍。多日挨饿的辛苦、多次饭局上呆坐讪笑的尴尬,都化为乌有,全是无用功白折腾,接着,迎来新一波不可餍足的暴食和无法逆转的复胖。

张倩女的手在黑暗中划过,像在驱赶邪恶叵测的肉味儿。

第二天清晨,劳玉战战兢兢地端出麦片粥和白煮蛋,特意用鲜艳油润的彩陶餐具盛放,营造出丰赡可口的假象。张倩女边吃边说:"还是麦片健康,刮油涮肠子,太适合我了。"

吃完早餐,她来到公司。走进公司的一瞬间,她恍然生出时空错乱之感。玻璃门上映现出她第一天上班时的样子,身姿轻盈,笑容明媚,对世间所有美好都心怀憧憬。不过三年时光,那身形正常的女孩已如梦境般杳渺,现在的她,是个充满歧义的存在。她感到一阵惊惧,从头到脚浸漫下来的惊惧、呆立半天,还是走进去了,像被某种无形而澎湃的强力吸进黑洞和漩涡,她走进公司,坐在电脑前。

电脑是被锁住的,机箱后面有个盖子把接口封死,不能插 U 盘,也不能上网。一坐在电脑前,她就把自己凝固成一块顽石,除了 Debug①,什么都不想。墙上贴着一张纸,上面写着一个日期:2013 年 12 月 1 日。这是寒光凛冽的最后期限。对电子产品来说,时机就是钱。作为项目经理,进度就是一切。市场上竞争对手多,电子产品的价格又往下走,早一步赚钱,晚了不仅赚不到钱,还要亏。她管理的研发团队,成员大都是刚毕业的大学生,氛围还不错。每次接到项目,她先鼓吹团队集体的荣誉感,失效后开始描绘年终奖的诱人愿景, 冲刺阶段就不得不亮出梯度考评的必杀技。她本人也是个不可忽视的感染源,用勤奋感染着大家,全然不顾劳心者治人的古训,仍在研发一线解决着具体的技术问题,是项目

---

① 指排除程序故障。

158

组里最能坐得住的人。

她把自己锈在了机器里。

连着三天她都在 Debug,连着三天晚餐也都是蔬菜,圣洁寡淡的蔬菜。她挑起一根捅进嘴里,扯动起咬肌,艰难地咀嚼着,跟吃草一样,跟吃牲口草一样。焯过的菜心,丢失了水分和弹性,口感软塌塌的,干抽抽的,是剔去筋骨的空洞感,像糠了的萝卜、絮了的柑橘。

窗外是四月的黄昏,雨刚停住。植物枝叶焕然,鲜亮簇新的翠色,水意从里往外弥漫,上等翡翠般莹绿透亮。

晚餐时段的空气是热闹的,似乎随时会爆出噼里啪啦的声响。它涵藏住家家户户的饭菜香味,彰显着世俗生活的喧腾可亲。饱满滞重的油烟混合着南方傍晚沉甸甸的潮气,形成了凝胶般的质地。不知谁家蒸了新米,被水汽唤醒的新米散发出稻花的清香。楼上的四川少妇又做回锅肉了,先用花生油爆炒辣椒,生辣椒有股四下窜动的冲劲儿,接着,五花肉从锅边溜进滚油里,白滑如玉的脂肪痛苦而欢快地绉缩起来,逼出一股来自动物油脂的、悠久的地老天荒的香味。

香味越来越稠厚,一波波潮涌而至,极具分量感和挑动性。香味里伸出毛乎乎的小爪子,撩一下,又撩一下。劳玉看到女儿皱起鼻子,长长地吸了一口气。她警惕地站起来,似乎要用肉身抵挡住这次奇袭。

张倩女没动摇,她只是默然走到窗口,伸长脖子,就着空气中婀娜的香味,在转化挪移的幻觉中,吃掉整盘青菜。

159

劳玉拉她坐下，拐着她的肩膀说："倩女，再忍一忍，再忍几天胃就饿小了。"

张倩女说："现在还好，晚上是最难熬的，光盼着明天，盼着明天吃点儿东西。"她眼睛忽闪一下，问："除了昆曲，我爸还会什么？给我讲讲，转移一下注意力。"

劳玉笑道："这几年没有新学什么，他的圈子也散掉了。"

张倩女说："那就讲讲你们年轻时候的事吧。"

劳玉说："讲过很多遍，还想听？"

张倩女说："我爱听。"她在心里默念：说起来，我俩都是爱美的人。

劳玉开始了，她把语气调整得很沧桑："说起来，我俩都是爱美的人。"

年轻时，我的辫子跟别人编的不同，我把辫子里编进一条蓝底白碎花的飘带。那天早晨，我去医院上班，他在街上看到我的背影，辫子里有碎花飘带的背影。为了找我，他跑了几条街，跑得脸上汗涔涔的。他是降落在我面前的，真的，从天而降，拦在我面前，说，我可找到你了！

每次说到最后这句话，劳玉就陡然提高音量，仿佛祭出一句梦幻动人、又饱含着宿命感的咒语，仿佛有此一瞬，人生便已了无遗憾，日后诸多苦痛，有这份狂喜打底，便足以让她保持缄默了。

张倩女配合地露出神往的表情，虽似戏文里的故事，但她从未怀疑它的真实性，正因为相信那华丽而薄脆的美，才愈发惋惜，格外伤怀。母亲幽幽缅怀的语调又一次把她拉回到留州的家：一栋青灰色的二层小楼，一座花木摇曳的院落，一个沉静松弛的窗下人。少女时代的张倩女拥有一扇二楼的窗子。她喜欢独坐窗下，先花点时间和自己相处，再眺望窗外的世界。她熟悉院子里每一只雀鸟，知道傍晚时分远处的屋顶上会起一层淡淡的薄雾，后来的日子里，她再未像那时一样敏锐、充满灵性和容易喜悦。她和万物心有灵犀，能察觉到任何细微的变化，她一片痴心地牵挂着天空的阴晴雨雪，她时常伸出手去，抚摸广玉兰叶片上厚厚的、滑溜的蜡质。那时，她饶有兴致地窥探院子里的父母，大部分时间，他们是各安其分的一对夫妻，偶尔，他们像各自怀有什么秘密，沉思，叹气，在对方的眼皮子底下瞒天过海。她朦胧意识到，生活自有其晦暗不明的某个部分，混沌、庞杂、幽深，甚至惊心动魄，让她思绪纷乱，似懂非懂。

那阴影斑驳之处，依旧未被照亮。饥饿感蓦然袭来，她赶紧喝下一大杯水。

若是往常，劳玉的讲述会到此为止。不料，今天她多说了几句。

多少年了，我们一直想去留州西郊的净尘山住两天。山顶上有一片湖，有一尊释迦牟尼像。山上的房子是乳白色的，窗前垂下镂空的米色纱幔，推开窗子，是一大片绿色的湖水，湖面上落满花瓣。去过净尘山的人，都这么说。我们也不知道在忙活什么，始终没去成。

这是张倩女第一次听说净尘山，她记得留州西郊有片荒山，想必这

161

两年被人看中,开发成旅游休闲区了。应该是个旖旎迷人的地方,母亲说到净尘山时,眼睛里像有晶亮的水银珠子在滚动,像缎子面在灯光下刚刚展开,忽然有那么一下,亮得晃眼。

这种珠子般的亮光,她也曾在父亲的眼睛里看到过。唯独她没有,她一点都不像自己的父母。

她暗暗叹口气,说:"妈,我工作后反而没让你省心。要不是为了照顾我,你和老爸也不用分开,别说净尘山了,你们的时间足够漫游全国。"

劳玉摇摇头,什么都没说。

淡淡的惆怅弥漫开来。她们同时想到,减肥才不过三天,这跟食欲较劲儿的日子,真熬炼人啊。

减肥减到一周时,张倩女的身体和意志正无限接近着溃散。她稍微一动就头昏眼花冒虚汗,肚子里没有一点油水了,她不断在幻想中大嚼辣子鸡块、香酥羊排、脆皮烤鸭,不停地吞咽丰沛的口水,她想把胃整个儿泡到油里,油津津地发光才过瘾。

这晚,张倩女坐立不安地捧着一台 iPad,在美食论坛间切换,浏览着红烧带鱼、粉蒸牛肉、油焖大虾的图片,她迷恋这些颜色和味道都很浓郁的食物,镜面屏幕细腻的分辨率显得菜肴愈发诱人,酱汁闪耀着天然珍珠般的光泽,上头仿佛笼着一圈柔和的红晕。她的脸和美食越贴越近,劳玉听见很响的咂嘴咂舌的声音。

她暗叫不妙,怕女儿故态复萌地哀求她:"妈,行行好,给我炒两个鸡蛋去。"她赶紧提议:"倩女,睡吧。"

黑色平板传出嘀嘀的响声,张倩女说:"等等,高中同学群里有人说话,这群好久没动静,今天怎么活了?"

提示音一声连着一声煞是急促,她点开看了一会儿,脸色变得很凝重。

她说:"高中毕业整十年,大家都想聚一聚。"

劳玉说:"高中同学聚齐了,不容易吧。"

她说:"都四海为家了,很难聚拢。除了留州的一拨人,剩下的分散在几个主要城市,初步决定按城市各聚各的。"她想起自己的模样,身体稍微一动,肉就像水一样起伏波荡,不是清鲜的汁液,而是质地浑浊黏腻的脓水,好似内瓤沤烂了的冬瓜,她不禁打了个大大的寒噤。

劳玉却精神大振,她闻到一股气味,天赐良机的气味。对减肥来说,再没有这么好的契机了。之前一直减不下去,或许就是少个如此重要、逼得人毫无退路的聚会。她说:"高中同学情分最厚,十年又是整数,倩女,你得参加。"

两人一算时间,离聚会还有半个月,微弱的近乎衰竭的减肥动力忽地强劲起来。劳玉面露喜色,她心里有一种隐隐的感觉,好像减肥得到神秘力量的加持和庇佑。张倩女也感到能量成块成块地涌过来,重新注入她的体内。

163

此后的日子,军心如铁,气势如虹,张倩女满足于各类低卡而富含纤维素的蔬果,毫无怨言,她甚至很少坐下,看电视也站着,扭腰,抬臂,半蹲,踢腿。

半个月后,重要的时刻到来了。量体重无异于一次审判,张倩女赋予其庄严的仪式感。她先排空体内所有的废液,再不停地高抬腿跑,最后,她除去衣物,近乎全裸地站上电子秤。她垂下头,怯怯地张开眼睛。

跃动的数字扎疼她的眼睛,她虚脱般靠在墙上,颓然道:"三斤,才三斤。"直到现在,她都不能接受这身肉是属于她的,好像只是携带着它走来走去。但一说减肥,身上的肉似乎就收到警示的信号,它们变得沉默、眼神诡异、蹑手蹑脚,态度却愈发强硬,不是临时驻扎,而是永久居住。

劳玉扶住她,宽慰道:"是个好开头! 记得有一次你饿了好几天,一称还重了呢。"

晚上,张倩女掩耳盗铃地穿了一袭黑色长裙,惴惴地来到酒店。大堂里站着一个年轻男人,男人的眼神冷淡地在她身上掠过,继续往外张望。可她一眼就认出来了,她叫道:"李凌飞,副班长! "

她的声音没有变。李凌飞眨着眼,说:"张倩女?"他叫出名字前几秒钟的犹疑,他欲言又止的惊疑又玩味的样子,让张倩女好不容易积攒的信心,刹那间,散成一把细沙。

高中同学的分化本就严重,何况又在异乡相聚,总共凑起来七个,大都是当年班主任宠溺的红人儿。所以潘舒墨出现时,气氛陡然一变。张倩女心里也咯噔一下,真没想到会遇见他。说起来,潘舒墨也算个人才,会说相声,会弹吉他,会写毛笔字,可惜成绩一直徘徊于中下游,后来听说只上了大专。众人的眼神里,带了点审查和透视的意味:他不该出现在这里。

男同学为聚会精心准备了这几年的"履历",于不经意间透露一二,又有知情识做的托儿,顺势吹捧一番,一时其乐融融。女同学甫一听说聚会,就兵临城下般地节食、美容、配衫,并在当日化好繁琐的妆,在水晶吊灯的照耀下依次亮相,容色鲜妍欲滴,像刚刚完成了一次精细的抛光。

他们表面看起来还好,溜光水滑,没有硬伤。这晚,张倩女的伤口却一次次被掀开,等不到干结成痂,又一掀到底。往日的同窗一打照面就说,倩女,你怀孕了呀!不是发问,是笃定的恭喜语气。

她对此不置可否,唯恐引发同学们探询钩沉的兴致。她勉力维持笑容,浆洗过的笑容,腮帮子渐渐感到酸胀。聚会进行到一半主食还没上,她就想逃走了。

是潘舒墨让她稳住阵脚。

她和潘舒墨是神似的,表情和动作里都敛藏着缺陷、短处、禁忌之类的东西。后来,她注意到,大家提议交换家庭住址时,他全身一僵,借故上厕所,回来时又在门口踟蹰片刻,确认转换了话题才重新回到餐桌,并暗自舒了一口气。

酒意和夜色一起变浓,大家开始喝堆吹牛,她和他也自然而然地坐在一起,互相掩护着对方。她内心升腾起强烈的预感,他和她不会到此为止。两人没有故作热络地聊天,却悄悄完成了最深层次的沟通,满怀着并肩作战的相知相契、相依相靠,似在共同对抗某种难以名状的压迫和伤害。

## 二

聚会过后,张倩女对自己的要求更加严苛,在单位吃午饭也不碰淀粉和肉类。劳玉喜忧参半,一会儿觉得女儿成功在望,一会儿又担心她方式峻急伤了元气。

周末,张倩女在柔和的晨曦中醒来,是个淡蓝色的清明的早晨,雨季过去了。她走到窗边,看见一只长尾白鹡鸰轻盈地在空中滑过,纤细的双足一勾,落在树枝上,树枝荡了几下。

早晨的空气有几丝淡淡的青草香,她拉伸身体,感觉四肢轻盈,双臂舒展如缀满羽毛的翅膀。这美好的幻觉促使她拿出了电子秤。她排空体内所有废液,除去衣物,近乎全裸地站上去。

数字梦幻惊艳。她不敢动,唯恐那数字是露水,轻吹一口气就滚落进尘埃,灰飞烟灭。她用眼睛盯紧数字,轻轻蹲下,用手抹抹表盘。

166

她听到一声欢呼。四下无人，半天她才反应过来，这颤抖的欢呼声是自己发出的。

正在阳台晨练的劳玉走进来，凑近表盘看了看，一看，这位素来冷静的女医生竟蹦起高来。

从80公斤到75公斤，整整十斤的战果，堪称大捷。

时机正好。劳玉顺势提出："倩女，要不去相个亲吧。男孩研究生毕业进了深圳的一家研究所，老家也是留州的，知根知底。牵线的阿姨磨叨好久，我一直没回话呢。"

张倩女皱紧眉头，说："才减下来十斤，我基数太大了，现在就不出去吓人，行不行？"

劳玉说："先见见面，就当交个朋友。"不顾女儿还在犹豫，她赶紧打电话联系，把约会定在了周日晚上。

张倩女吸取同学聚会的教训，那条黑色长裙穿在她身上，营造出了乌云压城而来的末世灾难感。唯有高挑削薄的女孩，才能空荡荡地挂着长裙，挂出仙风道骨、飘飘林下风致的韵味。她仍然没有凹进去的腰身，却鼓足勇气系上一根腰链，勉强粗勾出模糊的曲线。

她早早来到约会地点，靠窗落座，利用光可鉴人的玻璃，摇头晃脑地对自己进行审查。胖女人永远没有磊落，穿衣镜前所有的努力都为隐匿和掩藏，为制造"显瘦"的错觉。桑蚕丝、雪纺、塔夫绸，任何轻盈飘逸的面料，接触到她雄健的体魄，都是一次血肉模糊的相撞，绷在身上一点都流动不起来。她驾驭不了简洁时尚的紧身衣物,更不适合繁冗拖沓的民族风。她致力于达成科学般精密的"可体"效果,又技巧地选择了拉长颈部的 V 领。正拨弄着头发,忽然在玻璃上看到有人朝这边望过来,她猛然意识到自己的丑态。

她只好端坐在座位上,不一会儿电话响了,一个年轻男人张望着走进来,应该是徐辉。她拼命吸着肚子起身打招呼,并在微笑时紧紧收住下巴。

她特意将约会地点定在光线迷离的咖啡厅,也自认为向徐辉展示了个人最好的形象。本来,她对这次相亲抱有谨慎的乐观,她却发现,徐辉的脸被冻住了,迅速挂上一层严霜。这表情,她太熟悉了。失望、惊愕、受了冒犯般的自怜,以及已无法控制的嫌恶。

点完饮料,徐辉把头转向邻座。邻座的两个女孩猛然一看,长得竟是一样的,密实的假睫毛、羊脂玉般的肤色、粉嘟嘟水光釉面的嘴唇,虽落寞白,却依然赏心悦目。她们都穿着娇俏的蓬蓬短裙,露出弧度优美的小腿和玲珑的脚踝。

为了不冷场,张倩女只好不停地说话。徐辉不跟她做任何眼神交流,只使用简短的语气词应和,他看起来相当不兴奋。张倩女并不生气,这是分内的待遇:胖子都没脾气,胖子都是烂好人,胖子谈不上性别,胖子心里敞亮,胖子无论被同伴怎样冷落或埋汰,都不能介意。

趁她低头喝咖啡,徐辉伺机从裤兜里掏出手机,一惊一乍地说:"哎呀,忘了单位还有点儿事。"他拿出一百块钱,快而用力地捻了捻,这才放在桌上,说:"不好意思,真不好意思。"

张倩女久久地摩挲着这张纸币,受宠若惊。以前见过的男孩,有不到三分钟就借故先走的,有莫名地得了理让她请客的,相形之下,徐辉真是忍辱负重,涵养过人。徐辉起身离开时,她想厚着脸皮对他说,我自食其力能挣钱,也愿意匀出精力来照顾家庭,把方方面面兼顾好。她到底没说出口,看样子他又是个"唯美"的实用主义者,不会看在收入的份上和她相处一段日子,发现和享用她的贤良。不到三十岁的男人,大把光阴,机会无限,精明也是有骨气的精明。

还顾不上为自己伤感,她倒替牵线的阿姨担忧起来。之前几位介绍人,事后都曾用一种貌似隐晦而又确凿无疑的方式向她表功:为她挨了骂、落了埋怨云云。

然而,今晚的打击注定接踵而至,它们早已潜藏在意想不到的地方,等着完成最后一击。

咖啡厅细长的水晶花瓶里插着几株洁白的姜花,当张倩女从姜花旁走过时,正好有几片花瓣簌簌落下。她一愣,魂飞魄散,急忙快步离开。

她想,肯定是胖子身上的人气特别浓浊,熏坏了柔弱的姜花。

她回到家里,怏怏地给母亲打个招呼,就蹩到卧室里掩上了门。她胖大的虎躯里是无所凭依的委顿,将近一米七的个子,像被什么东西坠着,顿时就矮了下来。结果无需多问,劳玉在女儿卧室前站了良久,心想:可惜我陪不了你一辈子,不然,真不愿意让你去受委屈,反反复复地受委屈。她发一会儿狠,又劝着自己,不得不顺下这口气。

夜里,劳玉睡得很不踏实,模模糊糊地听到开灯和开门的声音。不知过了多久,一种极力压低又凌乱不堪的声音,长驱直入她的耳朵,她猛然坐起来。

是吞咽的声音。

厨房的灯,白晃晃地亮着。张倩女像个慌乱的小动物,瑟缩着身体大口吞咽。劳玉哎呀一声,说:"闺女,这速冻水饺都过期了!"

倩女说:"没事,冻得好好的。"说完,她像猛然意识到什么可怕的事情,木木地说,"妈,减肥又失败了。"

她失神地说:"流食吃够了,我想要咀嚼的感觉,中午在公司里,人家吃包子吃油饼,我喝稀粥,看着,只能干看着。我想吃点实际的东西,给个馒头夹两片咸菜,我也知足。全身没劲儿,饿极了,饺子一下从喉咙滑下去,半盘子没了我还不知道什么馅儿的。"

女儿不求甚解地吞下半盘饺子,这让人心酸的事实劈头砸过来。作为历次减肥行动中严厉的监督者,张嘴就是名言警句的智慧母亲,劳玉再拿不出什么高明的手段,她本能地说:"吃吧,吃吧,难为你了。"

张倩女猛烈地摇摇头,霍地放下筷子,跑进卫生间。劳玉紧跟过去,接下来看到的一幕,令她有一种身体被拎起来倒控的感觉,血液全部冲向头部。她看到女儿把食指和中指伸向喉咙,又是抠,又是捣,从嗓子眼里发出一声声干呕,嘴角撑到耳朵根,脸都变了形,跟怪物一样。

劳玉冲过去抓住她的手,说:"不减了,不减了。"

张倩女挡开母亲,咕嘟咕嘟吐出来一堆糜状物,狭小的空间里弥漫起酸腐的热臭。她嘴角流出带血丝的涎沫,佝偻着腰,呼哧呼哧大口喘气。劳玉拍打她的后背,眼圈不觉间已红了。

张倩女用水漱漱口,说:"妈,不能就这么败了,我下去跑步,把没吐出来的热量消耗掉,你接着睡吧。"

她沿着小区的绿道奔跑起来,她觉得自己出的不是汗,是一层油,每个毛孔都在往外分泌着油脂。她真想把自己点着了,让赘余的脂肪尽情燃烧。突地脚一软,她跌坐在地上。身处密匝匝的居民区,她却感觉到可怖的空旷,她被这浩瀚而精彩的世界孤立了。

她伸出双臂环抱住自己。

她不想成为母亲的拖累,更不想让父亲知道自己如此狼狈。眼下,她需要另一种意义上的亲人。她和那个人在气氛微妙的社交场合上,曾建立起某种秘密的亲缘联系。

她冲动地拨通潘舒墨的电话,不铺垫也不客套,她问:"你住哪儿?"

潘舒墨住在下沙村的农民房里,高贵富丽的深圳在这里戛然而止。潘舒墨打开门时,一脸窘迫,像被人撞破了什么见不得光的丑事。单房里的家具粗陋不堪,贴木纹纸的两门衣柜,浸透了历任房客汗液、看不出原色的床垫，床头挂着几个铁丝衣架。然而，张倩女注意到，饭桌的矿泉水瓶里塞着一蓬血红色的火焰般的野花，窗下又挂着一串手工编织的风铃。显然，小屋的租客在困顿之余，依然对生活有所期盼，有一颗热爱和讲究的心。

张倩女回想起那个如坐针毡的聚会之夜，两人谨小慎微，连呼吸都不敢尽兴，两人都是某种意义上的 loser，眼巴巴地看着别人比赛幸福。

几只小飞虫在撞击着吸顶灯，为玻璃罩子里暖热的光亮，一下一下地撞去。他们默然而坐，莫逆于心。他们已准备好诉说，告诉对方，自己到底为生活付出了什么，那是孤身一人时不愿爬梳的记忆和不敢直视的现实。

潘舒墨用赞美打破了沉默："你学历高，发展得好，不像我，刚够吃饭。"

张倩女摇摇头，说："代价太大了。我这辈子都忘不掉做的第一个项目。一毕业就签了华跃，先分到机顶盒的项目组，负责开发硬盘接口，设计完做测试，才发现对硬盘进行读写操作时有数据错误，不同厂家的硬盘出的问题还不一样，也就是，我要 Debug 了。没日没夜地攻关，夜里加班时吃消夜，越吃饭量越大，不到半年就明显看出来胖了，跟蒸馒头一样，忽地就发起来。回头一看，我的身心里，也有一个无法解决的 bug。"

怪不得她胖成这副模样，潘舒墨唏嘘道："深圳人都羡慕华跃待遇优厚,我也曾痴心妄想,想成为华跃的一员,其实,钱哪是容易赚的。"

张倩女说:"催命一般,实在扛不住时就想吃东西,吃大鱼大肉,每顿都吃撑,有东西在嗓子眼堵着才舒服。"

"倩女,你这是病,是情绪性的暴食症。"

"是,管不住自己,吃再饱也没用,还是想吃。"

张倩女无奈地苦笑,潘舒墨投桃报李了:"我更惨,在一家小私企上班,什么杂活都干却攒不下钱,像机器在空转,根本买不起房子。你知道吗?今天,没房子和没朋友之间发生了必然的联系。因为自己没有家,我就不愿去朋友家做客,他们熟练地领着我参观房间,介绍采光多好,储物空间多巧妙。他们温婉贤惠的老婆势必露两手,忙活一桌子丰盛的酒菜,有老火汤,有海鲜,鲜得发甜的蛤蜊,肉都是充满弹性的。我心情低落,还得赔着笑脸,赞美他们有品位,艳羡他们有福气,享受人生神仙日子云云。聚会那天,我是最后一个到的,不敢进去,比进沙场还怵头。"

张倩女想起聚会上他张皇而游离的模样,听同学报出自己住在某花园几栋时,他如遭电击,面如死灰,旋即出去躲了半天。

她安慰道:"房子不都贷着款吗?那幸福也不是实心的。再说,朋友间的家庭聚会很正常,没恶意。"

"不是稳定频率的家庭聚会,一般只有一次,再没有第二回了。当然不是恶意，我也不怪他们。人熬到一定阶段就要集中释放一次、展示一次，然后，各奔各的前程。也许他们下次展示是十年后了，不知我还有没有去当道具的资格。"

两人的神色都变得黯然起来。生活的本质是庸常、脆弱而不容异端的，一条衣食住行、生老病死的既定轨道，稍有偏差，你跟人群的交集就会越来越少，很快就被隔绝在外了。

他偷偷地看她一眼。年轻的她竟有一副慈祥之态，令他想起姑姑婶子等长辈女性，令他想起孕妇、奶娘之类的女人。她身上的温馨和蔼，仿佛轻轻一动就会洒出来。他忍不住向她靠了靠。在深圳这几年，他经历了诸多无法宣之于口的伤害，格外仇恨那些嗅觉灵敏、嗲声嗲气的女孩。她们对用不上的男人，比有威胁的同性还要厌弃，连面子上的敷衍都省却了。

张倩女察觉到，他的身体靠了过来，越挨越近，她感觉到他的鼻息和体温。

雨季明明走了，外面却好像在下雨。在这间狭窄到让人无端亲密的小屋里，他们若有所待。

张倩女的身体暖烘烘的，像一点点鼓胀起来的面包内瓤，越来越松软，像藕粉冲过水，渐渐苏醒了鲜藕的颜色和芳香，仿若一块通体晶莹的流动的琥珀。潘舒墨的口气很清新，令她联想起甘笋青柠檬汁的气味。他的手拂过她的后背，像用柔滑的奶油裱花，像溶化的乳酪四下流

174

淌。他身上男性的体味,令她想起肉类碳烤烟熏过的特殊香气。他凑在她耳边低声曼语,是经秋霜打过的小白菜,甜甜的,糯糯的……

水乳相融,骨酥肉烂。她的干枯和饥饿,以奇异的方式得到纾解。她终于不再是一坨死肉了。

小屋里的黑暗,光滑得像一匹丝绢。她深深渴望,天空落下来一滴灼热的松脂,紧紧包裹住两人,她和他,扭绞、缠绕、交错,从此天长地久,直至化为尘埃。

不知过了多久,当她起身离开小屋时,为墙角纸箱子里堆放的杂物感到惊愕不已。对二十世纪八十年代中期出生的男性来说,它们的存在着实突兀。几十个二锅头的空瓶,红标签绿瓶身,还有哈德门瘪瘪的烟盒。这分明是属于劳工阶层的,粗糙浓烈、直击感官的口味,这廉价的口味里,有人生难以言传的快乐。酒精、尼古丁,都是好东西,足以抵偿白日里遭受的痛苦,是苦干一天的至高奖赏。

潘舒墨一脸沉醉:"我喜欢喝醉的感觉,酒劲儿总在一瞬间发作,千军万马地来了,接着天昏地暗,能好好睡一觉了。小时候,我讨厌我爸喝大酒,我爸那种男人在北方一抓一大把,就着一瓶桃罐头能喝一斤白酒,喝得吐绿胆汁,喝得快死了挺尸般躺着,下次还是喝。现在,我特别能理解他。我爸喝酒时,又哭又笑,说他活腻了。"

他停顿一下,重复道:"又哭又笑,说他活腻了。没人信他,也没人理他。"他的话音忽然变了,他发出了变声期男孩才有的凄厉声音,声音破碎成几股，每一股都像带着锯齿的箭镞，在空气里到处乱窜。

张倩女回到家就瘫倒在床上，耳边始终回响着他碎玻璃般的哭腔。他多像雨季里阴干的衣裳，没有一丝阳光的味道。他怨气太重，经济能力有限，目前已可预见到中年的一事无成和脾气暴躁。作为婚姻亲情和妇女美德的一部分，她势必要承担丈夫的不得志。可这又有什么好怕的？她心底深藏着一个秘密，连母亲都没告诉。两个月来减掉了十斤肉，同时，她的月经也停了。

她的气味盘旋在小屋，潘舒墨依然沉浸其间。是的，她从视觉上摧残了他，她五花三层的身体让他恶心欲呕。她的后半生将在徒劳的减肥中度过，永无成功之日。然而，他试探着拥抱她时，蓦地起了个念头，也许，他抱住的，是人生的另外一种可能，这感觉让他怦然心动。她温厚善良，透着工科背景的沉稳朴实，她在全球著名的通信公司担任项目负责人，她将带给他梦寐以求的真正意义上的城市生活。想到这里，他立刻变得很软弱，在审美上毫不犹豫地变了节。

他们翻来覆去地想，到最后，几乎是怀着必然牺牲的悲壮感，毅然决然地、热烈地接纳了对方。

这晚，劳玉站在窗前，直到看见女儿开车进了小区才躺下。对减肥这场旷日持久的战事，她感到疲倦了。跟最基本的生存需求开战，取胜何其艰难。接下来，是僵持，胶着，甚至还要反复。她的神经绷得紧紧的，早暗自渴望着一个痛快的崩断。每次女儿宣布减肥失败，她的沮丧都是假装出来的,实际上,如释重负,云淡风轻。

三

华跃技术有限公司位于深圳的西北角,它是个生殖力惊人的母体,具有扩散膨胀的特性,在周边衍生出环状排布的居民区和购物中心。华跃的总裁很少出现在公共场合,作为庞大的高科技商业帝国的执掌者,他太过神秘低调了。几年来,只有公司开大会时,他才惊鸿一现。他是活着的传奇、商业时代的偶像,这几年,他在全国及海外布局,摊子铺得很开,在各大名牌院校招聘毕业生,欲把计算机、电信精英一网打尽。他身上向外辐射出一种强烈的危机感,也许,都快变成强迫症了。

华跃批量制造出城市中产乃至于富裕阶层,这家公司对员工的勤奋程度有极高要求,同时在金钱回报上也绝对慷慨,很少有公司会大方地把股份(利润)与员工共享。对华跃人来说,工作区和生活空间并无明显界线,搅和在一起了。张倩女居住的社区离公司只有几站路,楼盘定位准确,两年前刚一开盘就被华跃员工抢光。每天,她行驶在"居里夫人"大道上,过两个红绿灯,一拐弯便是公司。偶尔,被汹涌翻腾的厌倦情绪驱使着,她会刻意绕远路,拉开一段距离遥望华跃圈。

它像一只巨大的灰白色的茧,风雨不透,固若金汤。

周一晚上,照例还要加班。张倩女和她的团队,秉持着华跃人特有

177

的习性，熬夜，不运动，亚健康，性格偏内向，信仰埋头苦干和不请假，习得的麻木忍耐，适应高强度工作，以加班为核心价值观。

研发房里多是年轻的小伙子，阴气却一直很重，无论春夏秋冬总让人感到一丝凉意。生铁般的冷光灯下，这群脑力劳动者脸色青白，似一群忙忙碌碌的鬼。对这代人来说，拿知识和健康换钱很正常，在其他公司，牺牲了健康也换不到钱，而在华跃，遭受多少痛苦，相应就收获多少甜头，让人食髓知味，欲罢不能。这份工作糟践了你也愉悦了你，它包含着某种魔鬼般的魅惑成分，令你的人生有所附丽。它像一袭穿厌的华服，毕竟镶金错玉，不能说扔就扔。

夜里九点半，大家从座位上起身，幽灵般晃荡到休息间，准备补充能量。公司厨房供给各类美食，烤串、乳鸽、炒花蛤，只要加班的员工想吃，鲍鱼、海参也照样提供。

在一个个加班的深夜里，张倩女吃掉了难以计数的曲奇饼、蜜三刀、烤鸡腿、卤汁牛肉，各种高热量零食，疲惫和焦虑激发起强大而原始的肉食欲望，祖先的基因程序重新启动，只有甜品和肉食才能给予她力量，让她浑身有力气，让她实现从菜鸟到高手的地狱式成长。自那个雨夜决定减肥，她就清空了零食抽屉。别人加餐时，她躲得远远地咽唾沫。现在，减肥已来到瓶颈期，肉都带着吸盘，嗑在骨头上，再往下，是以克为单位计数的。

今晚，消夜的香味格外热情，飘散得到处都是。她烦躁地踱来踱去，有好几次都蹭到休息室门口了，又咬住嘴唇转身离去。她提醒自己，没志气，没毅力，还说什么瘦身？你不想再穿魔术收腹裤，不想再穿黑衣服，你想穿酒红、雪青、柠黄、芥末绿，想穿印花、棋格、镂空，穿月光一样的薄纱裙子。你要向地球上最伟大的减肥偶像妮可·里奇学习，从"土肥圆"羽化为时尚女王。

她走到窗边，推开窗户，把头伸出去。纤弱骨感的月亮，斜挂在研发大楼的一侧。大楼的玻璃外墙是绚烂的金属蓝色，月光下闪着粼光，像一片海兜底儿一掀，直立而起。

在这栋布满服务器的建筑物里，她身体内部的服务器正无声瘫痪。她强提一口真气，奋力支撑起一副空壳，试图用意志来对抗身体内部的紊乱。

饱嗝声从休息室传过来，悠长，畅快，似召唤，又似诱引。她觉得自己全身上下只剩一个胃，她在用胃感受和认知整个世界，一个干瘪和异常敏感的胃。不知哪根神经一松动，她忽然就泄了气。她绝望地跺跺脚，心想顾不上那么多了，带着放纵一回的快意与痛楚，她奔向休息室。

接下来发生的事情，完全偏离了她的设想。

她冲进休息室准备纵情狂欢，凶猛的油膻味锅着腰一头撞过来，毫无预兆地，一股酸水从抽搐的胃里泛上来。她失控地呕一声，液体涌上喉咙又被她强行咽下去，她捂住胸口，拼命往下压。

同事们目瞪口呆地看着她，她平复呼吸，背对着门，慢慢退出去。

179

经此哗变，她惶惑不已，不知该表扬坚贞不挠的身体，还是为它的自行其是而羞恼。她亲自败坏了自己的胃口，烤串之流，已非她的补给。最近一次，她体验到饱足感，是在潘舒墨的小屋里，某种甜蜜而异样的饱足感。那天之后，借着她难得的空余时间，他们又在茶社清吧等处约会过几次。

小屋和小屋里的男人，正隔着雾气迷蒙的深夜，脉脉地凝望着她。

她的身体又不听话了。

她撇下工作溜出研发大楼时，是梦游般的不真实感。好孩子，好学生，好员工，一路走来，她身上有一种被驯化的优秀。在公司这些年，她从没翘过班呢。想到项目组的同事，她有些惭愧。他们实诚、一根筋、肯下力，这都是年轻人才会具有的美好品质。年轻的工程师们也面临着各自的困境：发量可疑、颈腰椎病、在重复劳动中深陷和坠落、既无时间也无热情葆有和发展一点自己的兴趣、被富足安稳的生活牢牢控制而一点都不敢动……

无论如何，她逃出来了。去下沙村的路上，父亲仿若与她同行，今夜的她，正向着流逝的时光，接续上父亲的骨血和根脉。

潘舒墨的住处，门虚掩着，里面传出音乐声，是许巍的《水妖》。

那段磅礴激越的吉他声响起了，瀑布一般凌空而下，轰然落地。她从背后抱住他，像对着一盅酥皮海鲜汤，把层层叠叠的起酥轻巧地卷起。他回过身来。她又把自己铺成一张金黄色的蛋皮，妥帖地包住肉泥。

她预热、升温、焗烤,让青花鱼充足的油分从容地渗出,在皮肉之间鼓胀充盈。她是浓稠繁复的酱汁,耐心地完成一次入味的腌渍。

肥白的汤圆在热腾腾的滚水里浮浮沉沉,糖浆越熬越黏稠,火锅欢腾地冒出白汽,娇软的鹅肝化成玉液琼浆。终于,一口细细的白牙,温柔地咬开酒芯糖、灌汤小笼包、奶黄流沙点心。一把秀气的小刀子划过牛排,脂肪的芳香刹那四溢,被猛火锁住的肉汁缓缓流出,露出水红色的嫩肉。石榴开裂,宝石般的籽粒飞溅出新鲜清甜的汁液。

世界沉沉入眠,静谧而甜美。

潘舒墨突然从小床上弹起,踢踢踏踏地跑进卫生间。

这个时候,好比喝下一杯好茶,正回甘呢,他跑去做什么了?张倩女用床单裹住身躯,好奇地跟过去,她看到,他竟然在搓洗一件短袖衬衣,忧心忡忡,直到把衬衣抻平晾好,神情才放松下来。

他什么都不说,面有惭色。张倩女约莫猜到了,也不点破。

过了一会儿,他发觉如此卑微的自尊毫无认领的必要,解释起来:"深圳这天气,一天下来衬衫全湿透了,一股酸臭味,而我只有两件衬衫,这意味着每天都要洗一件。赶上阴天下雨,替换的那件干不了,就使劲儿拧,哪拧得干呀,最后还是湿答答地穿上,下摆紧贴着肚皮,用身体的热乎气一点点烘干。"

每年都有那么几个月,湿气成为南方的主宰,湿气蠕蠕地爬进人的四肢百骸,骨缝里似要渗出水来。青苔在背阴的地面绵延出厚而密的一片冷绿,又沿着树干向上生长。在阴湿深入骨髓的夜晚,张倩女做过一个梦,梦见全身垂下流苏般的长长的绿毛。

潘舒墨说:"所以,五件短袖衫是在深圳生活的底线,这样就能拥有一个从容的工作周,不用上班时记挂着家里的衣服能不能干。"

她明白了,难怪总觉得外面下着雨。此地居住的人,大都只有两件衬衫,一下班就洗好晾出去,水珠从一个个窗口滴下,砰然落地,恍如雨季。

他问她:"你有没有想过,我们为何要这样活着? 为谁活着? 急于被什么承认? 你,我,李凌飞,杨菁,王磊。"

她一脸倦怠,说:"没细想,顾不上细想,就一步步被逼到了这里。"

他失神地说:"乖,不捣乱,擅长和解,默默挣钱,训练有素的隐忍,我本来不是这样的人,太压抑了。"他盯住她,说,"你也不是。"

她能听懂他的话,心像被蜇了一下,疼得她捂住胸口。她想起父母来,想起他们眼睛里偶尔闪过的、水银珠子般的晶亮晶亮的光芒。

她皱着眉头:"我讨厌自己,讨厌那份工作,我训练自己热爱它,把它当成人生的寄托,可你不知道它有多无趣! "说完很解气的样子,她接着问,"真的没有选择吗? "

他说:"少数人的选择不叫选择,是败退。我想过回留州,父母能照应我,小地方日子也舒服,我喜欢怎样就怎样。可到底差了点什么,白天还好,夜深人静时难免后悔不甘,也许这辈子都过不好了。依循本心地

182

生活,就真能幸福吗? 真会满足吗? 说放下就能放下? 我没把握。"他向外看去,说,"深圳就在我对面。"沿着他的视线,她看到远处是剧院,充满未来感的造型和色彩,宛若银河系里的天体。

他一脸迷醉地说:"我经常查看剧院的演出信息, 上周是林怀民的《九歌》,这周是瓦格纳的《指环王》,太丰盛了。"

他摇摇头:"可惜,我被焊在了下沙村。这是消磨志气的地方,让人意兴阑珊。最消沉的那段日子,我特别希望,希望天降横祸,一辆玛莎拉蒂冲过来撞上我,如果幸运的话,不死,只是半残,我不告富豪,肯定选择和解,这本来就是钱能解决的事。我一有钱就置业,就在深圳定居!"

他猛然抓住她的胳膊,摇晃着,说:"倩女,你不知道我心里有多急!我多想混出点名堂!"

张倩女想起自己的羞耻。相亲的男孩用指控的眼神看着她,好像她是不洁的、有罪的,他们的神气里,透着唯恐被她黏上、被她缠上的机警、冷淡与小心翼翼。有个男孩怕她不自觉,还敲打她说:"在动物的世界里,雌性过于肥胖,是对所属物种的犯罪。"

足够了,羞耻就是她和潘舒墨的信物,他俩的山盟海誓,远比众多城市男女精算得来的婚姻更经得住推敲。

想到这里,她说:"你不会被焊在这里的,下周见见我父母,咱俩定下来。"

183

潘舒墨表现出一种恰到好处的惊诧，随即握紧她的手，用力点点头。

本来，张倩女想扎扎实实、慢词长调地谈一场恋爱，听了潘舒墨的话，她感觉事情突地紧迫起来。这个坎一下子就迈了过去，倒也凝练。

周末，张倩女去机场接到父亲张亭轩，这是他第二次来深圳。前年他初到深圳，发现女儿变得如此不堪，震惊而痛心，问了一通，骂了几遭，终也无能为力，他住了一星期就闹着回去。

父亲迫不及待地逃回留州的小院，也遁入旧日的生活中去。小院里，时光逆流而上，停驻在可堪温习的某一段日子。那时，他每天坐在庭院里，气定神闲，虚位以待。宾客结伴而来，或擎着两包桃酥，或拎着一网兜橘子。寒暄过后，宾客环绕着石桌坐定，父亲开始高谈阔论。他是杂家，是通才，是天赋异禀的民间奇人，会聊天，会讲笑话，周身充满磁力。从历史到宗教，从诗词到音律，他博闻强记高深莫测，时有精辟之论。宾客们如沐春风，作倾听状，作顿悟状，作陶然欲醉状，频频颔首，间或插话。

渐渐地，这批宾客是空手而来了，表情里多了几分亲昵的轻佻。父亲的兴致也不那么高了，演讲时观点和金句经常重复，终于，这茬宾客竟渐至零落消失。父亲的叹气声，在大片的寂静里缓缓流动，又被风传得很远很远。好在，很快又有另一拨人找上门来，父亲坐而论道，重展风采。

二楼窗下的张倩女震惊地发现，父亲居然是背出来的，他太熟练了。

已然烂熟。这使得他的演说流畅生动，从不磕磕绊绊，洋溢着充沛的自信，上天入地，光彩四射。他的听众是小城的各色闲人，无业、自由职业或病休在家，共通之处在于爱好文艺。母亲出于医生的洁癖，曾厌恶地指出：那梳大背头的似乎不是什么雅人，是个名声不佳的神棍。父亲摇头说："哪是神棍？是本城堪舆界的名人。"他又提议："客人在时，你也一起坐坐，你就凑个趣嘛！"她蹙紧眉头，说："去倒一圈茶吧，我可没工夫闲聊，还得做饭呢。"

固定而频繁地与父亲来往的闲人，只有戚叔叔一个。张倩女从窗口望下去，发现他俩像古画上的两个人。两人一坐就是半天，静物般沉默。偶尔，戚叔叔的话音儿随着穿堂过屋的微风，飘进张倩女的耳朵，她听见戚叔叔说："风雅委地，时运不济啊。"

有段时期，两人找到一个可持续讨论的话题，那就是《红楼梦》。他们谈论无才补天的贾宝玉，互相恭维对方是"留州甄士隐"。戚叔叔特别喜欢谈秦钟的遗言，说一个正值韶华的妙人儿临终那么挫败，为什么？因为没实力，没有立足于世的实力。父亲点点头道，秦钟遗言，说不定正是宝玉一生悔恨之处。他若功成名就，家族兴旺，也就保住了众姐妹的大观园。戚叔叔说，大观园永不凋敝，这是他的理想啊。殊不知，功名利禄那条路，才是滋补理想的唯一的正途。父亲说，那么美好的生命在末世挣扎,要救她们,只能自己跳进泥淖,他不愿跳,就眼睁睁看着,再一个个地哭着纪念。

二楼窗户里,张倩女从书架上取出《红楼梦》,按回目翻查到秦钟去世的段落,她反复将遗言读了几遍,只觉平淡无奇。

这时,她听戚叔叔说,年轻时读红楼,秦钟去世的一段没引起注意,年纪大了,才咂摸出味道来。父亲附和道,浪荡子秦钟临死时大彻大悟,说错的是自己,让人觉得格外沉重。

戚叔叔走后,父亲独自坐在阴凉的丝瓜架下,鉴赏着庭院里的日影、花木和鸟声。他像一件古老的旧物,蒙着厚厚的灰尘,轻轻一碰就嘎吱嘎吱地响,一阵风来就七零八落。他的眼睛,像两孔黑魆魆的山洞。张倩女知道,只有把各色闲人拢到家里来,才能为他带来一丝光亮。那段日子,她时常替父亲担忧,前方那些庸常的日日夜夜,他该怎么度过呢?

很快她就读了寄宿高中,接着离开留州去上大学。她断断续续地听母亲说起,父亲学了太极拳、旧体诗、昆曲,而且,父亲是留州第一批学会喝工夫茶的人,学会后鄙夷地把大茶缸子扔进垃圾堆。母亲的讲述拼接起父亲这些年的生活,看来父亲对自己陷入那种机械而可鄙的圆熟中去也早有不满,于是勇于跨界不断研习新才艺,推陈出新以维持上座率。

此刻,阳光穿过机场透明的顶棚,照亮了来来往往的旅人。张亭轩说:"倩女,还在减肥吧? 瘦些了! 瘦了好,我不怕别的,就怕糖尿病三高什么的找上你。"他的头发上像落了一层薄雪,灰白色的脏雪,比起同龄的男人他更显萧索衰老。

快到家时,张倩女朝父亲诡秘一笑。她推开门,身子立刻闪到一边,满怀期待地看着父亲。一套崭新的骨瓷餐具,亭亭玉立在餐桌上。白底釉下彩,明艳的黄绿色,那颜色仿若刚点上去,还水灵灵的呢。图案是蝴蝶忽闪着翅膀落在水仙花上,用手轻轻一弹,便发出清脆悠扬的响声。这是为迎合父亲的审美情趣,特意添置的新餐具。

张倩女一直记得,某个夏日的黄昏,父亲赋闲在家一年有余时,他忽然毫无征兆地发难,伸长食指,指着石桌上的几个搪瓷盘、不锈钢盆,说:"无论多好的菜,用这些家什一盛放,就叫人毫无食欲了,真是破败潦草! 不能用好看点儿的盘子吗?"母亲说:"一样吃,还能变了味?"父亲摇摇头,拖着长音道:"夏虫不可语冰,朽木不可雕也!"

这话似乎蕴藏着可怕的杀伤力,张倩女看到,母亲的脸霎时紫红肿胀,她的嘴唇不受控制地哆嗦,想辩解什么,又说不出来,母亲拼命眨眼睛,把眼泪硬憋了回去。第二天,她从百货一零买回整套56头的骨瓷碗碟,她把晶莹剔透的瓷器在餐桌上铺陈开来,一件件细细玩赏了半天,看起来,她比父亲还要喜欢这些美丽又脆弱的小玩意儿。

父亲的言行举动,为日常生活增添了幻境般的戏剧效果。他或午后高卧或焚香静坐,每逢彼时彼刻,母女俩就不再高声说话,走路也蹑手蹑脚,如履薄冰地供奉着他的优美和诗意。有时,闲人们翩然造访,母亲袖筒卷得高高的,正在院子里晾晒衣服,一条褴褛的红内裤还往下淌着水呢。蓦地,她从粗鄙的生活场景中抽离而出,她像登上炫彩的戏台,生疏而做作地说,不巧啊,他踏青去了。不巧啊,他赏雪去了。不巧啊,他钓鱼,不是,他垂钓去了。母亲拙劣地拿捏着声腔,张倩女很替她难为情,但父亲每次出门的时候,的确是这样跟家人告别的,我踏青去了,我垂钓去了……

作为高雅新餐具试图取悦的对象,张亭轩神情复杂,显然他不知该如何反应。他视而不见地靠坐在沙发上,从茶几下面拿出塑料纸杯,给自己倒了一杯凉白开。

四

这是南方盛夏季节特有的暴雨天气,黑夜瞬间驱散白昼。雨下得如此酣畅,整个城市恍若在大雨里漂浮起来,积木般晃晃荡荡。几道银亮的闪电不时划过,像天空疼痛地裂开几道口子。

早晨一起来,张倩女就给父母叨叨,说潘舒墨在公司上班,坐办公室的,家庭也是留州的小康人家。她反复强调,你们放心,他不图我什么。我俩很早就认识,又交往了一段时间,是有感情基础的。想到两人共有的羞耻感,她又加上一句,是牢固的感情基础。张亭轩欣慰地表示,先

188

同学再恋爱,挺有缘分。劳玉的狐疑并未消散,只是不便露骨地质疑女儿的女性魅力。劳玉满腹心事的样子让张倩女有些不安,母亲年事已高,减肥又跟着受罪,精神高度紧张,有好几次,她感到母亲濒临爆发了,谁知母亲毕竟内功深湛,自个儿又消化了。

潘舒墨赶到张倩女家中时,衬衣粘在身上,新做的发型岌岌可危,手里的烟酒糖茶却没被淋湿。张倩女接过礼品,拨拨他的头发,说:"真想不开,东西是小事。"

张亭轩站起身来,冲潘舒墨满意地一笑,小伙子斯文白净的相貌深得其心。劳玉的脸上却露出医生惯看悲欢离合的淡漠表情,转身去了厨房。张倩女跟过去,大声说:"妈,我给你打下手。"旋即凑到母亲耳边,说,"和气点儿,他又不是你的病人。"劳玉点点头,嗔怪道:"瞒得真紧,我都没有心理准备,你急火火地就把你爸叫过来了。"张倩女说:"也没想到这么快,不过话说回来,年纪到了,人又可心,还拖着干吗?"

这顿饭启用了雅致的新餐具,以示隆重。潘舒墨极力赞叹餐具的精美,张亭轩没接话,岔开话题,说:"吃菜吃菜,凉了就没法吃了。"

张倩女自律地夹起几根青菜。潘舒墨体贴地说:"倩女,你胖瘦都好看,中午这顿也没关系,来点清蒸鱼吧。"张倩女架开他的筷子,笑着说:"自己受用就好,别来招我。你别不信,我是一定能减下去的。"只有她自己明白,如今,减肥的坚决里揉进了几丝柔软,不光为重建自身的生活,更是因为心疼他。连着两次,她都看得很清楚,当激情退却他的视线落

189

在她身体上时,如灼伤般迅速移开,并痛苦地闭上了眼睛。

席间,劳玉不冷不热的,张亭轩和准女婿倒甚是投契。趁两人在热聊围棋,张倩女说:"舒墨很有才情,全身都是文艺细胞。他连手指都那么漂亮,会吹笛子,会画山水,对了,还会变魔术。他聪明着呢,下棋一下就是一天,连饭都不吃。"

夸着夸着,张倩女看到,母亲的脸,母亲的笑,像突遭奇寒的瀑布,水流着流着凝成长长的冰凌,尖尖地向下戳着。父亲也像被人掐到痛处,热乎乎的气氛忽然就冷下来了。张倩女心一沉,本来,她以为父母会世故而心照不宣地接受这个男孩,并演技精湛地表现出对他的关爱。

劳玉蓄势待发,她讥诮地说:"呵,这一身的本领,能出名吗?能变现吗?"她又板着脸问,"除了会吹笛子,会变魔术,你会做家务吗?"

她的口气令人很不舒服,潘舒墨保持着风度,说:"阿姨,你是指做饭洗衣服吧? 会一点儿,会做。"

张倩女说:"妈,哪有问这个的!"

劳玉一脸严肃地说:"倩女,你不了解家庭生活,这很重要。"她接着问:"舒墨,你会带小孩吧? 我是说,你以后会学着带小孩吧?"

这不合常规、近乎刁难的提问令潘舒墨更加尴尬。劳玉像变了个人儿,老巫婆般逼视着他,发出阵阵冷笑。

张倩女扶住桌子,说:"妈,太过分了。"张亭轩也责怪道:"你,你这是什么意思,荒腔走板,太失礼了。"

潘舒墨站起来,用拇指钩住裤子口袋,他小声说:"我还是先走吧。"张倩女瞪母亲一眼,说:"我跟你一起走。"这时,张亭轩也跃跃欲试地站起来,似乎也想往外走。

"你们谁都别走。"

说着,劳玉疾步走到门边,顺手抓过皮包跨在肩上,她用身体挡住门,像在守护一个出口,一个可以逃出生天的出口,她说:"我走。"

没人能预料到这个后果。在往昔岁月里,情绪变化无常的张亭轩曾多次摔门而去,闹脾气的张倩女也曾夺门而出,去街上游荡或去同学家倾诉。

劳玉幽幽地说:"这么些年了,我不止一次地幻想,想你和你爸消失掉,哪怕消失一两天也好。"

剩下的人都愣住了,仔细一回味,这话里有一种平静包裹下的惊天动地,一种不断滋长、无从化解而日趋深沉浓重的痛苦,让人悚然心惊。这话也挺伤感情的,但张倩女无比清晰地感觉到,这不是一个伤不伤感情的问题。

劳玉接着说:"每天最高兴的事,似乎就是忙活完了,把自己扔进沙发里。"她的话不见刀锋,却分明已划破了什么。

张倩女对母亲的习性印象深刻,母亲确实有一个投掷的动作,把自己痛快淋漓地投掷进沙发里,然后蜷起身体,半张着嘴巴看电视。本来,

191

张倩女以为母亲完成这个动作时身心舒畅，现在她才领悟到，这个动作里隐含着的放弃与屈从。本来，她以为沙发里的女人快活圆满，现在她才体会到，这幅家常画面里暗藏着的惨烈、销蚀和幻灭，这里头，有一种绵密、隐蔽而阴险的力量，有一种无底深洞般的腐蚀性的快乐。

她又想起自己透过小窗看到的一幕：下了班的母亲久久站立在家门口，她抬起脚来，又后退几步，迟疑地逡巡着，当她终于迈进自己家时，即使相隔一段距离，张倩女还是看到了，她的肩膀在战栗。接着，她走进厨房，再出来时，蓬松如雾的发卷已塌陷。最早，她进厨房前会戴上白帽子，后来不知为何也不戴了。

积蓄已久的雨水，宣泄般扑向大地。

劳玉守住门口，披坚执锐，这不是她的风格，此刻与过往缺少过渡。她终生都在自我控制，合乎规范与道德，她以通情达理、宽厚和顺而著称，从不由着自己性子胡来。她擅长把喜怒哀乐搅拌均匀，得体地应对她的丈夫、女儿和病号。还没等众人回过神来，她敏捷地拉开门，像一条鱼一样轻快地滑了出去。

劳玉就这样滑了出去。剩下的三个人张口结舌地站着，房间里满满的，全是难堪。张亭轩手里的健身核桃球都忘了放下，他像拿了一块热地瓜，不停地从左手倒到右手，右手换到左手，他的眼睛不敢看潘舒墨——这个代他受过的年轻人。

不知何时，潘舒墨也悄悄离开了，张倩女完全没注意到。她仍在回味刚才的一幕:母亲滑了出去,宛若一条鱼滑进海水。她懂事以来,一直无法将目之所及的头皮屑般琐细零碎的母亲,跟当年那个充满艺术气质、遭遇街头爱情的女孩联系起来。但母亲滑出去的那一刻,两个形象终于令人信服地重叠在了一起,美丽、疯狂、不计后果,单细胞动物般透明,一通电就亮了,太阳一晒就热起来……此后的日子里,张倩女始终记得这个如梦似幻的场景,母亲是娴熟的,行云流水地滑出去,好像在意念里演练过多次。

晚上,劳玉发回一条短信:别找我,我很好。

两天后,张亭轩返回留州,回到独门独院的两层小楼里。到家后他给女儿报平安,说:"深圳是个好地方。你看小区里的荔枝、杧果、波罗蜜,不用专人照料,自个儿就能长好,一嘟噜一嘟噜地结果子。只是我住不惯,你要想爸爸了,就回来看看。"

张倩女说:"爸,有时候上来一阵劲儿,真想任性一回,不干了,天涯海角地想去哪儿去哪儿。"

张亭轩思忖良久,说:"不要冲在最前面,也别落在后头,你现在就挺好,多少同学羡慕呢,可别瞎折腾,叫人笑话。你们这拨孩子,聪明,遵守秩序,适应力强,大有可为。"

他的话虚弱无趣。张倩女心里很难过,嘴上却说:"爸,别担心,想想罢了,还能去哪里? 我以成为华跃人为荣,我会坚持住的。"

放下电话,她不得不承认,父亲在精神上早就是个老人了,那层炫

193

目的光圈也早已消散。

经历了多年的过度解读和透支提取，那个熠熠生辉的晚上终于油尽灯枯。那晚，音乐教师张亭轩把妻女召集起来，他说："音乐课是高中的附庸，校长不懂音乐，学生们也毫无音乐才华。对我来说，上课就是浪费生命，把自己一点点废掉。我辞职了。"他宣布时语调平静，像轻松地完成一个高飘的空翻，飞升而去。父亲的平静是一种绝对的震慑，传达出勇敢、坚定、深思熟虑等丰富的信息。母亲没有哭闹，也没有昏厥，相反，她的眼睛忽地亮了一下。那会儿，时代还未突然加速，人们还不上蹿下跳，房子是祖业，钱值钱，母亲作为知名的内科医师，受人尊敬且收入不菲。上小学的张倩女正是表面乖巧、内心激荡并极度渴望偶像的年纪，她觉得，就该有父亲这般潇洒独特的人物，不上班，无所事事，日子拿来虚度。父亲是自知的，他英明地踏进遴选过的生活，不含杂质地成为自己，替胆怯的人们做梦，宛若灰暗人世的一星微光。多年来，张倩女自卫般地排斥着真相——显然，父亲享受不了没有界线的自由，内心也从未宁定，他把那晚的抉择，拉低到魔怔、犯傻、失误的层次，降格为一时糊涂的愚蠢决定，甚至，像懦弱无能的逃逸。

他先莽撞地拒绝了世界，过后才发现，自己根本没有拒绝这个世界的能力。为兜住这个错误，他潜心学习书法和国画，攻柳体，习花鸟，欲以润格致富，结果只能过年时为亲友免费写挥春。他专门钻研过演说技巧，期盼跃升到有识之士听他白话还给他钱的完美境界，结果只吸引了小城的一批"珍禽异兽"。

张倩女记得,父亲为邻居女人写春联时,女人拉着劳玉,夸赞道,你男人真巧。劳玉摆摆手,巧什么巧,万金油,玩家子,一会儿风一会儿雨,神经兮兮。邻居女人亲热地用胳膊肘扛她一下,脸上露出意味深长的笑容,说,好好哄着吧,让他自在!

现在的父亲,是神色惊恐而脚步虚飘的男人。他花费大半生的时间,亲手推翻了自己。

过了几日,劳玉又发来一条短信:别找我,我在净尘山,想一个人待几天。

张倩女想起母亲的描述,山上的房子是乳白色的,窗前垂下镂空的米色纱幔,推开窗子,迎着人的是一大片碧绿的湖水,窗边爬满茑萝、丹桂、凌霄、木香、扶苏藤,花枝垂入湖水,湖面上落满花瓣,风从远处吹过来。她依稀看到,母亲就站在窗前,全身散发着花香,芬芳迷人。她回了一条短信:亲爱的妈妈,照顾好自己。

此时,她才想明白母亲话里的深意。原来,母亲说的"我们",不是指她和丈夫。"我们",是母亲跟另外一个自己。

母亲的手机始终打不通,她的生活处于自觉闭合的状态。晚上,张亭轩向女儿打探消息,张倩女说:"我妈应该也在留州,西郊的净尘山,她想一个人待着,你不用去找她。"

张亭轩说:"西郊哪有什么净尘山,是连成片的荒山,没名字也没开发呀。"

张倩女心里一动，说："她成心不让我们找她。"她伤感地想到，实际上，她和母亲从未亲密无间，她想当然地认为，母亲这般的普通妇人，早已不需要某种层面上的高贵而多余的生活。

张亭轩说："咱俩没事就打打她的电话，说不准什么时候开机。"

张倩女答应着。电话那头，父亲接着说："你妈最懂我了，我们是一类人，只不过……"他终究没再说下去。

张倩女感到脸颊上热热的，是眼泪在流。她羡慕这个失意的男人，他精彩过。她也佩服老妈，五十几岁的人了居然还有力气挣扎！

她站起身来想透一口气，想仔细看看，自己的眼睛里到底有没有水银滚珠的亮光，她刚站起来，就察觉到一股压迫的力量形成合围之势，渐渐逼近她。十面埋伏。她瑟缩着重新坐下去。毫无疑问，她的敌人更加阴沉强大，那是一个裹挟着整整一代人的庞大而严密的系统，像一个深深的坑洞，让她怎么爬都爬不出来。

她找了个借口挂掉电话。

眼泪慢慢干了。

又坐了一会儿，她打开电脑搜索，不断输入关键词，净尘山、湖水、白房子，然而，她在浩浩汤汤的信息世界里找不到一个匹配的结果。

她枯坐在黑暗里，潮汐般的饥饿感准时涌上来，她拨通潘舒墨的电话："在哪儿呢？"

他报以沉默，半天才回答："还能在哪儿，问都不用问的。"

饥饿又来了，它躁狂地伸出尖尖的牙齿，乱扑着咬人。她的腿，拖着她下了楼，她的手，伸到货架上，拣了一堆臭名昭著的零食：薯片、鱼蛋、花生米、豆腐串、炸鸡翅。她渐渐适应了它们的气味，她拈起鸡翅根，油顺着手指头往下流，这是蛊惑人心的场景，饱含着尘世的乐趣，她死死咬住油透了的动物残肢，有一种沉沦的快感。

总算过瘾了。她彻底不要自己、自我惩罚般地大嚼，抻着脖子，昂起下巴，动作近于困兽的撕扯。她沿着一个光洁如镜的斜坡往下滚，舒服，滑畅，一切都那么顺利。

东西很快吃光，悔恨和自弃夹缠在一起，她无比嫌厌自己，亦心灰意冷，虽卸去减肥的重负却并未感到轻松。生活不知道出了什么问题，也许是致命的系统错误吧，总让她有欠缺感，总让她不停地想吃东西。从明天起，她要疯狂吃遍各种经典的下饭菜：地三鲜、卤猪耳、咸鱼茄子煲、尖椒鸡蛋末、油豆角焖排骨、红烧肉炖小土豆……她要把每片猪头肉在芝麻酱里滚一圈再送到嘴里，那得有多香啊！电流般的酥麻感在她全身传导。

此刻，潘舒墨在下沙村埋头洗衬衫，迷茫地搓洗着，水流卷着泡沫漫过他下棋的双手。父亲在小院子里，研究地上的月光一寸一寸地向西推移，母亲在那个据说叫净尘山的地方，享受孤独的日日夜夜。

她坐在窗下，想起二楼那扇神奇的窗子，那会儿她能看到，无数条小路通往云朵洁白的天空。

　　她从窗子望出去，外头是无边无际的华跃圈。她突然感到很厌倦，她就这样看着窗外，不知不觉地，天已经亮了。天地如此宽广阔大，可她不知道，还能去哪里。

来访者


一


　　我记得江恺第一次坐在我对面时脸上的表情。我熟悉这样的表情，练过瑜伽了，修过佛打过坐了，老庄和张德芬都看过一遍了，还是不行。

　　江恺坐在对面，阳光透过玻璃和一层薄薄的纱帘，落在他脸上。发型挺时髦的，头两侧只有短短的发茬，头顶的头发留长却没有塌下来，也没有一撮撮粘在一起，看样子是手指蘸点发泥往上抓的，抓得很蓬松，略微凌乱地立起来，说不出的恰到好处。再看衣着，条纹针织镶边的棒球服，天蓝牛仔裤，浅褐色哑光皮质的德比鞋。一打眼就能估摸出来，他受过教育，有份体面的工作，审美也合格，看上去是个活得不错的人。

他让我觉得很不安。初次来访的防御、不信任、试试看、半信半疑，他统统没有，越是这样我心里越沉重。他看起来正常，实际上已经不知道怎样往下活了，只是还没到完全绝望的程度。完全绝望的人不会尝试改变，他坐在我对面表示他对人生仍怀着渴望，或许把我当成了最后的希望。我呢，只是选择这份职业的一个普通人，既不睿智，也不神奇。

这几年每接洽一个新来访者，想到反反复复、缠绵难愈的过程，心就累了，我提不起兴致来了解和琢磨一个全新的对象。每个人都是一座博物馆，也是一座垃圾山。而来访者不是来展览生命中的功业并邀请我鉴赏的，他们会在职业化的导引下，在一个个失去戒备的松弛时刻，任由心底的一条条浊流暗河泄洪般地冲出来，而我在一片狼藉中仔细辨查，捡拾起有用的材料，耐心地抽丝剥茧。这是跟人相关的工作，跟人相关的工作只能耐住性子，一层一层，一步一步，还未必总是向前，时不时绕一圈就回到了原地。

前几次咨询我说得很少，鼓励江恺多说，放开说。江恺需要说话，需要尽可能地倾倒，他就是对着树洞说上几个小时也是有效果的。跟我一起听他说话的，是一盆菖蒲、两株琴叶榕和几只毛绒玩偶——龙猫、哆啦A梦、小兔本杰明。

房间里光线柔和座椅舒适，江恺说话的时候频繁做手势频繁喝水，基本不和我对视。工作出了问题，婚姻濒于破裂，母子关系也不睦。江恺的故事并不特别，但他说话时脸上闪过的那种年轻人才会有的迷茫神色，让我心里很不是滋味。我想帮帮他。他说起自己的出生年份，是再熟悉不过的四个数字，我儿子也是那一年出生的。

接下来的几次，回溯童年，梳理记忆，细细翻看密密麻麻的褶层。久远的场景和事件苏醒过来，初时，江恺像个局外人一样在描述，说着说着开始可怜自己了，开始动怒了，攥紧拳头，脸涨得通红，音调升高，身体却瑟缩起来。我没有介入，放任他在痛苦中待一会儿，再待一会儿，差不多了才让他自由联想，继而邀请他一起分析。我也会在恰当的时刻揭示出表象背后隐藏的心理机制，让他有豁然开朗的惊喜感。相对于其他咨询来说，我基本算不上使用技巧，也尽量避免让对话进入既定的程序中，更没有为了获取信任而卖弄经验和学识。回想跟江恺面对面的十几个小时，是新异的体验，不像在工作，也没有什么目标和预期，平实，随性，自然而然。

直到一个锋利的声音抓破了这个下午。我的手机号不留给来访者，江恺打固话找到咨询助理，他的请求是被转述过来的，隔了一个人，迂回了一下，我还是能想象出电话里的声音，惊恐无助，尖尖的高音，刀刮玻璃，麦克风骤然啸叫。这声音灌进耳道，牙根一下子就酸了。

他想见你。来不及提前预约，问能不能临时安排一次。

在咨询室坐定，我还在后悔，后悔不该开这个口子的。房间里的一切都经过精心布置，生命力强的绿植、灰蓝的地毯、暖光落地灯、原木圆桌、米色布艺沙发椅、红茶、糖果、蜜饯，这些不经意间抚慰着来访者的小设计，此刻也在安抚着我。刚坐进转椅，耳边咚咚地响起江恺快步走来的脚步声，过了一会儿，声音消失了。

真安静。透过窗户打开的一道窄缝儿往下望，地面上人和车的移动似乎变得慢吞吞的，草坪上树木的颜色亦是暗淡的，像个远古的场景，不仅是距离的迢遥，还有时间上的渺远感，远到迷迷蒙蒙，影影绰绰，睁大眼睛也看不真切。耳朵里也听不见什么声响，像身处真空，也像来到一个空荡荡的梦境。嘈杂的市声往高处走着走着就走不动了，扑腾着往下掉。

敲门声响了两下。他的手举着还是放下了？我定定神，说"请进"。

江恺还算镇定，也许在赶来的路上已经尽可能地调节了。

我笑了笑，表示他丝毫没有打扰我。我把转椅朝他挪一挪，身体往前探，鼓励他开口讲。

他说，我打了主任。

虽然有所准备，听了他的话我还是一愣怔。最近这两个月，每个周末我都跟他会面，对他的成长、求学、婚姻及工作情况已了解个大概。我知道他表面上的温顺是很不稳定的，他的人际交往存在很大问题，他不是一个容易相处的人，但这种不好相处更多的是指向世俗层面上的不圆滑和情绪化，也不至于打上司呀。

我首先担心咨询中有什么误导，曾建议他体会心底的真实情感，不管这情感是正面的还是负面的都不要抗拒，也许这就释放出了他的攻击性。我紧张起来，让他详细说一说。

不公平，他说，已经不是第一次了。

大抵是单位里推诿扯皮的那类事，不新鲜。听他讲完，我长舒一口气，问他，是什么程度的，嗯，肢体接触？

推主任一下，用了很大力气，他往后退几步，坐地上了，我又蹲下去用手臂锁住他的脖子。他比画着。

我既不摇头也不叹气，不动声色地看着他的擒拿动作。

同事赶过来把我拉开，主任跟喘不过气来一样瘫坐着，他胖。没等他被人扶起来，我就转身跑了。

我点点头，然后就联系咨询助理来到我这里。来的过程并不顺畅，他说路上手一直抖，握不紧方向盘，勉强开了一段，把车停在路边，打的士过来的。

突发事件劈面砸来，我也需要消化。在我这儿，事件最后定格为一个画面，这个看起来很强硬的男孩匆匆逃走，留给人们一个张皇失措的背影。

这会儿，劝解、指导、提出后续处理办法都是不合适的，也别用术语去分析，他需要先松懈下来，不再发抖，不再害怕。

剥开一颗椰蓉软糖，递给他，他捏住糖，还在愣神，细雪一样的椰蓉缓缓飘下去，悄无声息地铺在地毯上。

我指着茶叶罐问他想喝什么茶,紫罐里是大吉岭,栗色铁罐里是伯爵银针,锡兰红茶放在木盒子里。他说喝什么都行,这才想起把软糖放进嘴里,含住了。

　　我坚持让他选,说,江恺,你来做主。他指了指栗色的罐子。

　　水开了,冒着热气的水流注入玻璃壶,混合着蓝色矢车菊、橙色金盏花的银针茶渐渐展开蜷紧的叶片,柠檬油的香味往外挥发,香气在空气里悠悠荡荡,沉下去又浮起来。

　　江恺双手环住茶杯,啜一小口。我也不说话,看向窗外。天色暗下来,这屋里的沉默再纯粹不过了,是没有方向的沉默,也不含着责备,更没有蕴蓄涌动着下一波的焦躁。我们安静地坐着,时间平滑地淌过去,好像从来就没有遭逢过火烧眉毛,也没有一蓬蓬荆棘阻断了去路。

　　他始终不问“怎么办”,他累了,大概就想挨着一个可以亲近和信赖的人,陪他坐一会儿吧。

　　茶冲了几泡,香味一淡,房间里显得更清净。时候已不早,下面还有预约的咨询,至少要留出半小时空当让我独自待着,攒攒精神,准备进入下一位来访者的世界里。

　　谢谢您,我先走吧。他把剩余的茶水喝完,站起来往门口走,临出门了,转过身来冲我笑笑,小心地掩上门。他脸上时常会露出小学生的神气来,不是孩子的而是小学生的,我能辨别出两者间的微妙区别。嚼软糖的时候他也是小口小口地,手捂着嘴,低垂着眼睑,像个怕光的小动物。

完成当天的咨询已是夜里十点多。对面的高楼，一大截子消失在黑沉沉的夜雾里，只剩下点点灯光若隐若现，江恺的脸庞也渐渐模糊起来。下午他来访，没说多少话，主要为平定情绪，刻意不细说。我却隐隐觉出来，之前的那些回，他看似迫切的倾吐也是经过精心选择的。咨询有一段时间了，也许我们还是在表皮儿浮着，渗不下去。想想也正常，人心底某些犄角旮旯自己都不愿去，自己都不愿看得太清楚，更别说让旁人进去看了。这从来都不是一件轻巧的事情。

二

南方的冬天走走停停的，冷了几次也冷不下来，约略有个意思罢了。树叶陆续地掉，不似北方迅疾严厉，一下子全掉光，裸出枝枝杈杈，枝丫上总还笼着一层绿意，只是绿得薄了，不像夏天那样累累的。

临近年末，期末考试的缘故，青少年来访者多了，婚姻咨询也多起来，好像婚姻也要经历年终大考一样。最近这个月江恺没有出现，看看下星期的预约表，依然没有他的名字。

周六下午的咨询排得满，我过了饭点儿才下楼。拐进茶餐厅，靠窗坐下，捧着餐单看半天，还是点了云吞面；饮料呢，鸳鸯、热鲜奶、阿华田、好立克、柑橘蜜、红豆冰、可乐煲姜，一行行看下来，最后我在杏仁霜后面打了个勾。

茶匙一下下搅动杏仁霜,白色的小漩涡旋转着,甩出来清冽微苦的杏仁味。附近写字楼加班的人三三两两地进出,大都挂着胸牌,坐定话不多,埋头填饱肚子。餐厅里很静,用餐区跟切配间只用玻璃隔着,玻璃后面一根银色横杆,悬着一排挂钩,勾着油鸡、烧肉、卤鹅、青蒜,射灯打下来,青蒜碧绿如洗,烧肉的皮色是枣红枣红的。

抬头看见一个颀长的背影,等他转头,转过头来却不是。这些天,看到高个子男孩就忍不住想起江恺来。

出电梯,沿着走廊往办公室走,我远远看见一个人在门口来回踱着步。走近了,发现是个面生的年轻女人,冲着我点头。目光越过她,望向前台,值班的姑娘不在。我拉开包的拉链,摸到里面的强光手电筒和高分贝报警器,心里踏实了些。

我不往前走,女人也不动,互相对视几秒。她说,您是庄玉茹老师吧?我见过您的照片。

我紧攥住手电筒,心想随时备着的东西竟然真要用上了。

庄老师,我是江恺的妻子,我叫于小雪。

手还是没从包里拿出来。走廊里的灯光偏暗,于小雪走近几步,我才看清她的脸。看清了,攥着手电筒的手指不由松开了。当时形容不出来,后来回忆起跟于小雪唯一的这次见面,回忆起她的脸,一个词才浮现出来:弧度。生硬、苦愁、凌厉的脸上是见不到优美弧度的。于小雪呢,眉毛从中间开始弯,眉尾恰当地收住,不至于耷拉下去,双眼皮儿不深不浅,像两道秀气纤巧的虹,嘴角向上翘,像横躺着的月牙儿,从耳垂到下巴颏儿也是一条流畅的弧线。很喜相的一张脸,无论笑不笑,笑意是满的,要溢出来的样子。成年人的面相泄露的信息太多了,无关乎天生的五官美丑,面相里往往隐匿着一个人的心理和生活状态。

走廊另外一头的保安朝这边走来,我取出钥匙打开门,犹豫地看着于小雪。她迎着我说,能占用您一点时间吗?我拿不定主意,身体却侧过来让一下,她赶快走几步,跟在我后面进了屋。

她坐进江恺常坐的沙发椅,环视房间,视线最后落在书架上。我以为都是专业书籍呢,原来不是,她喃喃念出声,《通俗天文学:和大师一起与宇宙对话》《中国首饰史话》《李白传》《夜航船》,这是,呀,还有这么多绘本和漫画。

不清楚她的来意,我礼貌地笑笑作为回应。

她说,家里现在有很多心理学书籍,《释梦》《荣格文集》《行为主义》《自卑与超越》《论人的成长》,都是江恺买的,我有时也翻一翻。

我心里忐忑,等着她切入正题。我这个职业在来访者家属那里名声并不好,有的目之以传销、灵修、邪恶催眠一路;有的不以为然,觉得不过是伪科学、读心魔术;有的时刻提防着,怕咨询久了依赖上,跟亲人反而疏远了;最习见的是把我们看成江湖骗子糊弄人,新时代骗术,闲聊天儿居然按分钟收费,还那么贵,简直是敲诈。

207

庄老师,你会保密吧?她问。我以为她要跟我聊聊江恺,没想到说的是她自己。

声音圆润好听,珠子一般滴溜溜地滚动着过来。

就是一刹那,我看他一眼,偏巧他也看我,那一霎可真长啊,什么都没发生,什么都发生过了。之后又见过几次,都是一帮人一起的,听见他跟人打听我,我装作不知道的,其实心里挺高兴。今天,他跟我,两个人,在咖啡馆待了一下午,把不多的几种饮料试了个遍,好意思又不好意思地坐着,都不说告别的话。直到咖啡馆灯亮了,我心里乱,告辞出来,在公园里晃了晃,实在没头绪,才来这里碰运气,看看您在不在。

她又详细说起两人怎么在草木染工作坊共事,我边听边细细地捋。于小雪是纺织面料设计师,这个我早听江恺提起过,也由此想通了他为何穿着打扮颇为讲究,从他表现出来的对自己的认同度来说,本不该这么讲究的,想来都是于小雪对他的积极影响。

因职业之便,我对男女间的事了解甚多,深知那全不由人的疯魔劲儿,就像一把火,除非烧完燃尽,不然过不去。我担心江恺,一时默然,对着眼前的于小雪,却更多的是理解。我知道婚姻有多难,知道跟江恺在一起生活有多累,也猜到于小雪对"草木染男士"的好感,恐怕是因为在痛苦中浸泡太久,想露出头来透口气,未必是动真情。

何况,她为什么来找我呢?肯定不是为了说这些。

她接着说,庄老师,你是专业人士你帮帮江恺吧,我想不到别的办法了,信心也快磨没了,早租了房子说搬出去,又舍不下小家,你不知道我有多看重这个小家,一想到跟他过不下去了,光是想想就忍不住掉眼泪。

这代人是爱过才结婚的。我暗自庆幸。

她说,最近这几年不知道怎么熬过来的,遇见烦心事他就情绪低落,一低落就好些日子,毫无理由的他也会突然不满意,好像他本身需要痛苦,好像心绪恶劣倒变成享受一样。外面阳光那么好,扭头看见他,他头顶上压着一大团乌云,我一哆嗦,全身冷透了。他有时待在房间里会忽然大叫一声,接着传来猛砸键盘的声音,好像自己跟自己说起话来,跟念咒一样。渐渐地,各据一室,我也安不下心来,飘飘摇摇地等着,干等着他大叫一声,叫完了反而安心了,好像跌进看不见底的洞,掉着掉着总算着地的感觉。

她的声音绷紧了,眼眶里滚着泪珠,眼尾的睫毛湿湿的。

一次次重复,就跟进了闭路循环一样,看不到头。前一阵子他跟单位又闹起来了,这个,他跟您说了吧?

那天下午临时加了咨询。我仔细咂摸这个"又"字,心里明白了几分。

她趁我不注意擦擦眼睛,说,庄老师千万别对他有成见,他是一点儿坏心眼儿也没有的人,他多单纯啊,上大学那会儿他脸上就写着三个字:好男孩。

她谈及大二那年去找高中老同学玩,认识了江恺。她随口提到的大学名字让我心里一震,江恺只跟我聊过他的专业,从没跟我提起过他毕业于全国数一数二的学校,我有些吃惊。

提到大学时代,她高兴起来,跟我讲他们相处的一些画面,讲得很细致,不愿意漏掉往事一丝一毫的好,脸上始终是小女孩的欢喜劲儿,眉眼更弯了。

我忽然觉得大有希望,很明显她比江恺健全,她是可以从经历中获取养料并被平淡生活秘密滋养着的一类人,这对江恺来说太重要了。

好男孩,怎么就变成这样了呢? 末了,她说。说完垂下头盯着地面。

她相信别人,她主动来找我,刚才还说起江恺看心理咨询,她没有质疑没有冷嘲热讽,还帮着在网站上选咨询师,浏览简介和照片,说选这位吧,慈眉善目,看着很亲切。

我的年纪,大概跟他们的母亲差不多。

怎么会对他有成见呢,他是我的来访者,我会帮助他发现一些问题,帮助他的过程也是在帮助自己。每个来访者的心都像冻了几十米的冰层,不能急,慢慢来吧,小雪。我轻声喊出她的名字,她抬起头看着我。

我接着说,心理咨询可以从幼年入手,从过往经历入手,家庭、父母、成长历程,沿着这个方向去找线索,这是流行的手法,这种手法因为很少触及现实、相对安全而被广泛采用。但不要忘了一句话:"我"是一切存在过、一切业已完成的事物的总和。人是什么? 人是所有经历的总和,而不仅仅是童年的经历。你呢,你曾经是,现在也仍然是江恺的经历。

她的声音抖得很厉害。我看到他在受苦却帮不了他,也没能让他感到快乐。夜里他经常做噩梦,喉咙里发出特别惊恐的叫声,双手在黑暗中乱抓,我想让他醒过来,又怕中断一个梦不好。白天的时候偷偷看着他,既想耐下心来安慰他,又想扭过身去躲得远远的。

我明白她的处境,她正渐渐丧失跟丈夫共同生活的兴趣。江恺的烦躁、怨恨、不高兴像病菌一样四处滋长,高频率的爆发让她身处家中而难获安宁,在爆发和等待爆发中熬时辰,家庭的场,家庭的氛围,吃人不吐骨头。

我把叹息压下去,对她说,我知道你厌倦了,再坚持一下,别放弃。你是江恺的生活伴侣,也是一个良好的客体,跟你相处的美好体验会改变他内在的心理机构,这样他就有希望重新建立起跟环境、跟他人的健康的客体关系。

最后我告诉她,我最喜欢的心理学家是阿尔费雷德·阿德勒。他认为儿童在 5 岁左右形成了生活风格,也就是构建起了人生原型。但阿德勒不看重过去,他还说过一句话:生命总会设法延续下去。

她眼睛亮晶晶的,用力点点头,生命总会设法延续下去,相信你庄老师,我也不会轻易放弃的。

送走于小雪,我先推开窗户让风吹进来,又关掉吸顶灯,只留一盏低瓦数的台灯,最后把自己放妥在躺椅里。眯了一会儿,坐起来准备回家,抓起手机放进挎包,手指又触到了包里的防身用具。几年前一次咨询的时候,坐在我对面的人总盯着花瓶看,透明玻璃花瓶,注水到瓶身的一半,一束鹅黄色的小苍兰亭亭地站在清水里。咨询完了,我手捂胸口调息了半天,心跳才渐渐慢下来。从此,房间里没有了玻璃花瓶,也没有了瓷瓶和陶瓶,植物栽种在塑料花盆里,干花们——鼠尾草、地中海蓟、满天星、珊瑚红豆、莲蓬,住进了各种形状的藤编、竹编或柳编的花器里。

来访者是个十几岁的初中生,也许他只是喜欢那束花。


三


每年三月份,我会离开深圳去别的地方住一阵子。各地的景区风光迥异,扰攘是一样的,我受完罪就离开了,景区还在没黑没白地受罪。有一年夜宿河畔的古镇,深夜躺在床上,窗外的人声像涨潮一样漫上来,渐渐盖过了水声。月洞门雕花木床挨着窗户,窗户下面是窄窄的河,打开窗户,红灯笼映着粼粼的流水,对面临水的街上站着人,拱桥上也挤满了人。古镇像个揉着眼睛缺觉的孩子,哪天能睡个囫囵觉就好了。也去过传说中适宜隐居的偏僻地方,发现隐士真多,已经热闹起来,难见荒烟蔓草,跟外头的气息差不多。后来就悄悄回老家住,市郊的宾馆,水库边上的度假屋，临行前或跟亲友见个面，更多的时候直接拉起行李走。坐上出租车，在座位上转头往后看，熟悉又陌生的小城越退越远，渐渐模糊了，是山水画虚虚濛濛的远景轮廓，像一场似有还无的残梦，遥遥挂在卷轴的一角。

很少跟亲友谈起我的职业，有人问起来，能含糊过去就含糊过去。这份工作神秘而高危，枯燥又刺激，似乎藏纳了数不清的秘密。但更多的时候我了解的不是个体独特的痛苦，而是公共性质的痛苦，洞悉的也非个体隐秘，不过是对世俗价值的反复体认，对永恒的贪嗔痴慢疑的来回温习。我的房间里噼啪闪烁着心灵幽深处迸裂的暗蓝色火花，同时也堆积了世事人心最表面的一层泡沫，浑浊而固执，强风吹过来都一动不动。

钻研过几本心理学方面的书，还是揣摩不透上级的心意，有时候用过劲儿，有时候又不够主动，经历几任领导，这方面没少下功夫，好像一直没找对感觉，领导对我也不太重视。

做销售三年了，业绩一直不理想，好几次差点被淘汰，量上不去，不被淘汰自己干着也没意思，没有愿景啊。每年固定培训也学了些招式，说穿了卖东西就是讲故事，讲故事的技巧我已经掌握了，但心理不够强大不够坚定，对人家脸上的表情会特别在意，抹不开脸面去磨客户，也不知道用什么办法能轻松混成哥们儿，很苦恼，想请你在这方面帮我提升一下。

我有个高中同学，是我在深圳唯一的朋友。本来我们经济条件差不多，都是一套房一辆家庭型轿车。后来他跳槽去了一家金融公司，每年年底奖金下来了都发笔"横财"，换了豪华车，现在又准备换房改善生活品质。我呢，后悔大学时没学个好专业，现在还领着死工资。每次跟他见面，回来我都特别，怎么说，就是那个词，焦虑。但他毕竟是我在深圳唯一的朋友，人都需要友谊，其他社会上认识的不敢交心呀。我短期和长期都看不到赚大钱的希望，心里急，睡不着觉，可能快抑郁了。

这些本该跪在菩萨跟前默默念叨的话，说给我听了，菩萨不用回应，我得回应，厌恶和倦怠会一起袭来。来访者们境遇各异，有一点是相同的：每个人都气鼓鼓的，觉得自己的人生很失败。我经常会有捂紧耳朵的冲动。他们的面孔年轻而老气，更是令我不忍细看。好在这类人士所受的是滚滚红尘的浅表伤害，没有真正的问题要解决，伤疤会很快脱落。再加上自助心理学这么流行，分支细，锁定精准，营销心理学、交际心理学、恋爱心理学，通俗易懂，实用性强，实在不需要专门花钱面询。

四月初回到咨询中心，桌上放着这一星期的安排表，江恺的名字又出现了，预约的是一个工作日的晚上。我仔细看了几遍，确定是江恺。

晚上，我提前到咨询室，开窗换气，再把窗子关上。掸干净茶几，调好灯光，倚在沙发上等。江恺提前了几分钟到，说，上个月就想预约，助理说你休假去了。

我请他坐下，聊了几句闲话。江恺主动提起单位的事，我问他最后怎么处理的。他说,写检查,会上公开道歉,之后饭堂里见面也互相打个招呼。才不过几个月,他说起来像是很杳远的事情了,也许那天他的慌乱和绝望,不仅仅出于对上司的畏惧、对前途的担忧,我感觉他可能不在乎这些,让他害怕的,可能是另外的东西。

反正我又搞砸了。他扶着额头,准备从头说说。

四

毕业那年参加了研究所的应聘考试,几百人竞争的职位,我笔试面试都是第一。入职头一年工作很认真,跟同事关系也融洽,大家对我评价不错。接下来也不知怎么回事,就跟兜不住一样,跟同事吵跟领导也对着干,人缘越来越差,一去单位就觉得空气紧张,待在那里也是讪讪的,只好去找别的出路,看看选调什么的。选调也是通过考试,我擅长这个,试了几次就考上调走了。

在新单位,工作上手很快,一切都很顺利。谁知道过了一段时间,就跟鬼上身一样,又把挺好的局面破坏掉了。我很容易跟人结仇,事事都想反抗,不是诚心的也没什么坏心思,不知道为什么,形容不出来的感觉。

中间还有,不详细说了。现在这个单位是去年夏天刚换的,刚到单位的时候特别高兴,我渴望加入陌生的群体中,我就是个新人了,是另外一个人了,没人知道我的底细,可以重新再来一遍!谁知道那天跟中了邪一样还是搞砸了,就好像有另外一个人在暗中指挥我,在秘密规定着我生活的走向,不管我怎么做,都是往那一步里迈。

听着江恺的叙说,我眼前不断出现一幅画面,画面里藏着深深的悲哀,叫人看一眼就不由得心情黯然。一个年轻人清晨醒来时是怀着希望的,洗脸刷牙,穿上干净的衣服,默默给自己鼓劲儿开始新的一天,尝试着友善对待周围的一切,然而在某种神秘力量的驱使下,希望和美好总是迅速溃散,无论他多么努力都走不出这个轮回。

这些年一直不太顺。江恺总结道。

我问,你主动同其挑起冲突的人有什么共性吗?

他想了一会儿说,仔细想想,都是品性很不错的人,但会在某一个瞬间让我感觉受到了约束。

约束?还有没有更多的词语可以描述?

压迫,剥夺。服从别人让我感觉很难受,像一座山压过来,把我压成薄薄的纸片,也像一大把管子插在我身上,生命一滴滴被吸走了。他很肯定地说。

越来越清晰,我准备开始梳理。看起来,他是个自由的成年人了,不管家庭和父母以前如何,他早已挣脱而出。然而,过去并未走远,像个诱惑,向他招手,一扇扇门次第洞开,长长的通道显露出来,熟悉的口令响起,他毫不迟疑,扭头往回走。召唤他的到底是什么?

觉察和认知是最重要的,只要能认知到是什么在操纵他,就可以用

216

相应的方法来治疗。

回想起来，不过是些微不足道的事情，但让我有受束缚的感觉。为了摆脱这种感觉，我总是尽快原形毕露，尽快让人知道我不好惹不能沾，是个怪人是块滚刀肉，别跟我分派任务，别跟我交代事情，别打扰我，离我越远越好。扭曲的是，我又多么希望跟每个人的关系都是正常的。没救了，你理解那种感觉吗？好不容易焕然一新，然后稀里糊涂又是老路，意识到自己又回来的一刹那，一下子就灰心了，一点儿心劲儿也没有了。日子太长，我想把阳寿分给小雪，分给你，分给医院里得了绝症的那些人。他郁郁地说。

我忽然改主意了。

我儿子跟你同一年出生。我说。

也在深圳吗？他肯定比我好得多，我的意思是比我快乐得多。

不在深圳。

那就在国外了。

他死于脐带绕颈，抱出来的时候已经凉了硬了，除了在我肚子里活动、呼吸、生长，一秒钟也没在世上活过。

我们面对面坐着，一切都静止了下来，恍若漫漫长夏，热气凝滞不动，世界也被粘在了原地。

又过了几年我跟丈夫也分开了。

接着呢？再婚了吧？

217

我不再往下继续，岔开话题说，我之前在老家是做财会工作的。

都过去了，都过去了。江恺安慰着我，好像我是他的来访者。我看着江恺的脸，一时恍惚起来。最近这几年，长成青年人的儿子频频造访我的梦境，他有浓黑的眼眸和上扬的眉毛，个子高高的，喜欢穿天蓝色牛仔裤。白天走在街上，碰见男孩子从我身边经过，我会停下脚步转身看着他们，直到他们的背影消失在拐角的地方或汇进人流看不真切了，我才继续往前走。

江恺的眼睛忽然一亮，说，庄老师，你看圣斗士吗？我最喜欢的圣斗士是凤凰座一辉，工作后挣了钱，收藏了很多一辉的模型，有一座是他穿着金色的神圣衣，身后垂下长长的凤凰翎羽。一辉总是死去再复活，而且凤凰座的神圣衣也是有生命的，毁坏了可以自愈。

他讲述起凤凰座的几场著名战事，战斗的激扬，涅槃的灿烂，太阳仿佛伴随着精彩的故事冉冉升起，带着隆隆的巨响声升起，迸射出道道金光，辉映着他年轻的脸。他说自己不该被生下来，抱怨活着真没意思，但是他又多想好好享受生命，好好享受来人间的这一趟啊。阳光、星空、连绵的青山、雨后的草地、诗一般的公式、友情、体育运动、书、电影、花朵、热乎乎的家常菜，各种各样的好东西。

我告诉他，别灰心，千万别灰心，这不是什么绝症，也没有严重到要从心理领域转到精神卫生领域，已有的理论足够帮你认知了。

到底是为什么？他问。

我尽量不给他定性,假我,俄狄浦斯情结,人格障碍,部分社会功能的缺失,这些标签于他无益。人是多么复杂和差异化的存在,不是几个概念几种分类就能说清的。我尝试着用他能听懂的语言,跟他一起分析和逐步发现。

你感觉有个神秘人在指挥你,你是被迫进入到情境中的?

非我本心所愿,我想在平和友善的环境中工作啊。

仔细回想一下,事情失控之前你一般处在何种状态中?

不知道,就是感觉难以忍受,局面、氛围都不对。

轻松的气氛,良好的人际关系,为什么难以忍受?

他皱起眉头,是呀,为什么?

也许,这些会令你感到不适,因为不适你才想改变。

改变舒适的环境?他瞪大眼睛。

你不断创造条件,让自己置身于对抗性的境地中。

我创造的?但处在这类境地中并不愉快,很压抑。

并不愉快,可是你熟悉,你熟悉这种恐惧:敌人在身边,让你不得安宁。你盼望回去,让自己沉入业已熟悉的恐惧中。

业已熟悉的恐惧?

是的,与其等待不可知的恐惧,不如先期沉入熟悉的恐惧中,这样就有一种虚幻的掌控感。如果说有个神秘人的话,这个神秘人,就是你的恐惧。

他说,那业已熟悉的恐惧是什么? 敌人又是谁?

一种症状的背后必然勾连着一大段过往,熟睡的个人生活史,需要慢慢叫醒它。我说。

他那么聪慧,我觉得他已经意识到了什么,他回避着我的眼睛,说,这一层要慢慢体会。

我点点头,不用急,今天也差不多了,回去好好休息吧。


五


江恺离开后,我在诊疗室躺了一会儿才回家。回到家,走进卧室,打开衣柜门,感应灯随即亮了,敛藏的光在小小的空间里伸展开来,大衣、毛衣、衬衫,挤挤挨挨拥过来。我从抽屉里拿出一块洋布,蓝底白花,颜色旧旧的。不是用旧的,是不曾流走的时间一层层蒙在上面,让它变得晦暗也变得沉重。

那是我唯一的一次昏厥。原来苏醒不是一瞬间的事,而是一节节、一格格的。先是有耳朵了,听见喊我的名字,声音像从很远的地方传过来,传到耳边已经衰弱,回声荡悠悠地响起,在空旷处经久不散,丝丝缕缕地飘着,声音的细丝被一根根抽长,渐渐断了,风一吹,没了。接着,我感觉到身体的存在,不是实心的,是玻璃球,能看见里面树枝一样的脉管,悬浮流动着的血液。再往后,有触觉了,指甲盖划过的地方凉凉的,是铁架子床。最后,有什么东西重重扑在身体上,我猛地坐起来。

孩子的脸是青紫色的,双目紧闭,他还没来得及看我一眼,看人间一眼,眼睛就合上了。人们在床前箍成一个半圆,纷纷劝说着,要把他抱走。我扯过被子盖上他,只露出拳头那么大的头,说让我抱着他吧,就一个晚上也行。熄灯后我靠着一个枕头,在黑暗中注视他。相邻床位的人背过身去,叹息声比披散下来的头发还长。我摸索着下床,绕过弯曲的楼梯,走到有路灯的地方端详他的脸,我想记住他的模样。那做母亲的一夜很短很短,一丛丛黑黢黢的冬青树很快从晨曦中显现出来,顶着初生般的湿漉漉的绿。夜里多个疯狂的想法,比如说把他做成木乃伊,把他浸泡在某种溶液里,把他冷冻起来等待医学的飞跃,像晨雾一样升起又消散了。最后我手里攥住的是一块裹他的棉布,我凑过去闻,大口吸气,好像这样他的气息就能在我的身体里往复循环了。后来过了很久很久,我已经可以叙述和谈论这件事情时,别人听了觉得可怖,对我来说却是一辈子最温柔的夜晚,我跟我的孩子在一块儿,胸膛贴着胸膛,静静地等着天明。

江恺提到过他的母亲,洛阳人,恢复高考后考入邻省的院校,毕业后回老家分配进科协工作,然后结婚生子,日出日落,清晨暮晚,在办公室和自己的小家之间来回往返,像生活在小城市的无数女人一样,大半辈子的经历都很简单。

# 六

今天的咨询,我试着问询江恺一些问题。谈及过往的经历,谈及母亲,一鳞半爪的,他仍未提供太多细节,费力想一会儿,摇摇头,好像实在没有什么重大的事情可说。他解释,就那样,每个人都是那么过来的,没什么特别的。

他对母亲的感情尤其复杂,也许有足够的材料可供解析,却不愿别人触碰。虽然他支支吾吾的,我也大体上能估测出他的成长环境,画出一个大致的轮廓,并可以预见到那些并不"特别"的日常背后隐藏了些什么。

他说,上次咨询完回到家,关于"熟悉的恐惧",思来想去有点明白了。

最重要的是自己的觉察,觉察到就够了。我不想勉强他全部说出来。

他说,那晚把想到的都写出来了,写完一看,线条很清晰。

我并未表示赞同,说,人精神上的迷惑和混乱,成因往往很复杂,我们可能只是找到一部分原因,甚至找到一个因也没有那么重要,主要是在找的过程中确认了自己想要改变和新生的信念。

他附和着,当然,拎出线条来只是第一步,难的是怎样不走回老路。

222

我建议道,有些情况下,一旦发觉自己正往熟悉的情境里滑行,意识马上接管过来,强行中止,多试几次,一次奏效有了正面的体验,以后就容易应对了。

他说,我记下了,等着试试这个方法。对了庄老师,我再请教一个问题,像我这种情况,焦虑变成常态了,每天总感觉很累,工作不忙的时候也又困又乏,有什么办法改善一下吗?

我了解他的情况,对他来说,焦虑不是那个谁都能随意说出的流行词,而是实实在在的折磨。手头没有事,身体坐下来了,周围也没有别人,却还是感觉闹哄哄的,为什么?因为思维太可怕了,它不停止你就没法得到真正的休息,为了片刻的宁静,人们想过多少办法呀。

该怎么描述呢,这样说吧,我每一秒都活在下一秒,脑子里一个念头挤开另一个念头,成千上万不停翻涌,太累了。还有一些时候会突然全身发抖,心脏猛烈地跳,好像要跳出喉咙离开身体,跟快要死了一样。他补充道。

焦虑是表象,是次生情绪,关键要认识到引发焦虑的源头。另外,焦虑漫上来的时候,你会看到什么画面或听见什么声音吗?我问。

有声音,是秒针咔嗒咔嗒的声音,这声音一响好像就永远不会停。我静不下来,坐也不是,站也不是。

我点点头,说,感觉自己精力好脑子清楚的时候,分析一下为什么会听到这个声音。至于方法,瑜伽的冥想,道家、佛家的打坐,都会有帮助，心理学上的正念练习也是很受重视的治疗方法，有个常用的小办法，数呼吸，有的心理学家认为数呼吸和焦虑不可能同时发生。你找找这方面的书，按步骤来练习练习。

可以练习是吧？

试一试，正念练习不是包治百病的特效药，每个生命都是独特的，人和人太不一样了，调节的办法因人而异，慢慢摸索吧。我犹豫着，要不，我分享一下个人体验？

他坐直了身子。

我说，旅行的时候，有些美景来得出其不意，它撞进生命的那个瞬间，我活着却忘了自己活着，既融合又出离，既迟钝又不可思议地敏锐，出神和忘我之后是大自在，是真休息，感觉特别满足，感觉还有太多未知的好处等着我去发现和喜爱，继续生活的兴致就很高昂。

他说，太神秘了。

我有些沮丧，嘴里却鼓励着，江恺，有一天你也会体验到的。

心理学对人的这种状态有很多研究，我刻意不援引理论，更不想启用多巴胺、皮质醇等名词，从神经机制的角度来说明背后可能的原理，那些美妙的瞬间，不能求取也无需解释。风、阳光、景物、乐曲、一段文字、生活中的一个偶然，都有可能把我们带到那个安静的地方，从那里走出来的人，身上会焕发着异样的光彩。

既不玄妙也不灵异，只是需要一些机缘。

# 七

接下来的那次咨询还是一小时。

这次刚上来他就有点儿不在状态,眼神游移,说话总重复。我不逼问他什么,只是暗中放缓了节奏。后面他寻着个空当说,过两天要回趟老家,请假手续已经办好了。

家里有事吗?我问。

有事。外婆心衰住院,住院的时候没通知我,现在好转些,出院搬到我姨家了,我妈才告诉我。

那就回去看看吧。

怪怪的。最近这些年回家都是因为有人生病,前年我爸喝酒摔伤了胯骨,还有一次是奶奶感冒转成肺炎,在医院里住了些日子,我陪床陪了几天。我跟我妈很久没打电话了,她一打电话,我接通之前就在想,是不是又有人住院了。

很少打电话?

不知道该聊什么,更怵头回家,很怕见到他们,很怕当面跟他们说话。

我说,洛阳是个让人神往的地方,我还没去过呢。说完了,我察觉到自己竟然期待地看着他,心里的想法就此清晰起来。

225

他说，并不是想象中的样子，大概地下还属于古代吧，地上满街连锁店，就连仿古也跟别处无异，工艺是差不多的。

龙门石窟该去看看。我说。他看看我，似乎想接句话，张张嘴又合上了。

为了避免在停车场再碰见来访者，我一般会迟些下去。发动好车子，要开出停车位的时候，远远的，两道车灯打过来，接着一辆宝石红色的车子驶近，车窗降下一半，江恺露出头来，要不，我给你当个导游，庄老师？

我打开车门，走下来说，谢谢你，江恺。

开出停车场，很快驶上一条沿着海湾修建的快速路，道路两边的灯被一盏盏抛在后面，仪表盘上的数字跳动着，我发现自己越开越快。脚离开一点儿油门，车速慢下来，心里依然很乱。洛阳之行我将以何种身份出现呢？心理咨询师不是神仙不是救星，也不是导师或朋友，我无法预见多重关系会为治疗带来什么，这让我觉得危机四伏。也不是头一回了，接访江恺的过程中我一次又一次破例，也许在职业生涯的末期，我不想再自欺再使用最省劲儿的办法，一个熟极而流的套路化和市场化的诊疗程序，这样只是可以较快地显现效果，并确保咨询师在惯性中舒适滑行。变换一种方式，来访者可能会有更大改善，很多心理学家的治疗都不是完全靠一个模子，而是尊重随机和偶然，也并不避讳跟亲友的接触交流。那种治疗方法古典从容，跟谋生无关，跟今天通行的职业规范也是抵牾的,却是倾尽了努力让一个生命最大程度地自如地活下去。心理学学派众多,任何一个天才的心理学家都有能力开创几种分析诊疗的方法,杰出的心理医生则会为每位病人制定独特的治疗方案。为了让来到世间的生命少一点成长的伤痛,让父母们养育孩子时少一点蒙昧,温尼科特耗费毕生精力研究上万名婴儿,细致观察母婴之间的相互作用。科胡特、克莱因、贝克、马斯洛、霍妮,他们终日面对着遗忘、防卫、不诚实的对象,在不可知论的压力下试着了解人类解脱人类‘想着想着,我心里有了支撑,力量慢慢回来了。

## 八

几天后,我跟江恺在高铁站会面。上了车,我们第一次并排而坐。江恺低头看看车票说,想起来了,刚结婚时我跟小雪也是坐这趟车回老家的。

我记得于小雪说租了房子准备搬出去,不知道现在怎么样了。我忽然想到另一个女人,一个中年将尽的来访者,在即将步入暮年的时候她坐在我对面,总结自己的婚姻:二十多岁时离开原来的家庭组建了另外一个家庭,以为新生活要开始了,那时不知道这是人世间最难的事情之一,一晃几十年,经历了成千上万次争吵,到头来,说到底,是被一个非亲非故的人平白折磨了这么多年。

于小雪会不会也这样走入暮年？想到这里，我看江恺一眼，他正望着车窗外面。

起先高速列车在多山的地方行进，穿过一个个高大的山洞，接着地势平缓了，只剩几座线条圆润的小山娇憨地站立着，溪流缓慢宛转地流向远处。时值仲春，水田和菜畦笼着轻烟般的绿，水墨的风韵，不像盛夏时绿得那样实，那样有筋骨。

中午吃完盒饭，江恺闭上眼睛休息，我也歪在座位上打盹儿。半睡半醒间，我听见耳边的呼吸声急促起来，转过头去，正好迎上他睁大的眼睛。

怎么了，哪里不舒服？我问他。

他把手掌覆在额头上，半天才调匀呼吸。他凑近我，低声说，越往北走越害怕，之前看过的恐怖片都浮现出来了。一闭眼就看到《断头谷》里的场景：到处是浓雾，树林里跑出来一匹马，闪电划过，一下子看清骑马的人没有头，无头人全身铠甲，手里拿着长柄利斧，他在追杀我。我跑到一棵树下，看见一颗颗头颅从树根下滚出来，脖颈处的断茬还滴着血，血珠慢慢渗进泥土，地也变红了。电闪雷鸣的，暴雨落下来，雨水混合着血，汪起一个个血红色的水洼。

太真切了，跑得喘不上气来。他摇着头又摸摸袖子，那么大的雨，衣服居然没有湿。

我本想问个究竟，看到他虚脱的样子，加上此时又在疾驰的密闭列

228

车里,只得按捺下来,起身帮他接了一杯热水。他疲惫地望着窗外,河流、田野、远处的民居,不停地往后掠。我知道他不在这里,不在这节车厢里,他又奋不顾身地沉浸到某个特定的情境里,置身于他竭力想忘记的一段过往中。我想起他在一次咨询中问过的问题:怎样才能获得他人的爱? 我没有正面回答,只是告诉他,从你生下来到现在这一刻,肯定有很多人爱过你或正在爱着你。其实我想说的是,真正的爱无法获得或赢取。我还有一个猜测,他话里的"他人"也许可以换成另外的词:母亲。

快进洛阳站了,他站起来取行李,行李箱很重,我帮他接了一下。取下行李,他呼出一口气,好像终于下定决心,说,我没告诉他们,我爸妈,没告诉他们我今天回来。之前拿不定主意,没想好这次回来见不见面,刚才经历一次追杀,我决定了,看完外婆就走。

一时不知道该怎么接话。他提议在龙门石窟附近找家酒店住下,我说都听你安排,问他什么时候去探望,回答说明天上午。

到了酒店,天色尚早,他说,庄老师累不累,安顿好可以去石窟转转,走几步路就到了。我点点头,说去转转吧。其实他刚经历了梦境中的一次猎杀,肯定比我疲惫多了,他只是撑着一口气,想早些带我游览。


九


站在石窟门口望过去,成千上万的石刻佛像沿着伊河东岸逶迤而来。

　　从光滑的崖面往里掏,掏出来凹型的佛龛,凿锤对着大块的岩石,凿下不是佛像的部分,佛,就出现了。巨大的佛像跟山体似断还连只能仰望,低处的岩石上,数不清的小造像依着山势密密排列着,小佛像只有几厘米那么高,却依然让人觉得壮丽。

　　江恺一路介绍着,哪一尊是精品,什么年代,有何特色。他说记不清来过多少回了。又走了几十步路,他指指前面,快到了,龙门最大的一尊佛。

　　我们来到卢舍那大佛面前。此处游人最多,导游被扩音装备放大的声音此起彼伏,几个历史人物的名字不断被提及。我没有细听传说,仰头看去,看到大佛融进了山石中,她是菩萨,她也仍然是半座山。我被她的神情迷住了,忘记了她是石头,奇异的感觉涌上来,好像我无论移动到哪个位置,她的目光都像暖煦的风一样吹拂过来。还记得有一年去西安散心,见到秦陵深埋在地下的永生军团,一个个高大的陶俑,斜斜地扎着发髻,没有眼珠和瞳仁,永远无法与之对视,看着看着一股凉意顺着脊背爬上了后脑勺,大夏天的,我打了个大大的冷战。

　　不是为了旅行而来,此时游兴却真上来了,问江恺能不能再去白马寺。他看看表,说赶过去试一试。

　　来到白马寺,寺门关着,已经闭门谢客。我们沿着赭红色的围墙走了走,暮色渐渐围上来。灯光疏疏落落地亮起,不远处是一家小酒馆。

郊野之地,路上车辆很少,行人也零零星星,天黑下来,是荒村一般的寥落清寂。进到小酒馆里,我们商量着点菜,芹菜炝花生米、小酥肉、焦炸丸子、蒸槐花,主食要了半打锅贴。菜单翻过来,看到有糯米酒,我问他,喝点酒吗?他笑笑,度数不高可以。

很快,店家温了一壶酒上来,酒壶旁是一个小瓷碟,放着干桂花。我先把酒倒在杯子里,再洒上厚厚一层桂花。乳白色叠着金黄色,米酒的酒香托着桂花的甜香,在不大的屋子里漫溢着。

热酒入口顺滑,跟酥肉、丸子和闲聊也相宜,我们又要了一壶。北方初春的夜晚还有些清寒,喝了几杯酒身体才暖和起来。我拈着酒杯,想起大佛的面容,嘴角浮现出笑意。

笑什么呢?江恺问。

我说,江恺,你去过很多次石窟了,给我说说,你在大佛脸上看到了什么?

很庄重,庄重里还有点亲切。他说。

嗯,庄重、亲切,还有吗?想想她的衣服。

衣服,衣服是袈裟,石头的袈裟。江恺有些出神。

对,石头袈裟,是石头吗?

不是。他仰头喝下一杯酒,手拿着酒杯在桌子上划圈,说,是石头也不是石头。

我回忆雕像的每一个细节,心里不住地赞叹,大佛的通肩袈裟像随

231

手抄起水的波纹,披在身上,衣纹悬垂着,一道道绵软自然的弧线,看不到任何峻急紧张的转折。

石头凝固下来的是什么? 说说你的感觉。我继续跟他探讨。

他说,垂感。

会不会还有一个词可以替代? 我问。

他捏住眉心,让我想想。

石头凝固下来的,是松弛。他说。

对,那是石佛最好的状态,也是人最好的状态。玻璃门上起了一层雾气,隔开小酒馆和外面茫茫的夜。我看见,他耸着的双肩渐渐沉下去,脖子出来了,变长了。

他低下头,盯着自己的脚,惊讶地张大嘴,说,你看,脚在使劲儿,我的脚居然在使劲儿,明明喝着酒说着话呀,使劲儿干吗呢? 我循着他的视线见到桌下的一只脚,只有前脚掌着地,隔着鞋子仿佛也能看到:他的足弓绷紧,脚趾在用力抠地。

脚慢慢放平了。

原来我一直是这样的,像剑拔出来,弓拉得满满的。江恺不敢相信。

过了一会儿,他说,下雨了。

我用手抹抹玻璃上的雾气,向外看去,只看到一小框黑夜。

他吸吸鼻子,下了,我闻见雨味了。

杯中米酒,安安静静地待着,慢慢地,上面澄出一层透明的青汁。半响,雨点才稀稀疏疏地落下来,闷声打在地上,似乎数得清,渐渐地,雨点小了也密了,像簌簌落下无数粟米般的小花蕾。

刚才好像去了一个地方,从没去过的地方,那里太寂静了。他的神情恍恍惚惚的。我不去打搅他,等待他彻底回过神来。又过一会儿,他说,不知道该怎么描述那种心安的感觉,很陌生,也很美妙。

我点点头。好长一段时间了,故去的儿子没有再出现在梦境里,他好像走了,真的走远了。

咱们接着聊吧,庄老师。

又加上一份牛肉汤,就着热腾腾的汤,我继续跟他闲聊。文章、书法、琴曲都能看到背后的人,至少能看到人某个时期的状态,他是焦灼的还是安详的,生硬的还是柔软的,甚至能感觉到他的气,他呼吸的长短和轻重。比如说有的文字整篇读下来,能感觉到作者气短气促,因为文章也在呼哧呼哧大喘气,还有的文字一惊一乍,吸引人,当然吸引人,就像字里行间伸出一只手,强拉着你走。再说说女人的美,有的女孩子认为优雅是凹出来的、拧出来的,是对抗出来的,其实自然放松的时候才可能谈得上好看,骨架舒展,脊柱曲度正常,挺胸抬头不但不累,反而是最舒适的。

人的体态以及面庞的纹路走向里,几乎储存刻印着过往所有的情绪和心理习惯,那些恐惧和焦灼并没有倏忽而逝,而是以另一种方式日久天长地凝结了下来。

走出小酒馆时，我才意识到刚刚是一次艺术治疗，没有感觉到它的开始，也没有感觉到它的进行，概念和知识隐去，点、节奏、设计、目标皆不明晰，即兴而偶然。

我也很久没这么松弛了。

躺在酒店的白色大床上，江恺的话还在耳边回荡。细雨潇潇，一灯如豆，木桌木椅，酒菜温热，门外传来鸟儿振翅飞过的声响，过后天地俱寂，更是悠然神远。他环顾四周，说，我这些年，就是这样的时刻太少了，太少了。

十

酒店的餐厅供应自助早餐，我端着盘子一圈走下来，盘子里有了白煮蛋、香肠、青菜和切成小块的油条。放好盘子，想起粥还没盛，去盛了一碗小米粥，顺手接一杯豆浆。往回走的时候，江恺进来了，他看见我，示意我先找位置坐下。

上午他计划看望外婆，我是跟着去还是自己游览洛阳，昨天没有商议，也是怕他拒绝，我故意没有提及。他取餐坐下，我想着既然吃早饭遇见，正好也就一起去了。

为了表弟上学近，我姨没往楼上搬，住的还是平房小院。老人家心里恋着住平房，出院才同意过去的。我家住在高楼层，外婆才不肯来呢。

234

江恺一路说着，很快出租车在一个胡同前停下来。

胡同很深，往里走了几十米，江恺仔细看看大门，辨认一下，说，是这里。

开门的是一个有点儿年纪的女人，短发，体胖，毛衣在身上匝出来一个圈一个圈的。她袖子挽着，手上沾满白沫，好像正在洗东西。江恺愣一下，叫声阿姨，女人看看他，摇头表示不认识。江恺说，王莉是我小姨。女人"哦"了一声，把门完全打开来，说，都上班去了，就我跟老太太在家，我姓徐。

徐阿姨，我从外地赶回来看看我外婆，江恺边说便往里走，我跟在他身后。

院子方方正正，中间垦出一块松软的菜地，蔓着菜苗，搭着黄瓜架和扁豆架，一大一小两只狸猫在院子一角的香椿树下躺着。女人把我们引到东头的房间，转身离开了。江恺快步走进去，我跟着迈步，随即又缩回腿来，就站在门口往里看。

老人坐在床沿儿上。毕竟是八十岁的老人了，认出外孙，话跟不上，吃力地咳出几个音节。江恺跟她说话，她也听不清。我试着根据她的脸想象江恺妈妈的模样，然而这张脸已没有清晰的轮廓，眉毛掉光，只剩下浅浅的白印子，眼皮垂下来几乎覆盖住眼珠。透过眼皮没遮住的不规则的两条缝儿，她定定地看着江恺。

江恺坐在她身边，说，歇着吧，外婆，咱不说话了。阳光铺在床上，老

235

人眯上了眼睛。江恺轻轻站起来,从背包里往外拿东西,一一放在桌子上,奶粉、蛋白粉、钙片、蜂胶、花旗参、一套保暖内衣,还有一只智能手表。这种手表可以测血压、呼救,我在商场见过。他拿着手表回到床沿儿,戴在外婆手腕上。她还是没有醒,他就握着她的手,不言不语地看着她。老人猛地醒过来,两人又开始说话,翻来覆去那几句,她听不清,他也听不清。

老人指指屋角,一个简易马桶放在那里。她站起来,江恺赶紧扶着,她挪一步,江恺挪一步。她并不胖,坐下去时身子却显得很沉,重重地砸在马桶圈上。她解完小手,继续坐着,好像解小手就用光了力气,只能在马桶上坐着攒劲儿。好大一会儿她表示可以站起来了,江恺两手放在她的腋下,几乎是把她叉起来的,她喘息片刻,抓着江恺的胳膊往回走,更慢了,一顿一挫地挪着。我看看手机,在这房间里一来一回居然耗去二十多分钟。

日光一点点移动着,月季花的影子印在窗玻璃上,老人的头缓缓垂到胸前。

江恺蹑手蹑脚地走出来,我们一起来到院子中央。江恺不住地摇头,说,前年还不是这样的,能打牌能上街买菜,老人老起来太快了。

徐阿姨在偏房里忙活,见到我们就推开偏房的小窗户,探着身子说,中午陪你婆吃饭吧?我多收拾几个菜。

不了。他高声说,又转头低声向我耳语,一会儿我姨我姨夫该下班了,咱先走。

女人说着怎么不吃饭呀,追出来送。看她掩上门,我们才往外走。

在胡同里走了一小段,江恺忽然停下来,往后退几步。胡同口迎面走来两个人,一前一后,都推着电动车。江恺转身看看大门,已经关上,又往胡同另一头看,堵死的。他双手抓着背包的肩带,一下子紧张起来。我把手轻轻搭在他的背上,怎么了,江恺?

我看着他,很明显,他想飞走,却少生了一对翅膀,他出了一身大汗。

那两个人走近了,走在前面的是个女人,嘴里叫着江恺的名字。

你们怎么来了? 江恺沉着脸。

你姨叫我们过来一起吃饭。女人看到江恺的脸色,有些畏惧的样子,说,她不知道,不,……你不是还没买上票吗? 你姨不知道,我们不知道你回来。

我倒是听明白了, 也猜到他们是谁了。料想是保姆通知主家有客来,主家再往下张罗,就把他俩张罗上了。江恺好像受到很大挫伤,说,谁要吃饭,走了。

女人嘴里说这孩子,不停地拿眼觑看江恺,畏畏缩缩的。江恺厌烦地别过头去,闭上眼睛又睁开, 忽然迈开步子从两辆电动车之间走过去。

江恺。

女人的声音怯怯的，尾音儿细弱，可能只有她自己听得见。

江恺停住步子，肩膀一耸一耸地大口呼吸，忽地回过头来，我们都吓了一跳。他脸涨得通红，嘴唇哆嗦着，我不知道他要说什么，我只能等着。

他咬着牙说，爸，你这辈子真亏了。

音量不大，一字一顿，硬，刺耳，没头没脑，却又直奔靶心。我没想到是这句话，接着才注意到推另外一辆电动车的男人，男人穿着三粒扣羊毛背心和深色西裤，普通的长相，头发黑白掺杂，北方中年男人差不多就是这个样子的。

这话是不能单独出现的，前头必然有很多很多句，这句话开裂的地方，不尽之意汩汩往外冒。

江恺嘴里说着你别逼我了，跌跌撞撞地走出胡同。我看着他的背影，又看看他泥塑般呆立的父母，辛酸一波波淹上来，怎么也压不下去。胡同夹道里，不知谁家的一棵玉兰树，长长的枝条伸出院墙在半空中一颤一颤的，顶上的花开了，花瓣像莹润的白玉片子，底下花苞鼓鼓的，也快绽开了。

你是？不知过了多久，她问起来。

江恺的同事，办公室挨着，我姓庄，碰巧来洛阳出差。我撒了个谎。刚才我注意到，江恺看见她时倒退几步，她也一样在认清楚江恺时，往后退了两步，踌躇一下才继续往前走。

她点点头,尴尬地笑笑,说,真是怕了他了。话头随即一转,来家里坐坐吗?

我这次来洛阳是想借机见见江恺的父母,甚至以为我能一力促成双方的和解,昨天江恺说不回家时我还有点失望,没想到今天在这种情况下见面,一时劲头儿也不大了。

挣扎片刻,我说,方便的话就去家里,随便聊聊。

## 十一

两人一路引着我来到小区,小区的建筑物很疏朗,花园开阔,种着些合欢、夹竹桃、石榴、垂丝海棠,地上除了草坪还有大片的毛杜鹃和矮牵牛,水系景观也愉人眼目,防腐木的平台,曲水游廊连起几座小巧的六角凉亭,岸边随意散落着几块景观石,流水潺潺,红红白白的锦鲤在硬币大小的绿萍间游弋。江恺妈妈还未从打击中恢复过来,放好电动车,上楼的时候走错楼道,丈夫喊她也没听见,自己觉出来才慌忙往后退。

她邀请我倒不是随口客套,是巴不得跟熟悉儿子的人聊聊天,掌握些情况,求个安心。

我坐在沙发上,左右看看,好像哪里有点不对劲儿。我装作很感兴趣的样子,说参观一下装修吧,江妈站起来,说哪里装修了,能住人就行。先来到江恺的房间,她说搬过家,这里的布置还跟江恺小时候差不

239

多。一个老式的写字台挨着窗户,写字台桌面和两侧粘满贴画,我凑近看,贴画不是年深日久磨出来的那种斑驳,看上去像被人大力撕过,彩色图案和白色粘胶一条一条交错着,隐约还能看出一点变形金刚和足球小将的图案。单人床上的被褥卷着,露出下面的床板,床旁边是书橱,透过书橱玻璃能看到一排排题典。我拉开玻璃仔细看,除了题典还码放着一厚本一厚本的模拟试题,都是土黄色的书脊。衣柜贴墙放着,也许柜门后面就存放着江恺的各种小物件?珍藏着童年记忆、散发出私人气息的小物件。趁江妈背对着我往外走,我打开一扇柜门往里看,见柜子一角放着塑料绳捆扎在一起的书,匆匆一瞥,最上面一本《圣斗士星矢》的封面是一片一片的,被透明胶布黏起来,还是可以看出碎裂的样子。

我跟着江妈往外走,忍不住回头再看一眼,窗帘半掩着,屋里有些暗。

接下来我说参观房子的格局就行,只在房间门口张望张望。陈设都差不多,东西很少,一点儿杂物也看不见,每个房间都有钟表,卧室里最多,似乎有三个。

再回到客厅,江爸不见了,想是趁机逃脱,躲进了房间。江妈坐下来,叹口气说,别人家的儿女越长越成熟,江恺快三十的人,越来越孩子气。这孩子变了,不敢认了。

孩子气也不是什么坏事。我说。

他在单位怎么样?

挺优秀的。我有意使用这个词。

江妈脸上有了喜色,说,从小就是小大人,坚强,懂事,学习好,从不弄鬼掉猴的。我年轻时气性大爱着急,有一回趴在床上生闷气,他呜呜哭着给我端来搪瓷杯,妈你吃点方便面吧,我接过杯子,一摸杯子壁是凉的,原来他用凉水泡的面,我一下就笑了。

我笑不出来,仿佛看到了那时的江恺,一个安慰母亲的小男孩,一个照顾大人情绪的小男孩。

知道邻居们怎么夸他吗?到现在我还记着,说这是个英雄孩子。

小英雄江恺。我环顾客厅,想找到一幅江恺儿时的照片,白墙上什么都没有挂,电视柜上只有一个关着的机顶盒,指示灯没有亮。

江恺小时候可不像现在这么木讷,聪明机灵着呢,那时候说起神童来,江恺也算一个。

我露出一丝苦笑。多年的咨询经历让我有机会看清背后的底细,很多所谓的聪明小孩,不过是因为成长环境恶劣,时刻准备着应变而不得不警醒聪明,一个孩子哪里需要这么多聪明,孩子要是像个孩子,该有多好。

她继续说,一直到他考上学,我们没操过心也没感觉到什么叛逆期,平平顺顺过来了,那些年过得真快。她喜欢回忆,说起来就停不住,她想使劲儿拉着我,在那段日子里多转悠一会儿,那段日子里,江恺身兼金童、尖子生、小天使数职。

阳台上的衣架被风吹得砰砰乱晃,我心里隐隐的感觉变得更加清

241

晰。我说，这么大个阳台，前面又没遮挡，光照充足，怎么不养点花？

她愣一下，嘴里含混地说小区有花，很快扭回正轨，说，江恺呀，那些年真是争气。

后来呢？

后来？后来不知怎么回事就大变样了，我对他的希望不像以前那样容易实现了。

你对他能有什么希望？就是母亲对儿子的希望吧？我说。

我希望也没用，他这些年不太顺。小学、初中、高中都挺顺的，接下来在大学、在社会上反而磕磕绊绊的，他说自己没什么朋友，也看不到什么希望，一个年轻人怎么能说这样的丧气话呢？他的眼神也变了，小时候眼睛里晃着两个小太阳，一看就是个热诚孩子，现在冷冰冰的，让人见了就想躲开。

她忽然想到什么，说，跟真事一样，前一阵子给我写信，打印出来寄给我，说一打电话就吵架，说不透。有什么好说的？他就是不孝顺，他就是烦我，我喘气儿都有错。

信上怎么说？

神神叨叨的，看心理咨询什么的，我打听了，什么咨询，是哄着他说小时候的事，全赖在父母身上。他这么大个儿人，对自己就没有责任吗？简直走火入魔了，就会埋怨我，说我没有灵魂，活得不真实，好像我是那种很坏的女人。冤呀，没处说呀，到现在我都不知道哪些地方做错了，想破脑袋都不知道。我这辈子什么也没做，就培养了一个孩子，孩子竟然说我猎杀他，你看这用词，我不过稍微严厉些，管得贴一些，当妈的不都这样，也没见人家的孩子活不成。

她看着我，寻求支持，你说是不是？孩子来了，说来就来，谁天生会做母亲的？

我小心地看她一眼，她周身似乎没有多少热乎气儿，看上去又扁扁的，没有长宽高，像个小黑点在茫茫的水面上晃荡漂浮。我听懂了江恺的那句话，并非指向男男女女那方面的，他另有所指，她根本没听懂地臊红了脸。刚才一进门我就感觉冷感觉不舒服，对这样一个家庭来说，屋里少了点什么，这个少，并不牵连着钱的困窘。屋里干干净净却没有一盆花草，哪怕一盆仙人掌或一盆枯死的花，也无装饰品，或好看一些的生活用具，色彩也单调，望过去一片灰扑扑的。跟朴素无关，是荒芜的气息，草草的，不知道在往前赶着什么。因为莫名的惶急，一切刚好够用就行，准确得吓人，闲置在这里是不被忍受的，热情、快乐也嫌多余。

在这个叫作家的地方，发生过很多无人在意的小事，它们伏脉千里地决定着成年江恺的一举一动。注意到我在打量四周，她说，我从年轻时起就喜欢素净。

她是个能说会道的女人，颇善敷衍，也会做戏，眼角眉梢藏不住的却是冷淡，对此刻活着的冷淡。她坐在我旁边，但感觉上她并不在这里。她的积极和机警不过是浮泛的一层壳，里头空空的。她的动作表情里藏

243

着作为一个生命体的深深的懒怠和疲倦，岑寂的绝望如穹顶般低低地笼罩着。我仿佛能看见她独坐在漫长的光阴里，像在默默忍受某种酷刑。

我向她推荐通俗一点的心理学书籍，她笑笑说，咱这把年纪别上这个当了。

我再次问起信的内容，她不愿多提，说好几次想回封信，又觉得不过是换一种方式吵嘴，没有新鲜的话要说，还是算了。

她失神地望着窗外，说，那些年，不用问不用多说话，我只要看他一眼，就一眼，他就知道哪些该做，哪些不该做。我也不怎么动手打他，不用动手，我只要不高兴，不理他，他自己就慌得跟没魂儿一样。

一只小飞虫从窗户里飞进来，很快不见了踪影。过了一会儿，屋子里面光线暗的地方，出现一个绿莹莹的光点，晃动着，忽地，绿色光点一闪而过，消失在明亮的地方。

我坐在她身边，虽然她并不认为自己需要陪伴，我还是想陪她坐一会儿，就像陪着那些在深渊里挣扎渴望得救的来访者一样，他们总是坐在我对面，有的不会哭也不会笑，有的天黑下来就如大难临头，好不容易熬过去一晚，第二天还必须一切如常地上班，有的一闲下来就觉得心慌，不停地干事，不停地制造高潮，目标达成之后却一片虚空，更加难受。

她背着光坐在椅子上，双手从两腿间垂下去。半天，她抬起一张凄

244

苦黯淡的脸,叹口气说,变了,世道变了,让我赶上了。

会好起来的,日子总会好起来的。我宽慰着她。这会儿我不想跟她争辩,更不想指点或责备她,想着这辈子大概只能见这一面,我就想把身上的暖意尽可能分给她,把信心也传递给她。我是真有信心,她儿子多善良呀,咨询的时候也有意无意地替她打了那么多掩护。

她霍地站起来,吓了我一跳。她死死盯着墙上的表,惊叫着怎么一晃就十二点多了。她很慢很慢地重新坐下去,低声说,又该做饭吃饭了,这日子过着,真是麻烦呀。

锦鲤游得很快,摆动的尾巴像一抹抹大红颜料在水里化开了。跟江妈道完别,我在水池边坐下来。水清且浅,阳光透下去,池子里晃晃荡荡的满是光。池中央有一棵睡莲,从茎中伸出来的长长的根,在水中一条条清楚分明,两朵莲花挺出水面,一朵年轻,一朵不太年轻了,一朵是蓝色的,一朵是紫色的,几只小乌龟趴在睡莲叶子上,一动不动地晒太阳。鱼在水里游弋,乌龟在叶子上晒太阳,天空和云彩也映在池中。我仰起脸来透过树枝的缝隙望着天空,北方的天空总显得更高远一些。我这才长呼出一口气。

出现在街头巷尾的江妈是一个看不出任何异常的妈妈,就是这个正常让我憋闷得透不过气来。一个多么常见的家庭,粗粗一看还是个好家庭,夫妻俩都有安稳体面的工作,几十年没病没灾过下来了,孩子学习好有出息,在大城市安顿住了,这看似完满的一切却让我感到深深的惋惜。在江妈前面，我看到一条粗大的脉络从遥远的地方延续下来，江妈只是其中的一环，在江妈背后，深厚久远的传统巍然而立，押着她，押着许许多多的生命。

她送我时说了最后一句话，江恺迟早要后悔的，后悔对我大吼大叫，等我死了他会扑在棺材上大哭，后悔我活着的时候对我不够好。

十二

洛阳春天的牡丹不可辜负，看到真牡丹便觉得这些年受了国画的骗。阳光下的欧碧如薄薄的绿玻璃一轮轮叠着，如一串由轻到重的铃声，清新鲜灵得让人忘了它其实也是富丽的，自然年年都开，见到的一刹那却恍惚觉得这是它的第一次开放。

在牡丹园里接到江恺的电话，他说又没控制住，真抱歉。我告诉他，不用控制，不用道歉。他当日就离开了，这会儿通话已是两天后。我说起信件，他才知道那天我去了他家，他问，你们聊什么了。我不知该从哪里谈起，直到挂了电话，他也没再提起信件的事情。

回到酒店，看到前台站着一个人，在跟接待员说着什么，是江恺的父亲。我以为他来找我的，正想上前，见接待员从存放柜里拿出几样东西放在台面上，一样一样都很熟悉，探望外婆时带的礼物，江恺给父母也备了一份，不同的是，父母这边还多送了几本书。接待员把东西一股脑儿放在酒店的袋子里,递给江恺父亲,我退几步躲到旁边的旅游纪念品商店里,看着他拎着袋子匆匆离开。

回程的高铁上接到江恺的短信,问我什么时候回去,想预约下一次咨询。我又谈起信件并给了他邮箱,他回复,庄老师,我需要时间想想。

到家已是深夜,一进门发现窗边的虎尾兰跟走的时候不一样了,整体好像长高了些,新的叶片从土里钻出来,叶子微微卷成一个小筒,还没有完全舒张开。接着我朝沙发看过去,毛绒动物们坐在宽大松软的沙发背上,白色鬃毛的马驹、大眼睛的小狮子、火红的狐狸、套着毛背心的绵羊、两只手牵着手的柴犬。猴子呢,它向一边歪倒了,我走过去,把歪倒的猴子扶坐起来,把它的黑色呢帽也正了正。我在客厅里陪着所有物件坐了一会儿才转到卧室里,临睡前看看邮箱,一堆未读邮件,却没有我等的那一封。

休息过来也没去单位,隔壁的刘先生知道我回来了,拉着我爬山、打壁球、逛茶叶展会。他开着一家中药店,有些年份了,进货的时候自己忙一阵子,平时有人看店,他只是偶尔去转转。我们先是当邻居,不知不觉又成了玩伴,经常一起爬山也一起认识植物。刚知道我的职业时,他露出惊愕和担忧的表情,下一次见面他对我说,以后我们要多游泳。我说你今天怎么没头没脑的,他说,你天天泡在别人的苦水里,全是些避之不及的人和事,多大的折磨。我这才领会到他的意思,收下了这份关心并告诉他,我有督导师和自我体验师,他们是我的守护神。我想起咨

247

询中心的网站上对我的几行介绍,姓名、资历、受训背景,以及咨询范围:压力和情绪调节、神经症、自我探索和个人成长、急性心理创伤。我差点儿忍不住告诉刘先生,挂在网站上面的名字并不是我的真名。

江恺预约的是周日晚上。我早早来到咨询室,把洛阳买的牡丹绢花插在藤筐里。花朵绣球般大,颜色是渐变的粉,只有一瓣显得个色,近于深红,像湿了的胭脂,红色冷不丁一大步跳到粉白,倒是一点儿也不呆。摁下音箱开关,一阵雁鸣声响起,远远的从云霄里传过来的鸣叫声,在长空中一梯一梯地往下走。CD 里是七首古琴曲,看来上回听到《平沙落雁》了。音乐声中顺手打开电脑,一看邮箱,江恺的邮件躺在里头,两天前就发过来了。

愣怔一会儿,才点进去看。


　　妈,有一次给你打电话,没说几句气氛就变得冷而怪,你好像收藏了很多冷话和怪话,跃跃欲试地就等着找个机会说给我听。挂了电话,我顺手拿起手边能拿到的东西,猛砸书桌一通。也是那天晚上我发现,桌子靠墙的一边儿光滑平整,靠我的一边儿全是大大小小的疤痕,一个小坑一个大坑的。

　　我坐在桌边回想这些年。大学的前几年浑浑噩噩,本以为考上大学就可以"做自己",可问题是我根本不知道自己是个啥,最后一年躲不过了,拼命学习补亏空,我知道我会考试,也通过考试找到了工作。工作后每天做着差不多的事情，往前一看，前头没有选拔性考试等着我，也没有传奇功业等着我去建立，一切都很平淡，我就提不起劲儿来了。零零碎碎的工作压迫着我，我情绪变得很差，就摆出一副很不好说话的样子，别人都怕跟我打交道。我盼着生病，这样就不用去上班了。过了不久，早晨醒来一下床，趴在了地板上，我真生病了，发高烧连续烧了几天，病好后我就换了工作。

新工作的最初我拼命表现，希望身边的人喜欢我欣赏我，表现了一阵又烦了。

空气里遍布铁钳，箍得我喘不上气来，很轻松的工作也会让我暴怒，稍有波折我就会很担心，我顶撞所有跟我商量事情的人，说别逼我了，别逼我了，他们都尽量少跟我打交道。我发脾气的样子很像你，就像你在替我生活。

接着，又到一个新单位。几个月后熟悉无比的感觉又回来了，我既渴望被肯定，又讨厌别人指挥我命令我，很怕跟别人接触，好像任何小小的接触对我的生活都是一种打扰。我像一根绳子，被两个想法拔来拔去。我不知道该怎么办，感觉又要跟别人争吵，感觉又将大祸临头，我在本子上写道："江恺，记住，当心头升起一股烦躁时，不要再用习惯的方式去发泄和对抗。"合上本子再翻开，妈你知道我看见什么了吗？我看见几段长得差不多的话，分布在本子的不同页码上，原来这些话，早就一遍遍写过了。我没法逃避了，各种困境一股脑儿围过来，我游魂一样在屋里走，小雪看着我，她的眼神让我的心沉下去了，单位的人也是这么看我的。

你是谁？你怎么会变成这样呢？他们的眼神透露出这样的疑问。

我怎么会变成这样呢？那晚之后我开始看心理咨询，咨询师让我认知到，原来黑夜如此漫长，走了二十多年仍在原地转圈，原来成年后自以为自主生成的众多行为，都不过是对过去的延袭和模仿。我总是回到我们家的老房子，爸在家里待不住，屋里就我们两个人。我坐在书桌前，紧张地用指甲划过桌面。你的目光落在我后背，像一块大石头。你好像浑身有用不完的劲儿，牙咬得紧紧的，双目灼灼地盯着我，表情无比坚毅。目标就在前头，我压抑着所有的愿望往前奔(我多想跟着几个小流氓在溜冰场边学跳太空步啊)，让自己时刻处在极不自然的亢奋中，激荡的日子几年一个跃进，一个突破接着一个突破，我只有完成了才能得到你的爱，我只有成为一个完美的好孩子才能得到你的爱。我也随时准备迎接你的尖叫和哭泣，因为即使这样，你还是觉得慢，觉得不够好，你督促我尽快忘记怎么一步步地走，路，跳着过就行了。大部分时候你不说话只是沉默着，我也沉默着，沉默过后我躺在床上却感觉像刚刚经历了一场恶战。有时候我情愿你狠揍我一顿，也不要冷冷地不理我。否定，否定，否定，成块成块地投掷过来。忽冷忽热，冷和热都是过度的、激烈的、戏剧化的，极致的冷和极致的热。空气紧张得绷直了，我也绷直了，并就此逐渐失去了健全地活着所必须具备的弹性。

我终于离开你了。

我从未离开你。

有些东西，深藏在我的体内，用我觉察不到的方式决定我的命运。幽灵跟我寸步不离，牵引着我一次次回到熟悉的情境，我以为妈妈还在背后，鞭策着我干大事，一件接一件。再看看自己，长大了强壮了，能不依靠妈妈就活下去了，于是我把往日的怒火喷向现在。此时此刻压迫者并不存在，我这半生都在跟想象中的压迫者做斗争，这个百变的压迫者易容乔装，化身为工作制度和生活秩序，化身为某领导，化身为一个弱关系的朋友，也时常化身为某位萍水相逢的服务业人士。我跟他们斗争过后，那种熟悉的压抑感也回来了，我又不舒服了，我需要让自己不舒服。

还要多久才能穿过黑夜？我不知道，但我一直没停住脚步。在电话里跟你谈过多次，你只有一种反应：不屑一顾。我说婴儿时期的母婴关系有可能决定一个人的终生命运，你说瞎编乱造，婴儿能懂什么记得什么，我说家庭生活中细如针尖的伤害代代相传且无人称之为伤害，也没有人愿意深究情绪剧烈波动的母亲对敏感

251

的孩子来说意味着什么，你说家家难免的勺子碰锅沿怎么就成了伤害，我说想跳出旧有的模式换一种方式生活，你理解为"娶了媳妇，有了自己的家"，你至今认为我们关系恶化是因为于小雪的挑唆。事实上，是于小雪让我知道活着不是一件不幸的事情，她鼓励我，鼓励我打扮打扮自己，用心挑件衣服，找好一点儿的理发师设计发型，以前我总觉得我不配、我不行，现在我已经可以享受这个部分了。从认识小雪她就整天笑嘻嘻的，我喜欢她的笑，她的笑跟太阳光一样宝贵，有一阵子她不笑了，我知道为什么，当我感觉一切都没有希望时，我用沉默惩罚自己，也惩罚她。

妈，你也可以多笑笑，印象中你总是不高兴的，听到好消息也只是勉强笑一下，笑容很快消失，好像从来没见过你咧开嘴大笑。梦见你的时候，你孤身站在沙漠中，五官是往下走的，像受到格外强大的地心引力，简直是要往下流了。

你可能不理解我写下的这些话，没关系，不是为了让你承认些什么，更不是为了埋怨、懊悔和仇恨。这么多年来，你跟我一样疲惫，你跟我一样经受着说不出来的隐秘折磨，我们被困在一个共同的炼狱里。我经常在你脸上看到嫌弃的表情，我以为你是嫌弃我，后来才发现，你更多的是在嫌弃活着的自己。也许，我们可以一起尝试着认识层层包裹下真实的自己，一起尝试着分析为何我们浪费宝贵的生命一遍遍重演着相同的剧情，我盼望，不管在什么境况下咱俩都始终怀有努力生活和寻找快乐的意愿。

　　在大人们认为我什么都不懂的年纪里，我也清楚地知道，跟妈妈在一起很难受。但我多么想亲近你，你是我在这世上唯一能亲近的人。现在，我仍然想亲近你，闻闻你身上的气味，即使我五六十岁头发都白了，我还是想让你搂着我，白头发的你搂着白头发的我，我老了，但我还是有妈的人。多少次了，恨意突然涌上来，我再也不想服从和满足你，再也不想为了你迷茫中慌乱抓住的精神支柱而奋斗。这一切多么虚假，我像清除病毒一样大力删掉你，过不了多久又偷偷加上，也屏蔽过你，又忍不住想看看你的动态，再把你放出来，算不清楚，不知道重复过多少回了。一想到你流泪我心里就难受，爸说你大白天一个人躺在床上，脸对着房顶，不出声地流眼泪，我当时就像孩子一样哇哇大哭起来，我想马上回到老家，为你擦眼泪，帮你做一碗甜酒煮鸡蛋。想到有一天你会死，会被烧成灰埋在地下，我的心就像被剜出一个大洞，我妈呢？世界上再也没有我妈了，大洞越变越大，直到整个人都空了。我也不见了。人只要还有妈，就有底气有胆子，就有恃无恐随时变成小孩子，没有妈，大概就会感受到彻彻底底的孤独吧。

　　母子关系会影响孩子的所有关系，会影响我看待世界的心态和目光，会影响我的生活信念。但最重要的永远都是现在，我知道任何关系都无法强行修复，我能做的是先对自己负责，学会敬畏日常,让生活成为能量的不竭源泉,再把从心底生出的活力和爱分享给别人,并在不久的将来分享给我的孩子。

看来是时候了,我为我的来访者感到高兴。

## 十三

江恺走进来,右手捧一束鲜花,左手拎袋子,里头是两杯果汁。他问,庄老师,你喝火龙果汁还是苹果汁?

见到他手里的花,我心里就明白了,看来想到一块儿去了。屋里没有花瓶,我说,谢谢你的花,先放着,一会儿我带回家。选什么果汁呢?他问。我选了一杯火龙果汁。

最近在忙什么?

他说,平时上班,周末打游戏散步晒太阳,学着做几道新菜,还报了一个舞蹈班学跳太空舞。

能跳跳吗?

他打着响指轻轻摇晃身体好像在找感觉,然后嘴里说着月球漫步,开始滑步,手顺势抬起来搭住虚拟的帽檐儿并往下压了压,一副怡然自得的样子。

我为他鼓掌。

他微笑着坐下来，说，现在你知道了吧庄老师，不是什么极端的成长环境，没有发生过特别可怕的事情，家里没有杀人犯，也不是虐待和赤贫，只不过是家庭中一些习以为常的甚至被当作美谈的做法，还有一些无形却细密的罗网，再加上我个人的脆弱。

我说不是你的问题，往上追溯源头时我们会为事件本身的细小和随意感到惊讶，但孩子就是这样被细细碎碎地塑造成今天的模样。

接下来，他慢悠悠地谈起自己，后来过了很久我依然记得他平和的语气和坦然的眼神。

我是个特别守时的人。有一次在外面玩忘记回家吃饭，不记得我妈是怎么管教的了，只记得我从六岁起就养成守时的习惯，只要妈让五点前回家，我肯定会在四点五十七到五点之间出现在她面前。我至今保持着这个习惯，跟人约好时间，哪怕穿越大半个城市，无论坐地铁还是开车，我都能提前三分钟到达，这是我妈给我的"天赋"。回想小时候在外面玩，玩的什么不记得了，只记得我隔几分钟就会问附近戴表的人现在是几点。

我是个缩手缩脚的人，好像周围的一切都很危险，我什么都不敢动。有一年暑假在奶奶家住了几天，发现茶几、柜子可以随便碰触，所有的抽屉都可以拉开，我不敢相信，隔了几天才确信这是真的。我尽情把抽屉拉到最开，仔细摆弄里面的每件物品再关上，像探索完奇幻新世界一样满足。我想喊就喊、想跑就跑、想躺就躺，还有一群表弟表妹跟我一起疯。而在我家，抽屉是不许拉开的，茶几上的杯子是不许乱动的，沙发和床也不能随便躺。有一回在放学的路上,下水道里跑出来一只老鼠,我看见老鼠忽然觉得很亲切,我跟它的神情是一模一样的。

我很小的时候就学会了察言观色和讲笑话。妈妈总是一脸不高兴,大部分时候我不知道原因,我想让她多笑一笑,我要成为家里那个活跃气氛的人,我要经常有好消息报告给她。她一黑着脸,我就羞愧我就恨自己。后来我累了,也习惯了家里的气氛,照镜子的时候,我的阴沉跟周围的阴沉是融在一起的。

有一段日子我特别矛盾,小学语文课上第一次学"敌人"这个词,老师解释完含义,我第一个想到的人是妈妈。接着就开始谴责自己,谴责自己是个道德败坏的孩子,妈妈给我生命,把我养活大,督促我上进,怎么能有这种想法呢? 这念头一冒出来,我就扇自己耳光。

我从来不觉得自己能活长,好像随时会被抛到野外,孤零零死去。后来我发现,乖、学习好、当模范、被叔叔阿姨夸似乎能够保住我的命,再后来保命又如何呢,睁开眼睛的一刻,不知道自己存在的理由是什么,不知道属于自己的生趣在哪里,不知道接下来漫长的一天该怎么熬。我每天都比前一天多死一点。

现在呢? 我问他。

我敢进厨房了,敢摸炉灶了,我会提前腌上牛肉,腌一天一夜,第二天大火煮开再文火慢慢煨,我愿意等着,为几口就能吃完的一道菜等着,等候的过程让我很心安。对了庄老师,见过我妈了吧,她还有希望吗？我是说，她还有快乐起来的希望吗？

想起江妈来，我有些恍惚，这世上真有一个她吗？我看不清她的面目。她存在吗，真正喜欢些什么吗？她未经选择地笃信了一些价值，并错认那就是苦心找寻到的意义，跟从那些价值已耗尽她的精力，还能为自己喜欢点什么呢？无论喜欢上什么都意味着源源不绝地付出，那需要蓬勃旺盛的真正的生命力。

我说见到了，现在心里还记挂着她，她始终在苦海里漂荡，日子太难过了，她受不了一天一天地过，想抢在时间前头做点什么，却把现在也弄没了。

他点点头，如果有个快进键，我妈会一键按下去让这一辈子赶紧过完，我也一样，中考的时候特别希望睡一觉半年过去，已经在高中了，高二时我又盼着睡一觉，一睁眼知道自己上了哪个大学，知道一个结果就行了。

江恺，你不是任何人的翻版，你一定要有信心。人活一世都爱询问意义，我觉得活着的意义是接受自己的缺陷，但从不放弃自我完善，对咨询师来说终身成长更是职业需要。你妈妈的精神发育可能停顿在了某个时刻，再也没有觉察、更新和蜕变，奴役她的东西却不断强化，越来越膨胀，强大到吞噬了一个活泼泼的生命。

我有信心，痛苦了这么多年才明白，我要去生活，一天一天地过日子，越平淡的日子越值得认真过。人这辈子也没有一个万能的确定性的保证:我做到什么一切就都好了,反而我什么也做不到,什么也不是,我依然存在,依然会有人爱我珍视我。

那么,我看着他,希望他来说。

咨询可以暂时告一段落了。他说。

读完江恺的信我就长舒一口气,我为我的来访者感到高兴:他不再需要我了。卡伦·霍妮说解决心理问题好比翻大山,理想的情况是分析师只充当向导,指出最佳路线,现在江恺已经可以独自翻山了,不管这之后他还要经受多少次大同小异的反复的折磨,不管那个声音还会不会响起,调遣他,愚弄他,毕竟他敏锐地觉知到了生之困扰并决意袒露和改变,他怀有强烈的认识自己的愿望,他的生命会越来越清明通透。再说, 还有一个爱他的生活伴侣呢, 想起这对年轻人来我心里就暖暖的,眼神也变得温柔起来。我眼前经常会出现一个画面,他们像童话中的两个孩子,一起穿过有巫婆和猛兽、但也有很多美丽风景的大森林。

庄老师,能说说你最成功的一次治疗吗?

不能用成功来形容,说说最难忘的来访者吧。

大概五六年前她跟母亲一起来的,不,母亲扶着她来的。南方的暖冬穿毛衣足够了,她缩在大棉袄里勉强露出头来,脸上一点活人的生气和神采都没有。她母亲告诉我,女婿心梗说没就没了,结婚才三年,蜜一样的,没过够。她不吃不喝,有点力气就拿头撞墙,别人建议把她送进康宁医院,她母亲不同意,说先来看咨询,不行再送医院。

258

你是怎么做的？

我什么也不能做，常规方法在突发和剧烈的精神刺激面前显得很拙劣，也很虚伪。她哭，我陪着她哭，能疏导一点算一点。私下跟她母亲说，打安定让她睡着觉。

接着，她一个人来，我还是由着她一遍遍倾诉，在纸上一遍遍写出来。亲人、好朋友，该说的都说了，别人毕竟有自己的生活，生死也挡不住太阳每天出来，我能做什么呢，就是听她重复地说，陪她哭一场再哭一场，鼓励她向前看、往下过，一秒一秒地往下过。

有一个时期，她很认真地跟我谈起丈夫的去向，有时候说他封闭培训了，有时候说他去上海出差了，下周回家，还给她买了裙子、化妆品和几盒蟹壳黄。我认真听着，说真好真好，顺势跟她讨论美丽的衣服、好吃的东西、这个季节的树和花，她说她想起来了，出门时看见小区里的扶桑开了满树的花。我太高兴了，你知道这对她来说有多难吗？

后来，我在不引导宗教信仰的前提下跟她一起念"大悲咒"，你不用觉得奇怪，遇到过不去的大坎儿的时候宗教的作用更容易体现出来。

前后咨询了半年时间，她不再出现。

为什么难忘？

没想到还会再遇见她。前不久我跟几个朋友打羽毛球，打完拐进体育馆旁边的超市里买水，一进超市我就看见她推着一辆购物车，车子里放得满满的，豆腐、饼干、巧克力、酱菜、卷纸、儿童拼图。她的耳环很显眼,明亮的金色大圈,真洋气。我远远看着她,江恺你知道那一刻我的心情吗?

我被她感动了。

是你救了她。

我摇摇头,救了她的是流逝的时间,是男欢女爱一日三餐,是贪生和恋世的好品质。日复一日的生活是最有魔力的。

沉默了一会儿,江恺说,我妈可怜就可怜在这里,我们这些人,该怎么形容呢,被架空了,靠激素和补药勉强撑着,红着眼睛很用力,却什么也看不到什么也感受不到。下一次见到我妈,我不想再逃跑,我想坐下来跟她说说心里话。如果可以选,我希望小时候调皮不听话,上一般的学校,考普通的大学,一辈子没有巅峰,茶茶饭饭过实心的生活,知道什么是真实的,健全到能爱身边的很多东西。我会跟她讲,这是我的理想,等到闭眼的一刻我会把这当成一辈子最大的成就。

我点点头,说,实心的生活从现在开始也不晚。我不赞成把成年人的困境都归咎于过去——童年、家庭、父母等,不要忘了,你自己的责任呢,人要为现在的自己承担应该承担的那部分责任。

我继续跟他分享那些闪耀着光彩的案例,讲述人的荣光与胜利,赞叹人的灵性和潜能,而另外的部分我自己知道就行了,我不会让江恺知晓这个部分。比如说,两年时间里我跟一个来访者聊了上百个小时,共同经历了一些决定性的时刻,不断地坚定信心,最后一次咨询时他问我,其实一切都没有改变,对吗?比如说,一个十七岁、体重一百九十斤的少女,坐飞机到处追星,回到家就躲进房间拉紧窗帘,吃饭只吃炸鸡外卖。她被父母送过来后,门刚关上她就拿出写好的遗书,一页一页念给我听。比如说,在目前的环境里,咨询中心要生存我要执业,就必须采用某种类似美容场所的令我感到羞耻的营销办法,预充值、买十个小时送一个小时,等等。

我们没有按照规定的时间结束,古琴曲从《渔樵问答》到《忆故人》转了几个来回。雁鸣声又响起时,江恺讲起从洛阳回来后的奇遇,讲得很细致,脸上始终带着笑容,我被他感染了,一幅幅场景如在眼前。几个月以后,我依然记得这些场景,仿佛我也身处其间,就站在旁边静静地看。很多很多的亮光涌向我,有的是天上来的,有的是相爱的人身上散发的,还有一种光,是属于菁草般柔弱又强韧的生灵的。


十四


于小雪带江恺来到她租的房子里。

一个单间,面积很小,因为阳台朝南才下决心租的。她说。

江恺站在阳台上,满眼都是植物,番红花、蓼蓝、栀子、槐米、菊花、蒲公英,接着香气环绕过来,红花跑在最前面,紧跟着栀子香,菊花香细长细长的,在外圈轻轻一拢。最后他才看到大片的颜色,日光下朗朗的,绯红、靛蓝、青黛、杏黄……草木在布料里继续生长,形态、味道、颜色甚至魂魄都还在,风刮过来,摇摇曳曳的一片田野。

于小雪说,我有个提议,咱俩谁想单独待一待就来这里。墙角放了一把椅子一张小圆桌,可以坐下来泡杯茶,等到茶晾温可以入口时,人也就安宁了。

江恺点点头,抬起手来摩挲布料,什么时候染的?

多亏你。她勾过一片布披在他肩上。太浓烈的情绪会在空气里凝成一个个小水珠,把屋子里的人都打湿了。我湿淋淋地躲到这里来,立志远离你,发誓不再猜测你黑着脸的原因,谁知道染染布料再做做饭就没那么生气了,想着还是回家好。小时候一刮风下雨,我妈就借机张罗着做好吃的,包饺子烙盒子炖排骨,兴头那么足也不怕费工夫,我看着外面大风大雨的,再瞅瞅屋里忙活的她,不知为何反而心里特别踏实。

他想起那些细蛛网般粘牢他的恶劣心绪,想起他一手为自己创造的绝境,深深叹口气,转头看看肩上的布,白而轻,感觉像是披了一小片皎然的月光。

我准备结束咨询。

为什么?

咨询师始终没给我明确诊断,她知道标签一个人很容易,诊断是容易的咨询是一时的,那个层面能解决的已经解决,剩下的要交给生活。

交给咱俩。

很难很难,改善一丁点儿都很难,还时不时会回到老地方,或者这样说吧,有些病不会痊愈,可能要一直跟着我。

别怕,有什么好怕的,要说起病来谁又没有病?不管怎样我们先吃顿好的,刚才看见路口的菜摊上摆着嫩绿嫩绿的茴香苗,我们下去买一把?

两人一起动手,和面,洗茴香苗,切肉,调馅儿,擀皮儿。饺子包好,于小雪下锅煮,江恺从橱柜里拿出小白碟子,倒上醋,又见到架子上有一瓶小磨香油,便取过来在醋上点了几滴。

吃完饺子,两人把海绵垫子放在地上,在这间可爱的小屋里并肩而坐,偶尔相视一笑时,在对方脸上看到了快乐。这快乐是孩童式的,似乎怀着些小秘密的,唯有他俩可以意会和共享,这快乐还暗含着些小风波过去后的庆幸和知足。

玻璃窗下日光闪烁,花影缓缓地在地砖上走,仿佛时间缓缓地流动。

最后一缕斜射进来的光线也消逝了,准备回家时,于小雪神神秘秘地说,等会儿等会儿,你先闭上眼睛,我说可以啦你再睁开。

于小雪拉着他的手走几步,说可以啦。江恺睁开眼睛,眼前有异样的光亮。哪里来的光?过一会儿他仰起头,这才看到玄关顶上装满各种各样的灯。

进门时,他并没有注意到狭窄幽暗的玄关上方有什么。星星灯挨着月亮灯,猴子灯旁边是橙黄色的南瓜灯,银色圆盘坠下几列高低错落的玻璃球灯,是一场流星雨。布艺灯的灯罩上印着几竿竹子,灯光投下竹影,最大的一盏灯上头聚拢着烛焰状的灯头,下面垂着蓝色八角珠串起的长流苏。

小时候最喜欢去灯饰店,一通电,首饰匣子打开了,光照在身上是有声音的,无数珠子一齐往下落。这几个月每接到一张订单就奖励自己买一盏灯。这里是我的好去处,也是你的,慢慢地,你心里那间老房子就塌了,不见了。

那是小时候生活的地方,是个家,还是别让它塌掉,我变了它也会跟着变,我变好了它也会跟着变好。

我一边想象这些画面,一边在公园里闲逛。

几个票友在湖边唱曲儿,正唱到《牡丹亭》的《皂罗袍》,慢悠悠的清唱,青烟袅袅而上,风后面拖曳着细细的柳丝,溪水潺潺流过光洁的石头。我凝神听一会儿眼睛就湿润了,五十多岁了,活了这么久,还能喜欢《牡丹亭》,这让我觉得幸福极了。

晴朗的好天气,天空蓝得澄净透明,荔枝林鸟声不绝,水边的蕨类植物丛中传出虫叫的声音。老人们在树阴里活动身体,年轻的情侣、穿校服的学生在草坪上或坐或躺,父母们铺开橡胶垫,扶着孩子学步。我看着他们,但愿这平静安乐在生活里源源不绝地出现,但愿父母永远不要让孩子置身于孤注一掷的境地里,哪里需要什么孤注一掷,但愿孩子永远不会听到这样一句话:你再不努力就晚了。他们保持住了柔韧,明白身处生存的丛林必然会损耗一部分生命,而另一部分依然可以自在地舒展,在最高的层面上接受万物本空,在具体的生活中却眷恋人间烟火并深知这就是最珍贵的养分,他们携带着先天和后天、身与心的缺陷,经历和体会这一世,日出日落,悲喜掺杂。

草地的尽头有一棵老樟树,树下长椅上坐着一位头发花白的老太太,我走近时看清楚了她的脸。一张普通的衰老的脸,此刻毫无表情,却依然让我感到惊心和震撼。不知多少磨难灾祸的锻打,以及无常的作弄,柔软的血肉仿佛具有了铁一般的质地,连纹路也像刻上去的。看着这张脸,就看到拼着命才活到这个年纪的漫漫的来路,也看到了生的壮阔。她歪着头闭起眼睛,像是睡着了,阳光从树叶的缝隙间漏下来,受难的面庞定格的最后一个表情,是安详。

风把笛子的声音送过来,小狗沿着台阶蹦蹦跳跳。卖菠萝的一对夫妻在一棵洋红风铃木下出摊儿,丈夫削皮切块,妻子收钱,把串好的菠萝递出去,不时有风铃花辞别枝条落在她肩头,还有的花调皮,在她身上蹭一下才蹁跹飘落。路边的亭子售卖小饰品,网格货架上挂满五颜六色的头绳,一道道发箍,顶上停着薄纱蝴蝶、蜻蜓、瓢虫,儿童戒指的指托上面图案丰富,冰雪公主、表情各异的猫和小熊,不过是塑料质地,却让人感到沉实丰裕的欢乐。一个小女孩拿起镶珠小皇冠插进头发里,又把银色发卡别在两边,照照镜子,满意极了。水钻、树脂、玻璃珠子,射灯照着,琳琳琅琅,漫天的星斗光彩流溢,梦幻王国在等着她,她脸上不断露出惊喜之色。游乐区里,几个男孩吃完橘子开始撕手里的橘皮,嗞嗞,嗞嗞,扬起细细的轻尘般的雾,浓冽的橘子香弥漫在周围的空气里,人们经过时染上了一身的橘子味儿。

公园旁边,靠近居民区的地方,停着平价蔬菜售卖车。灯笼椒砌成一座小塔,白花芥蓝上面有蜜蜂嗡嗡地飞,玉米们头戴着缨穗横七竖八地躺着,小黄姜、鲜百合、生栗子、蒜头、绿豆、花生,一小堆一小堆,这样摆着就感觉喜气洋洋的,一种年代久远的可靠的殷实气息,叫人觉得善,叫人觉得安心。蹲下去,拣青菜、挑土豆,站起来,钩子上取下一绺儿猪前腿肉,我知道,这些才是我跟世界真切、深刻而强韧的联结。

今天早饭吃的是黑芝麻杏仁糊和炸馒头片。我把馒头片在打散的鸡蛋液里过一遍,用大火和热油把表皮炸酥,出锅沥完油,咬开焦黄的边儿,内瓤儿雪白松软,发面细小的孔洞里冒出热气来。这样回想着,喉头突然涌上来一股熟悉的味道,是咸味儿,盐的味道,是搅打蛋液前放下去的一小撮盐。这古老的味道让我鼻子一酸,眼睛里潮乎乎的。

明天吃什么,小米南瓜粥配鸡蛋葱花饼吧,想着明天的早餐我幸福极了。风吹着后背,好像我往后一倒,它就会拦手抱住我。

这世界真好,生而为人真好。

# 内宇宙的星辰与律令

## ——论蔡东的现代古典主义写作

### 李德南

一

对于现代主义写作,尤其是中国当代文学中带有现代主义色彩的写作,我时常有些困惑、不满或忧虑。这种忧虑、不满或困惑在我,有时轻,有时重,却从来都没有完全消失。在我看来,自陀思妥耶夫斯基、卡夫卡、波德莱尔以降,现代主义文学往往重视挖掘人生的负面经验,着力书写现代人内在的幽暗情绪,重视写个人所遭遇的种种形式的恶。现代作家又特别讲究策略,重视"破"而不重视"立",甚至不惜以暴制暴。这样的运思方式与写作路径,有其价值与意义。我们所熟知的许多现代主义作品对特定时期的精神状况进行了激进化的表达，构成了对充满骗与瞒的文学、意识形态、世界的反叛，也加深了人们对这样的文学、意识形态、世界的理解，尤其是对人的内心世界的理解，让人得以有从虚伪的意识形态或虚假的价值观中获得苏醒的可能，进而朝着真实复归。然而，其局限和风险也是明显的。比如说，过多地在幽暗情绪中逗留，为激进的立场所裹挟，对生命终究是有损伤的。因此，现代主义作家的面容，多半显得沉重而忧郁。写作之于他们，成为一种痛苦的选择，仿佛是一种宿命。不写又如何？那就更为痛苦，就好像连摆脱痛苦的精神出路都没有了，一种更为彻底的畏、烦与怕，有可能会将他们吞噬。由此，或是短暂地或是长期地厌世，深陷于自我的困厄，深陷于无意义的空虚，成为很多现代主义作家的基本存在处境。对于读者来说，不读一读这样的作品，只读小清新的作品，对人生的绝境会缺乏体察，然而，长期只读这样的作品，也难以获得足够的滋养，甚至会觉得对个人心智是有害的。这真是一种左右为难的境地。

　　如果这样的写作仅仅是作为一种历史事实存在于文学史中，那么我的不满也仅仅是不满——不满意，还有不满足。令我感到忧虑的还在于，这种写作路径所蕴含的局限，已经成为中国当代文学中一个未经省思、未经认真清理的认识装置，被作为一个仿佛非如此不可的文学传统而完整地继承下来。举个例子，2016 年，在对这一年的中国短篇小说进行回顾时，我发现诸如此类的写作数量是非常多的，多到让我觉得意外,继而感到倦怠。因此,在写作这一年的短篇小说年度综述时,我在文章的最后一节忍不住把这作为一个问题单独提了出来。我在其中谈到,有不少作家都只把自己定位为复杂世相的观察者和描绘者,此外再无其他使命。昆德拉在《小说的艺术》中提出的"小说是道德审判被悬置的领域"这一观念,成为作家们普遍信奉的写作信条。藉着这一信条,很多作家在"写什么"上得到了极大的解放。一些极其重要的伦理、道德、社会等领域的问题,成为作家感兴趣的所在,但这当中的不少小说作品,在价值层面是存在迷误的。有不少作家致力于呈现各种现象,尤其是恶的现象,可是在这些作品中,很难看到希望的所在。很多作品甚至只是在论证,人在现实面前只能苟且,只能屈服于种种形式的恶。[1]苟且和屈从成为唯一的选择,仿佛除此之外再无别的路可走,人生再没有别的可能。不少作家还天真地认为,对恶的想象力运用得越偏僻,对恶的书写越极致,作品就越有深度。这甚至成为他们所能理解的,所能抵达的,唯一的深度模式。而这样的认知方式,何其简单,何其片面。

在题材选择上,作家无疑有其权利。这权利,无论何时何地都应该受到维护和尊重,不容侵犯。在写什么上竭力探索,反对简化和限制,

---

[1] 李德南:《具体事情的逻辑与更丰富的智慧——对 2016 年短篇小说的回顾与反思》,《长江文艺评论》,2017 年第 2 期。

这是作家的责任所在,也是权利所在。然而,认为作家的责任仅仅在于呈现现实,让作家仅仅是作为一个记录者而存在——很多时候却又不是无偏见的、忠实于生活的记录者,这也会构成对作家的使命和责任的简化。事实上,除了再现现实世界,呈现参差多样的可能世界,作家还应该有自己的情怀、德性、伦理与实际承担。作家的责任和使命是复合的,而不是单一的。这并不是要求作家给出适合于所有人的答案或解决方案,告诉人们应该如何行事,而是起码将问题揭示出来,借此激起人们的伦理自觉与道德感受,让人们在各种冲突和矛盾中依然能保持对爱、尊严与希望等价值的渴求。在深入到黑暗世界的内部时,伟大的作家,总是希望在黑暗的内部,或是在黑暗的尽头依然能发现光亮的存在。未必是强光,很可能只是微光。而光,不管是强光还是微光,光的有与无,是否具备发现光的能力、愿望与意志,很多时候也是作家境界高低的分界线。真正好的作家,真正伟大的作家,总是既能写出恶的可怕,而又能让人对种种形式的恶有所警惕,不失对善的向往。真正好的作家,真正伟大的作家,总是既能写出绝望的深,也能写出希望的坚韧,有其关于绝望与希望的辩证法。他们既不会刻意简化现实的混沌,又始终有自己的伦理立场和人文情怀,具备真正面对复杂境遇的文学能力和思想能力。

　　我在这里之所以想继续谈谈这个问题,既是因为这个问题是我所念兹在兹的,也和我最近在读或重读的书有关。其中一本,是李敬泽

的《见证一千零一夜:21世纪初的文学生活》。在书中,李敬泽谈到这样一个观点:

> 　　读小说时,我们永远会对人物有一种期待,他将做什么?他将去往何处? 他的身上有一种我们所不知的引而未发的可能性,他不驯服,他有一种难以把握的活力。
>
> 　　这种活力就是人的"自由",尽管我们知道人受着历史、现实、时代的重重规定和制约,但人不会成为必然性的奴隶,否则,就谈不上人的选择,谈不上心灵和梦想,谈不上真正的行动,就不会有真正的"故事",不会有小说,甚至不会有生活——我觉得这不是一个深奥的道理,但却是一个在我们的文学中反反复复地遭到漠视的道理,我们并不习惯见证人的自由,恰恰相反,我们乐于宣告人没有自由。后者无论在艺术上还是思想上都显然省事儿得多,因为没有自由,人就可以把一切推给时代,就可以不承担对自我的责任,就不需要性格不需要想象力。[①]

这并不是一本新书,而是出版于 2004 年。书中的文章,则来自李

---

① 李敬泽:《见证一千零一夜:21世纪初的文学生活》, 新世界出版社,2004年,第 185 页。

敬泽十多年前在《南方周末》所写的"新作观止"专栏——从 2001 年 8 月到 2003 年 12 月,以每月一期的形式刊登。我这里引述的这一篇,题目叫《孙犁与肯定自由》,发表于 2002 年 11 月。读这篇文章让我特别感慨:我在阅读中所遇到的问题,并不是什么新问题。一些未经省思的认识装置,一些假想的必然性,其实早已存在,而且依然在制约着今天的文学写作,在禁锢着很多作家的头脑。

这种禁锢是全面的吗?也并不是。在王小波、史铁生、迟子建、邓一光、李修文等作家的作品中,我们都能看到他们有不一样的人文理想和写作实践。关于他们,我在文章里多少已经谈过或将有专文进行讨论,这里不再重复或暂且不谈。在青年作家中,也有人在自觉地突破这样的写作局限,比如蔡东。在她的《星辰书》《我想要的一天》《月圆之夜》《木兰辞》等作品中,已经能清晰地看到她在克服这个问题上找到了属于她个人的路。

二

阅读蔡东的小说,很容易发现她与中国古典文学、古典文化的关系。甚至不需要读作品,只是看小说的题目,就能从中领略一二:《和曹植相处的日子》《木兰辞》《昔年种柳》《布衣之诗》《照夜白》……这里头有的是古典文学的意象与典故。而那些从时间之河中流传下来的生活方式和价值观念,在蔡东的小说中也时常得到书写。古典气息,在蔡东的写作中是很好辨认的。有待注意的是,蔡东的小说也深受现代主义文学、现代主义艺术的影响;康德、祁克果、海德格尔、伯格森等近现代西方哲学家的思想观念,对她和她的写作,均有滋养,在她的写作中也有所回响。她的写作,可以说是现代主义和古典主义在当下语境中的融会,形成了一种可称之为现代古典主义的写作风格。

对于什么是现代主义,很难有一个很清晰的定义。不同的学者,也会有不同的看法。比如说希利斯·米勒,他很重视"自我"之于现代文学的意义,将之视为理解包括现代主义在内的现代西方文学的一个关键词:

在现代西方文学发展过程中,与印刷文化的发展或现代民主制的兴起同等重要的,是现代意义上的"自我"被发明出来。一般认为这要归因于笛卡儿或洛克。从笛卡儿的"我思故我在",到洛克《人类理解论》第2卷第27章对身份、意识、自我的发明,到费希特的至高无上的"我",到黑格尔的绝对精神,到尼采的自我作为权力意志的主体,到弗洛伊德的作为自身一个成分的自我,到胡塞尔的先验自我,到海德格尔的"此在"(它号称是与笛卡儿的自我相对的,但仍是一种改头换面的主体性),到奥斯汀(J.L.Austin)等的言语行为理论中,作为施行言语(performativeutterance,如"我保证""我打赌")的主体的我,到解构主义思想或后现代思想中的主体(不是要被废除的东西,而是要被质疑的一个问题),文学的整个全盛时期,都依赖于这样那样的自我观念,把自我看成自知的、负责的主体。现代的自我可以为自己的所说、所想、所为负责,包括它在创作文学作品时的所为。

我们传统意义上的文学,也依赖于一种新的作者观和作者权的观念。这在现代版权法中得到了立法体现。而且,文学所有的重要形式和技巧,都利用了新的自我观念。早期的第一人称小说,如《鲁滨逊漂流记》,采用了17世纪新教忏悔作品典型的直接呈现内心的做法。18世纪的书信体小说则以书信呈现主体性。浪漫派诗歌肯定了一个抒情的"我"。19世纪小说发展出了复杂的第三人称叙述形式。这些形式通过两个主体性的间接话语(一个是叙述者的,一个是人物的),做到了同时的双重呈现。20世纪小说直接用词语来体现虚构人物的"意识流"。《尤利西斯》结尾茉莉·布罗姆的独白,就是典型例子。①

在这些文字中,米勒从哲学的角度对自我进行了谱系学式的、简明扼要的梳理,并且将自我观念的演变如何对应于人称也做了相应的论述。在《现代主义:从波德莱尔到贝克特之后》一书中,彼得·盖伊则

---

① [美]希利斯·米勒:《文学死了吗》,秦立彦译,广西师范大学出版社,2007年,第13页。

认为,现代主义有两个基本特点:"对传统风格进行巧妙的反抗""对内心世界的探索"。①在另一个场合,彼得·盖伊则指出,"现代主义中的核心原则是自由主义,即无论对抗的是怎样的权威命令,也要解放人的本能和独创力。"②柄谷行人则认为,"现代文学就是要在打破旧有思想的同时以新的观念来观察事物。"③由此可见,盖伊和柄谷行人都认为,具有自主性的、具有内在性的人和自主性的艺术,是现代主义的首要追求。从深层上看,他们的看法,和米勒以"自我"为视点去理解现代主义文学又是相通的。

蔡东的写作,也重视这种具有自主性的、内在的人,但她笔下的人物,和现代主义小说和现代主义艺术中的人又多有不同。蔡东笔下的人物,有现代人那种强烈的自由意志,渴求自我实现,又有古典时期人的那种强烈的道德意志与责任意志。他们是现代人,是带有古典性的现代人。

---

① [美]彼得·盖伊:《现代主义:从波德莱尔到贝克特之后》,骆守怡、杜冬译,译林出版社,2017年,第201页。

② [美]彼得·盖伊:《现代主义:从波德莱尔到贝克特之后》,骆守怡、杜冬译,译林出版社,2017年,第325页。

③ [日]柄谷行人:《日本现代文学的起源》,赵京华译,生活·读书·新知三联书店,2005年,第2页。

作为一个现代意义上的个体,每个人身上都有自我、社会、人类性等多重属性,它们塑造了人之为人并赋予每一个个体以不同的面貌。这些属性,在每个个体身上有统一的、相互促进的时刻,也有彼此冲突的时刻。而个人的自然权利、家庭责任、社会义务面临冲突时内心的挣扎,个人因自我认同、社会身份、家庭角色而导致的自我的紧张甚至是破碎,正是蔡东小说反复书写的主题。

对于有意志的个体而言,他们经常会听到不同律令的召唤,比如责任的律令、义务的律令、自我实现的律令。以《往生》中的康莲为例,她已经 60 岁了,这是应该享受晚年生活的年纪,也是需要人照顾的年纪,她却不得不照顾一个老年痴呆的、生活不能自理的公公。她的丈夫长年累月地在外奔波,小叔子一家对待老人则非常粗暴,也没有什么责任心,因此照顾老人所有的劳累,最终都落在了康莲身上。康莲也有过抱怨,甚至有过恶念,最终却还是耐不住心软,扛起了照顾老人的这份重担。康莲的这一选择,有被迫无奈的成分,也有自愿自觉的成分。她是一位仁者,对公公有一份仁爱。自身正在迈向衰老的过程中,面对比她更老的公公的处境,她也有同理之心。康莲的困境是真实的,也是多重的。对此,蔡东不回避,不简化,又在不知不觉间让读者感受到温情、爱与暖意。

《朋霍费尔从五楼纵身一跃》同样是一篇从当下生活中普遍存在的困境出发,融合古典主义和现代主义的小说,也同样写到带有古典性的现代人。周素格的丈夫乔兰森原是一所大学的哲学教授,因突然发病而失去生活的能力。原本智力过人、幽游于哲学世界的乔兰森患病后在精神与日常生活方面都全面退化,俨然回到孩童时期,在方方面面都得依赖周素格才能生存下去,才能活下去。相应地,周素格似乎既是他的妻子,又是他的母亲,角色是多重的,责任也是多重的,困难更是多重的。小说从一开始就提示,周素格在筹划实行一个"海德格尔行动",留下悬念。这个行动其实并不复杂,不过是周素格希望能独自去看一场演唱会而已。听一次演唱会,这对很多人来说是轻而易举的事,对周素格来说,却是一个分量颇重的愿望。它就在那里,在心头,却始终无法触及,无从落实。之所以把这个悬临却又迟迟未临的愿望命名为"海德格尔行动",与这位德国哲学家的著作《林中路》有直接关系。《朋霍费尔从五楼纵身一跃》中引用了《林中路》的题词:"林乃树林的古名。林中有路。这些路多半突然断绝在杳无人迹处。"①海德格尔在《林中路》中主要是借此暗示思想本身有各种各样的可能,有不同的进入思想之林的路径,并非只有形而上学这一条路;在周素格这里,则是借此追问生活本身是否还有其他的可能。她原本也有很多的路可以走,可以选择,丈夫突然被病患击中,却让"这些路多半突然断绝在杳无人迹处"。周素格所心心念念的行动,其实不过是从家庭责任的重负

---

① 参见:[德]海德格尔:《林中路》,孙周兴译,上海译文出版社,2004 年。

中稍稍脱身,有片刻属于私人的时间,借此喘喘气。然而,周素格终究是放心不下丈夫一人在家,最终选择了带他一起去看演唱会,并在喧嚣中亲吻他。对于周素格而言,做出这样的选择,似乎仍旧是在责任的重负当中,似乎她的"海德格尔行动"失败了,事实却并非如此。她最终的主动承担,既包含着对苦难的承认,也是情感的一次升华。

如果仅仅是从现代主义的角度来看,周素格变得妻子不像妻子,而更像是母亲,这无疑是非常悲惨的事实。在很多的小说中,我们都能看到,诸如此类的责任变成一种难以承受的重负,承受者的人生就此丧失所有的价值与意义。在周素格身上,事实却并非如此。责任的重负自然是有的,然而,她还是一个有古典性的个体,有强韧的道德意志和责任意志,也包括爱的意志。她也在冲突当中,种种冲突却并没有压垮她,并没有让她丧失所有的力量。相反,道德意志和责任意志,也包括爱,本身就是力量所在。这种冲突中的坚持与选择,使得她成为一个不像那些被植入了现代主义认识装置的写作中的人物那样,完全成为环境和命运的奴隶。通过书写周素格的个人遭遇,作者既直面了灰色的人生,又对苦难的人世始终保持温情和暖意。

不能忘了《伶仃》。小说中写到一个名叫卫巧蓉的女性,她的丈夫徐季有一天突然决意和她离婚,开始独自一人生活。卫巧蓉为此感到不理解,和大多数的中国女性一样,她一度深信徐季之所以决意离婚是因为有外遇。徐季的这一行动和选择让卫巧蓉感到愤怒和不解,她暗自追踪丈夫到海岛上生活,试图找到丈夫出轨的证据,却逐渐发现事实并非如此。小说主要把视点聚焦在卫巧蓉身上,对她的喜怒哀乐、所思所想都有详细的书写,对徐季则着墨不多。但要理解这篇小说,徐季的角色是不能忽略的;甚至可以说,徐季才是这篇小说真正的主角。(我曾就徐季是小说的主要人物这一问题和蔡东有过交流,她表示认同并谈到,在写作《伶仃》时,她代入的角色其实是徐季而不是卫巧蓉,由此多少可以看出徐季这个人物在《伶仃》中的重要性。)正如彼得·盖伊所指出的,"现代主义小说家大胆地颠覆惯常的文本配置传统,要么用大段篇幅来描述某一个动作,要么仅用只言片语来描述一个主要人物。在《追忆似水年华》第一卷中,马塞尔·普鲁斯特用了整整两页的篇幅来精细描画斯万与后来成为其妻子的交际花奥黛特的初吻;《向灯塔去》(1927)和《达洛维夫人》(1924)并称为弗吉尼亚·伍尔夫的两部经典绝唱。在《向灯塔去》中,读者仅在不经意间从括号的内容中获知了拉姆齐夫人的死,而她却是小说的真正主角。"[①]在《伶仃》中,蔡东正是继承了现代主义作家常用的"大胆地颠覆惯常的文本配置"的写法,对徐季这个人物着墨不多,可是通过小说中的不多细节,我们已经能感到这个人物所遭遇的内心冲突。我把他看作是一个卡夫卡、佩索阿、

---

① [美]彼得·盖伊:《现代主义:从波德莱尔到贝克特之后》,骆守怡、杜冬译,译林出版社,2017年,第121页。

祁克果式的个体,有个人的独特心性,在面对婚姻、责任时,对自我的存在会特别敏感。至于他是否也和卡夫卡、佩索阿、祁克果一样有恐婚症,就文本所透露的信息来看,不太好确定。卡夫卡、佩索阿、祁克果一生都没有结婚,徐季却选择了接受婚姻并承担起他所应该承担的责任,但是等到女儿长大了,他还是选择了结束婚姻,过起一人独居的生活。因此,徐季身上,既有一种不分国界的、普遍的现代气质,又有些许中国人特有的世情特征。他的个性是复合的,并不单一。

对于卫巧蓉和徐季,也包括对小说中的其他人物,蔡东并没有进行简单的道德判断,用意并不在追究他们的是非对错,而是尝试理解他们,理解他们作为一个个体在心性上的差异,尝试理解他们各自的爱与怕,尝试理解他们身上和心中的明与暗。导致他们分开的,并不是善恶对错的问题,而是在于人与人之间始终难以真正达到彼此理解的状况。这种状况的形成,也许有社会的因素,却又不局限于此。这篇小说以"伶仃"为题,真是再好不过了,意蕴也是多重的。伶仃,既可能是身份意义上的——离了婚的人形单影只;也可能是地理意义上的——小说的叙事空间主要在一个海岛中展开,这个岛可以理解为伶仃岛;它还可能是心灵意义上的——人心就如孤岛,并不能真正相通,孤苦伶仃是一种可能的存在处境。

在蔡东的小说中,尤其是在小说集《星辰书》《我想要的一天》中,她主要是把目光投向周遭世界中的人们,每一个读者都可以在这些人物身上认出各自身边熟悉的人的影子:父母同事、同学朋友、兄弟姐妹、爱人亲人……读蔡东的小说,也许会猛然发现,原来这个日常世界中普普通通的人们有着令人心惊、心痛、心碎的欲求,有这么多的、这么具体的挣扎和不甘,却也有着令人温暖的光。

在《伶仃》里,蔡东写到卫巧蓉曾见到这样的景象:"她在这个海滩上遇见过一幕奇景,一幕不属于人间的景象,说不出来的美,短暂而神奇,她悄悄地记在了心底。那会儿,她也像现在一样在沙滩上闲逛,忽然,海水的边缘出现一条闪着蓝色荧光的带子,随着波浪一前一后地摆动,她走近几步,看到海水里浮动着珠子形状的团团蓝光,不像灯光,也不像珠宝的光,那蓝光分明是有生命的,正活着的光,很快,也说不清是水还是光,一波波漫上来,漫过她的脚。星星从天上掉下来了吗? 她恍若站立在流动的星河里,喉头一哽,想叫又叫不出声来,整个人呆住了。星河消失,她如梦醒,旁边拍照的人告诉她,这是夜光藻聚集引发的现象。她回想刚才那一幕,更愿意相信是繁星掉落海水,嬉戏片刻又飞回天空。"[1]读到这个段落,再想起蔡东小说里的人物,我会很自然地想到康德所说的话:世上最美的东西,是天上的星光和人心深处的道德律。是的,康德所设想的人,有很强的责任意志和道德意志,而蔡东笔下的不少人物,正具备康德所设想的美好德性,一种古典的

---

①　蔡东:《伶仃》,《星辰书》,十月文艺出版社,2019年,第22页。

德性。这些人物的身份,或许是普通的,甚至是卑微的,但他们身上的光,他们的内宇宙的光,让人无从忽略。那是德性的光,是情义的光,也是爱的光。

三

蔡东的小说,既有对文学、艺术本身的省思和探索,也始终关注日常生活,蕴含着对"生活的艺术"的省思和探索。这两者,在她的作品中不是一种可以截然分离的存在,而是同一个问题的不同方面。蔡东对它们的省思和探索,是同步展开的。

在蔡东的小说中,《我想要的一天》也很值得注意。它曾以《我们的塔希堤》为题,刊于《收获》2014 年第 5 期。它与毛姆的《月亮和六便士》有非常多的不同,又有一种内在的对话关系。《月亮与六便士》中的艺术家查理斯·斯特里克兰德原本是英国证券交易所的经纪人,有美满的家庭、稳当的收入和较高的社会地位,却让常人觉得难以理解地放弃这一切。他出于对绘画的热爱而离家出走,到巴黎追求他的艺术梦。在巴黎,他的艺术梦却并没有很好地得以实现,不单肉身备受饥饿和贫困的折磨,也因为寻找不到合适的艺术表现方式而深受精神煎熬。因缘际会,他离开了巴黎,到达了与繁华世界隔绝的塔希堤岛并在那创作了很多后来让世人感到震惊的杰作。毛姆的这部小说,涉及很

282

多重要的艺术话题,既试图探讨艺术创作的奥秘,也试图对艺术和生活的关系、艺术的本质等问题进行发问。由于这部小说涉及的艺术问题之广、之深,讨论现代文学与现代艺术的作品几乎都可以与之形成对话关系。

《月亮和六便士》里的艺术家查理斯·斯特里克兰德,以法国后期印象派大师保罗·高更为原型,因此,这部小说包含着对现代主义艺术的探讨。对于查理斯·斯特里克兰德这类领受了艺术之天命的人来说,其人生仿佛注定是要受苦的。为了艺术而牺牲日常生活,也似乎成为一种不得不如此的选择,"他生活在幻梦里,现实对他一点儿意义都没有。"①对于艺术与生活的关系,蔡东的小说也有非常多的思考和书写。《我想要的一天》中的春莉并无写作天赋,但写作于她而言,是一种避难的方式,借以对抗职业的倦怠和日常生活的平庸。远离繁华之地,到偏远的塔希堤去寻找属于自己的艺术生活,这是查理斯·斯特里克兰德的选择。相比之下,春莉所做的是一个逆向的选择:她从偏远之地来到深圳,希望能大隐隐于市,能"躲在大城市写东西",在现代性最为深入的城市空间中来成就她的艺术人生。由此,艺术既是试图抵御功利化和庸俗化人生的一种方式,也是心灵获得安定的一种途径。当然,对

---

① [英]毛姆:《月亮与六便士》,傅惟慈译,上海译文出版社,2014年,第97页。

于春莉这种试图以这么决绝的方式来逐梦却又缺乏圆梦能力的人来说,她的困境是难以解决的。面对这种选择,春莉到深圳后投靠的好友麦思的心情是复杂的,"她觉得春莉只是急于寻找一个外壳,一个臆造的自由澄明之境,好不去面对真实的世界。"①与此同时,麦思又多少能理解春莉的选择。麦思自己,也包括她的爱人高羽,其实也面临着类似的精神困境和现实困境。他们的差别仅在于是继续抵抗,还是选择出逃,选择放弃。麦思与高羽同样处于一种冲突重重、有待缓解和化解的状态。直到结尾,这种状态也仍旧没有多大改变。

如果作一个相对完整的回顾,会发现,对文学与人生之关系的追问,是蔡东小说中一条隐含的脉络,也是蔡东小说的重要母题。这个问题,又与古典与现代的问题互为交织。

在蔡东较早的小说中,"古典"和"现代"曾呈现出一种激烈的冲突状态。《和曹植相处的日子》中的女硕士禾杨读的是古代文学专业。禾杨因为热爱曹植而选择读古代文学的硕士,入学后又面临着非常实际的困境:读书期间对象难找,毕业后可能工作也难找,肉身和精神都无从安顿……这种种现实的困境,"现实中范本的缺失",更使得她对曹植也失去想象力,无从想象他大概会是什么样子的,所以她从来没有

---

① 蔡东:《我想要的一天》,《我想要的一天》,花城出版社,2015 年,第 18 页。

梦见过曹子建。禾杨渴望过的是一种古典式的生活,然而,作为一个现代人,她时常发现这种古典想象既无从展开,也无从兑现,想象终归只是想象;她的一个老师,则已开始为后现代的到来而忧心忡忡。在这样一个语境中,渴求和曹植相处,确实显得有些格格不入。小说虽然写到理想无处安放的痛苦,但是也没有让这种理想被现实彻底击败:

> 送走老乡,禾杨把自己装扮了起来,衣服一穿上,她就感觉身体轻盈婀娜了起来。她来到镜子前一照,没有鬼味,没有迂气,干干净净地地道道的一个古装女子。禾杨默念着《洛神赋》里的词句:其形也,翩若惊鸿,宛若游龙。荣曜秋菊,华茂春松。仿佛兮若轻云之蔽月,飘飘兮若流风之回雪。远而望之,皎若太阳升朝霞;迫而察之,灼若芙蕖出绿波。
>
> 禾杨在宿舍里走了几个来回,她从没有化身洛神的非分之想,她只是想走出古典的韵律,娴静,轻盈。忽然,她看到了房娜书桌上的玫瑰花,这么多天没人换水,干枯的花瓣一片片落在桌面上,枯枝寂寥,斜立瓶中。①

这是小说的结尾部分。在这里,蔡东把所看到的现实和所寄寓的

---

① 蔡东:《和曹植相处的日子》,《月圆之夜》,海天出版社,2016 年,第 246 页。

理想结合在了一起。如果说房娜书桌上的玫瑰是现代的象征的话,那么在这里,蔡东在情感上更偏向禾杨这一边,更偏向认同她所认同的古典的价值。很有意思的是,这部作品在叙事上又颇具现代主义气息,古典气息则较为薄弱。作品主题和叙事风格的反差或落差所营构的张力,与蔡东后来在写作中所呈现的均衡之美,也可以形成对照。我们可以通过这种对照看见一个作家在风格探索和叙事实践上所走过的道路,理解其变与不变。

　　除了在小说中对古典与现代、艺术与生活的问题进行书写和思索,蔡东在别的场合和文章中也反复谈及这些问题。《月亮与六便士》中那位艺术家所经历过的天启或神启般的创作之乐,在蔡东这里也是有的;她也进入过"通灵般的境界""夜不成寐,魂不附体,漂亮闪光的句子在幽暗的夜色里飘过来,记都记不迭。"①而遇到创作瓶颈,艺术理想无从落实的焦灼与不甘, 她同样领受过:"一篇小说从萌动到完成,对我来说绝非易事,会失眠,会说着说着话忽然走了神,发起呆来,也会短暂地厌世,不想出门,不愿见人。"②"写小说给予作者奇妙的成就

---

① 蔡东:《写作之上的另一个天空》,《我想要的--天》,花城出版社,2015年,第 209 页。

② 蔡东:《写作之上的另一个天空》,《我想要的一天》,花城出版社,2015年,第 213 页。

感,虚构,确乎能让人体验到自由。但小说带给作者的,更多的是悲怆和无奈。小说家时而狂妄,时而陷入绝望,也许永远写不出自己真正想要的小说,看得到了,越来越接近了,却穷毕生之力而无法真正到达,你想要表达的,跟你实际表达出来的,总是不对等,这里面蕴含着艺术的残忍决绝,是切肤之痛。"①她同样置身于艺术与生活的复杂关系中:"我始终不能拒绝家庭生活的召唤和诱惑,热爱它所能提供的安稳闲适",珍爱日常生活中"零碎的、心无挂碍的、安定而松弛的瞬间""然而,我又深深恐惧着这一切,好像一不留神就陷入没有尽头的死循环中,时不时地悚然一惊,想与其拉开距离,撇清关系。家庭生活具有某种意义上的沼泽的质地,充满着细小的吞噬和'如油入面'般的黏浊搅缠。甚至在家族的聚会上,在一派欢乐祥和的气氛里,我也经常被虚无感精准击中,突然郁郁寡欢起来。"②和现代主义者通常的弃生活而择艺术、取文学不同,蔡东最终找到了让艺术与生活通而为一的路径:既看到日常生活可能会导致的对人之自由和美好天性消磨,甚至是造成对人的异化,也尝试欣赏和领受日常生活中那迷人的所在,甚至主张

---

① 蔡东:《写作之上的另一个天空》,《我想要的一天》,花城出版社,2015 年,第 211 页。

② 蔡东:《写作之上的另一个天空》,《我想要的一天》,花城出版社,2015 年,第 208 页。

做"生活的信徒",不停歇地"向生活赋魅";既"警惕写作者的自我幽闭和受难情结,并时刻准备着枯涩之后的坦然面对"①,又强调文学和艺术具有宣泄、升华与反思的作用,从而让写作、艺术成为个体自我疗愈、自我修行的方式;而为实现这一目的,则古今中外的一切精神资源都可以为我所用,"我"也随时保持着对美好事物的欣赏,领受美物抵心的欢愉。

也正是在这个意义上,蔡东的写作,形成了一种可称之为现代古典主义的写作风格,构成了对现代主义写作的超克:既直面现代人的精神处境,承接了现代主义写作对"自我"或"内在的人"的关注,又不像现代主义写作那样对人的主体性和尊严既无信任也无信心,而是同时对人之为人抱古典式的态度,肯定人有其灵性与潜能,认为个体及其内宇宙是一个浩瀚的所在;既看到写作和艺术本身的独立意义,认为写作是对可能性或可能世界的探寻,承认"我生活的世界之外还有一个世界,我所看到的天空之上还有另一个广阔的天空"②,但又认为文学、艺术和生活可能互相滋养,通而为一。孟繁华认为,蔡东《照夜

---

① 蔡东:《写作之上的另一个天空》,《我想要的一天》,花城出版社,2015年,第219-220页。

② 蔡东:《写作之上的另一个天空》,《我想要的一天》,花城出版社,2015年,第214页。

白》中的"谢梦锦并不是一个彻底反抗的'现代主义者'……与其说谢梦锦不是一个彻底的'现代主义者',毋宁说蔡东不是一个彻底的'现代主义者'。"[①]在我看来,孟繁华所说的这种"不彻底性",正在于蔡东对古典主义和现代主义的融合,以及对现代主义写作所存在的一些问题的超克。这既可以视为一种独特的写作美学,又与一种独特的生命哲学相贯通。

## 四

如何看待日常生活中的困难,如何面对为成功学所异化的现代社会,如何看待人性的弱点和优点,如何从日常生活中得到滋养,蔡东都有自己的看法。她的《照夜白》《天元》《来访者》《我想要的一天》,等等,都关注这些问题。在这里,我尤其想谈谈《来访者》。这是蔡东小说中特别值得注意的一篇。它在蔡东写作中的位置,近似于《我之舞》之于史铁生的意义——它们都是作家在经过反复探求之后,第一次清晰地、完整地表达他们的人生哲学。《来访者》这篇小说的意义,将会随着蔡东写作的进一步展开而变得更加清晰。

---

[①]　孟繁华:《她小说的现代气质是因为有了光——评蔡东的小说集<星辰书>》,《扬子江文学评论》,2020 年第 1 期。

史铁生的《我之舞》，主要写的是人在残疾等极端苦难下如何进行自我超越，《来访者》则主要是写普通的日常生活本身可能存在的困厄。《来访者》中江恺的母亲，不过是和大多数人一样，渴望儿子能够出人头地，从小就对江恺严厉管教，严厉要求。然而，当出人头地成为唯一的目标，她和江恺都在不知不觉中被异化，他们的生命都因此而变得极其单面，极度贫乏。来自母亲的爱，也异化为一种沉重的心理负担。蔡东和史铁生一样，都以古典主义的立场去看待人，肯定人的主体性和价值；他们还都有慈悲之心，既看到众生皆苦，也看到人本身存在超越的可能，看到人身上有他们独有的光芒。在《来访者》，也包括在《天元》中，蔡东都试图对当今流行的成功学提出批判。成功学的可怕在于，它预设了只有达到何种标准，一个人的生活才是幸福的，从而造成生命存在的单面化，甚至人的痛苦都是非个人化的。《来访者》的叙述者是一个心理咨询师，姓庄，江恺叫她庄老师。对于自己所从事的工作，庄老师有着清晰的认知："这份工作神秘而高危，枯燥又刺激，似乎藏纳了数不清的秘密，但更多的时候我了解的不是个体独特的痛苦，而是公共性质的痛苦，洞悉的也非个体隐秘，不过是对世俗价值的反复体认，对永恒的贪、嗔、痴、慢、疑的来回温习。"[1]这其实也是对当今社会的透彻理解。在这个时代，成功学的力量是特别强大的，个体必须

---

① 蔡东：《来访者》，《星辰书》，北京十月文艺出版社，2019年，第50页。

有足够强的力量和意志才能抵御它。即使个体能找到出路,也不能保证都能获得幸福。《来访者》的第一段是这样写的:"我记得江恺第一次坐在我对面时脸上的表情。我熟悉这样的表情,练过瑜伽了,修过佛打过坐了,老庄和张德芬都看过一遍了,还是不行。"①对于自我存在的问题,江恺并非在理智上没有认知的能力,但是他始终面临着一次又一次的情绪冲击。而在另一个场合,"听着江恺的叙说,我眼前不断出现一幅画面,画面里藏着深深的悲哀,叫人看一眼就不由得心情黯然。一个年轻人清晨醒来时是怀着希望的,洗脸刷牙,穿上干净的衣服,默默给自己鼓劲儿开始新的一天,尝试着友善对待周围的一切,然而在某种神秘力量的驱使下,希望和美好总是迅速溃散,无论他多么努力都走不出这个轮回。"②实际上,庄老师何尝没领受过这"深深的悲哀"?她也有她的心结和心伤。她也遭受过不幸,了解人心的这份职业也经常会给她带来厌世的风险。和江恺打交道的过程,对于她来说,实际上也是一个不断自我完善的过程。面对其笔下许多人物这"深深的悲哀",蔡东则时常怀着"深深的悲悯",怀着"深深的爱愿"。她清楚地意识到人物和人世的困厄是实在的,但她的叙述绝不清冷。

作为一个作家,蔡东的文学能力和伦理能力都是出类拔萃的。她

① 蔡东:《来访者》,《星辰书》,北京十月文艺出版社,2019 年,第 35 页。

② 蔡东:《来访者》,《星辰书》,北京十月文艺出版社,2019 年,第 53 页。

的《伶仃》《天元》《照夜白》，也包括更早时所写的《往生》《无岸》，都展示出高超的写作技艺和卓越的伦理意识。很多作家的写作，其实都在试图以文学的形式告诉大家，生活是什么样子的，却也仅仅是满足于对现象的呈现。蔡东的作品与此不同。她除了想探索生活是什么样子的，还在思考生活应该是怎样的，好的生活可以是怎样的。她在写作中灌注着个人对生活的探求和理想。她在写作中始终保持着对实然世界的凝视，也在建构自己心中的应然世界。写作之于她，不只是再现和记录，不是纯粹的虚构和想象，而同时是对爱与意志、信心与希望的艰难求证。蔡东，也包括史铁生和迟子建，他们的笔端都常带爱与温情。其实对于他们来说，在文学中有此表达，并不是因为个人拥有的爱比别人的更多，更不是有意无视人世和心灵的苦难，而是因为意识到信、望、爱的稀缺与珍贵，才会有这样执着的书写。他们的作品之所以具有独特的文学品质和伦理品质，与他们的这种爱与意志是有关的。

五

在莫兰看来，要想"人性地活着，就是要充分担当起人类身份的三个维度：个人身份、社会身份及人类身份。这尤其是要诗意地度过一生。诗意地活着，如我们理解的那样，'是从某个阈限达至的参与、兴奋和快乐。这种状态可能会在与他人的关系中，在与共同体的关系中，在审美关系中突然出现'。这种体验表现为快乐、沉醉、喜悦、享受、痴迷、欢欣、痛快、热情、吸引、福乐、神奇、敬爱、交融、兴奋、激动、销魂。诗意地活着给我们带来肉体或精神的极乐。它使我们达及神圣的境界：神圣是一种情感，它在伦理和诗意的巅峰上出现。"①蔡东的写作，也有着类似的探求。她作为一个写作者的爱与意志，最终荟萃为这样一个核心命题：面对时间、社会和命运的劫持与损毁，人如何才能重获自主和自由，走向生命的澄明之境。

因此，读蔡东的小说，除了有艺术层面的愉悦，亦有生命哲学的启思，会觉得读她的作品是有益于生活和人心的。这样的写作，在现代以来的文学景观和艺术景观中已经非常少见，在当下的中国文学中更是弥足珍贵。

——这个时代的写作者中有她，有她那有着星辰般的光与美的作品，我为此感到庆幸。

---

① [德]莫兰：《伦理》，于硕译，学林出版社，2017年，第292页。

# 创作年表

中篇小说《嘿，天堂》发表于《人民文学》2006年第3期

短篇小说《吴女娇艳》发表于《中国作家》2007年第11期

短篇小说《木兰辞》发表于《山花》2010年第11期

短篇小说《往生》发表于《人民文学》2012年第6期

短篇小说《无岸》发表于《人民文学》2013年第3期

中篇小说《净尘山》发表于《当代》2013年第6期

短篇小说《我们的塔希提》发表于《收获》2014年第5期

短篇小说《布衣之诗》发表于《花城》2015年第5期

小说集《我想要的一天》2015年8月由花城出版社出版

短篇小说《朋霍费尔从五楼纵身一跃》发表于《十月》2016年第4期

短篇小说《照夜白》发表于《十月》2018年第1期

中篇小说《天元》发表于《人民文学》2018年第3期

短篇小说《伶仃》发表于《青年文学》2019年第3期

中篇小说《来访者》发表于《长江文艺》2019年第7期

小说集《星辰书》2019年8月由北京十月文艺出版社出版

短篇小说《她》发表于《十月》2020年第2期

短篇小说《日光照亮北斗》发表于《江南》2021年第5期